ro
ro
ro

Lars Niedereichholz, Jahrgang 1968, lebt mit seiner Familie in Bad Homburg bei Frankfurt und ist Teil des Comedy-Duos MUNDSTUHL. «Kannste so machen, ist dann halt kacke» ist nach «Unknorke» und «Mofaheld» sein dritter Roman.

«Große Klappe und viele Fans!»
(Berliner Zeitung)

LARS NIEDEREICHHOLZ

KANNSTE SO MACHEN, IST DANN HALT KACKE

ROMAN

Rowohlt Taschenbuch Verlag

Originalausgabe
Veröffentlicht im Rowohlt Taschenbuch Verlag,
Hamburg, Oktober 2019

Redaktion Heiko Arntz
Umschlaggestaltung FAVORITBUERO, München
Umschlagabbildung Andy Sacks / Getty Images;
pukach / shutterstock
Satz aus der Minion, InDesign,
bei Pinkuin Satz und Datentechnik, Berlin
Druck und Bindung CPI books GmbH, Leck, Germany
ISBN 978 3 499 27103 8

«Kinder zu haben ist wunderschön,
bis sie zwölf sind.
Dann kommen sie in die Pubertät,
und man wartet darauf, dass sie ausziehen.»

Altes chinesisches Sprichwort
(von Lars Niedereichholz)

Ich komme zu mir, als ich mit einem gewaltigen Schlag gegen die Innenverkleidung des Laderaums eines fahrenden Kleintransporters geschleudert werde. Es ist stockdunkel, trotzdem registriere ich, dass wir schnell fahren, förmlich rasen. Das Fahrzeug beschreibt mit aufheulendem Motor eine Rechtskurve, und während ich gegen die linke Seitenwand pralle, höre ich unter mir die Reifen quietschen. Ein weiterer Körper wird ebenfalls herumgeschleudert, rollt auf mich drauf und stöhnt: «Scheiße!» Ich glaube, es ist Pflaumi, und schemenhaft erkenne ich noch einen Passagier, vermutlich Rainer.

Der Transporter kommt mit einer Vollbremsung zum Stehen, die Türen des Laderaums werden aufgerissen, und schwarz gekleidete Männer packen uns und ziehen uns hinaus auf einen glatten Betonboden.

Direkt vor mir liegt Pflaumi. Er hat sich in einen Hasen verwandelt. In einen gigantischen, rosafarbenen Hasen mit weißem Bauch und übergroßen Schlappohren. Unterhalb der Knubbelnase samt Hasenzähnen schaut sein Gesicht hervor. Ein dünner, blutiger Speichelfaden schaukelt sich aus seinem Mundwinkel Richtung Boden. Hinter ihm entdecke ich Rainer. Er lehnt sich an die hellgraue Wand des schummrigen Tunnels, in dem wir uns befinden. Auch er jammert schmerzerfüllt, und auch er steckt in einem rosafarbenen Ganzkörperhasenkostüm. Rainer hat ein blaues und blutunterlaufenes Auge. Ich versuche, mich zu erheben, Schmerzen im Bereich meiner rechten Rippen lassen mich laut aufstöhnen, und dann stelle ich auf allen vieren hockend fest, dass auch ich in einem Hasenkostüm stecke.

Plötzlich erscheinen in meinem Blickfeld schwarze Sicherheitsstiefel, in denen schwarze Sicherheitshosen stecken, und grobschlächtige Hände reißen uns energisch nach oben. Ich erkenne zwei muskulöse Kerle mit verspiegelten Sonnenbrillen und kurzen, dunklen Haaren, sie schubsen uns vor sich her, ein paar Stufen hinauf, auf eine gleißend hell erleuchtete Rasenfläche.

«Verarsch uns nicht, Alter! Ich schwör dir! Verarsch uns nicht», grunzt mir einer der Gorillas ins Ohr. Die jungen Männer entfernen sich eilig, und ich höre das Zuschlagen der Türen des Transporters, bevor das Fahrzeug davonfährt.

Ein unbeschreiblicher Lärm setzt nun ein, steigert sich ins Unermessliche, während wir orientierungslos über den Rasen stolpern. Auf steil ansteigenden Rängen und Tribünen entdecke ich Menschenmassen, die johlen und schreien, rhythmisch klatschen und mit den Fingern auf uns deuten. Aus riesigen Lautsprecherboxen wummern gnadenlose Technobeats, und ich werde geblendet von Scheinwerfern, die heller strahlen als hundert Sonnen. Ich blicke mich mit zusammengekniffenen Augen um. Um uns herum hüpfen Hunderte von Menschen auf kleinen Trampolinen im rasend schnellen Takt der Musik. Jeder von ihnen ist mit modischer Funktionswäsche bekleidet und grinst trotz der offensichtlichen Anstrengung hirnverbrannt vor sich hin.

Offenbar ist es so weit. Der Wahnsinn hat die Herrschaft ergriffen, und die Welt geht unter. Und drei überdimensionale Hasen schauen dabei zu.

«Was ist hier verdammt noch mal los?», höre ich Pflaumi neben mir rufen. Dann entdecke ich über mir eine gewaltige Anzeigetafel, einen riesigen Würfel, der hoch über dem Spielfeld zu schweben scheint.

WORLD FITNESS DAY ist dort zu lesen.

Wir befinden uns auf dem Spielfeld des Frankfurter Waldstadions.

Pflaumi geht stöhnend in die Knie. Rainer fällt einfach um. Er schaukelt einige Male linkisch hin und her, bevor er mit krumm nach oben stehenden Hasenbeinen liegen bleibt.

Mann, wer hätte das gedacht. Dass es einmal so weit kommt.

Wegen neunundneunzig Luftballons.

Aber nein! Keineswegs wegen neunundneunzig Luftballons.

Gestatten? Werner mein Name. Tobias Werner. Tobi, für Freunde und Bekannte.

Ja, was war da verdammt noch mal los? Wie konnte ich in die missliche Situation geraten, in einem rosafarbenen Hasenkostüm und mit angebrochenen Rippen auf dem getrimmten Rasen einer gigantischen Sportarena zu landen?

Das ist wirklich nicht leicht zu erklären. Aber gut. Ich will es versuchen.

Schuld ist im Grunde meine pubertierende Tochter. Obwohl. So einfach darf ich es mir jetzt auch nicht machen. Denn im Grunde handelt es sich um die Aneinanderreihung diverser schicksalhafter Begebenheiten, eine Verkettung mehrerer unglücklicher Umstände.

Der erste unglückliche Umstand war mein fünfundvierzigster Geburtstag.

Fakt ist: Wenn ich nicht vor kurzem fünfundvierzig geworden wäre, wäre es nie zu diesem ganzen Desaster gekommen.

Fünfzehn Tage vorher

ZUM GEBURTSTAG VIEL GLÜCK

• • • • •

Mein fünfundvierzigster Geburtstag beginnt schon suboptimal, und dies nicht nur, weil es Montagmorgen ist und auf dem Frühstückstisch ein grüner Smoothie steht. Ich setze mich, bereits in dem obligatorischen und schon wieder enger gewordenen Anzug und mit stramm gebundener Krawatte, auf einen der vier Holzstühle und blicke in die Runde.

Eine zugegebenermaßen recht kleine Runde, denn sie besteht lediglich aus meiner vierzehnjährigen Tochter Laura-Michelle, da meine Frau bereits die Wohnung verlassen hat. «Alles Gute zum Geburtstag, Bärchen! Ich muss zum Yoga», hatte sie kurz zuvor durch die Badezimmertür gerufen, während ich unter der Dusche stand.

Und ja! Meine Frau nennt mich *Bärchen*!

Mein siebzehnjähriger Sohn Felix schläft vermutlich noch, oder noch nicht. Man weiß das bei ihm nicht so genau, denn er hat sich völlig abgekapselt und lebt eremitenartig in seiner eigenen Welt, die im Wesentlichen aus seinem stets abgedunkelten Zimmer besteht.

Ich blicke also mit einem nicht zu offensichtlich erwartungsvollen Lächeln zu meiner Tochter, die mit dem Zeigefinger der linken Hand eine Strähne ihrer neuerdings pechschwarz gefärbten Haare vor dem Gesicht zwirbelt und mit dem Daumen der rechten Hand auf ihrem neuen Smartphone herumwischt. Dabei murmelt sie unablässig: «Fuckshit!»

Es ist nicht so, dass mir Geburtstage etwas bedeuten, keinesfalls. Vor allem meinen eigenen Geburtstag möchte ich in der Regel so schnell und unauffällig wie möglich hinter mich bringen, auch wenn manche anderen Personen – zum Beispiel meine Frau – dies als unhöflich betrachten. Ich möchte auch nichts geschenkt bekommen und beantworte jede diesbezügliche Frage exakt in diesem Sinne, aber auch das gefällt manchen anderen Personen nicht. Mir genügt es im Grunde, an meinem Geburtstag ein paar schöne Stunden mit der Familie zu verbringen. Vielleicht ein Abendessen beim Griechen um die Ecke und danach noch eine Partie Uno.

Allerdings empfinde ich das Wort «Fuckshit», zumal wenn es zum zwanzigsten Mal wiederholt wird, als doch etwas unpassend am heutigen Morgen.

Ich warte eine angemessene Weile (circa vier Sekunden), dann beginne ich übertrieben laut an dem wie immer ekelhaft schmeckenden Smoothie zu schlürfen, was jedoch zu keinerlei Reaktion beim weiblichen Spross der Familie führt.

«Das Handy ist so behindert!», erklärt sie stattdessen.

Meine Frau Mareike besteht darauf, dass man sich in der für die Eltern, aber im Besonderen natürlich für das Kind so schwierigen Phase der Pubertät nicht abwenden darf, sondern dem Kind vielmehr liebe- und verständnisvoll zur Seite stehen muss. Immer wieder die Kommunikation suchen, Hilfe anbieten oder auch einfach nur *da sein.* Daher stelle ich mich – meinen momentan offenbar vergessenen Geburtstag verständnisvoll ignorierend – neben Laura-Michelle und beobachte, wie ihr Finger in atemberaubender Geschwindigkeit über den Bildschirm ihres Smartphones streicht, auf dem immer neue Masken oder Fenster (oder wie man das nennt) auf- und wieder zugehen. Sie bemerkt mich und drückt das Display augenblicklich gegen ihre vor kurzem noch nicht vorhandenen, dann aber binnen weniger Augenblicke explosionsartig entstandenen Brüste, die sich nun wie Fremdkörper unter ihrem T-Shirt mit der Aufschrift *My business, bitch!* hervorwölben, und ruft: «Alter! Spion oder was?»

Ich habe den diesbezüglichen, kurzen und schmerzvollen Lernprozess noch nicht abgeschlossen, aber ich habe inzwischen begriffen, dass man die Bezeichnung «Alter» als Elternteil nicht persönlich nehmen darf. Denn alle sind «Alter». Nicht nur ich oder meine Frau. Nein, auch Klaras Freundinnen, ihr Bruder, die Nachbarn und zur Not auch der Fernseher oder der Esstisch heißen seit neuestem «Alter».

Es handelt sich um einen inhaltslosen Ausruf, und Maßregelungen hinsichtlich der Unangemessenheit des Wortes bringen absolut nichts.

«Was ist denn los mit deinem Handy?», möchte ich fürsorglich wissen, und fast habe ich meinen Geburtstag selber schon vergessen.

«Ja, voll behindert halt.»

Eine weitere fragwürdige Innovation im Sprachgebrauch meiner Tochter ist es, dass oftmals nur noch in unvollständigen, quasi auf das Wesentliche reduzierten Sätzen gesprochen wird, obwohl sie doch eigentlich intelligent ist. Nicht nur eigentlich. In der dritten Klasse war sie sogar Klassenbeste in Deutsch!

«Seit gestern Abend kein WhatsApp mehr.» Sie donnert ihre Fingerspitze spechtartig gegen das grüne Symbol der weltweit erfolgreichsten Spionagesoftware des amerikanischen Geheimdienstes, dann erlischt der Bildschirm. «Und einhunderttausendmal am Tag geht's einfach aus!»

«Dann bringen wir es halt einfach mal zum Media Markt zur Reparatur. Das ist ja erst drei Monate alt und hat noch Garantie.»

«Alter! Und das bleibt dann da im Media Markt, oder was?»

«Na ja, vermutlich schon ein paar Tage.»

«Ey, das fuckt voll ab! Dann hab ich tagelang kein Handy! Kann ich nicht ein neues haben?»

Sie meint das ernst. Pubertierende leiden teilweise unter Wahnvorstellungen, und Laura-Michelle glaubt tatsächlich, dass möglicherweise ein Funken Hoffnung bestehen könnte, dass ich sage: «Natürlich! Such dir einfach eins aus, vielleicht das neueste iPhone, welche Farbe hättest du denn gerne, vielleicht Weiß oder Gold?»

Stattdessen sage ich: «Dann hast du halt mal für ein paar Tage kein WhatsApp. Ich könnte dir so lange mein altes Nokia geben. Telefonieren und SMS kann das auch.»

«Doppelscheiße! Alter! Als ob! Geht gar nicht! Nokia?» Sie ist jetzt sehr aufgebracht, offenbar habe ich einen schrecklichen Fehler gemacht. «Da werd ich totgemobbt. Und Telefonieren und SMS ist ja mal voll Steinzeit. Macht doch keine Sau mehr. Außerdem kann ich ohne WhatsApp keine Hausaufgaben machen.»

«Warum das denn, bitte?»

Sie blickt mich an, als wäre sie meine überarbeitete Pflegerin beim betreuten Wohnen, während ich erfolglos versuche, verschiedenförmige Holzklötzchen in hierfür vorgesehene Löcher zu stecken.

«Klassenchat!», sagt sie dann. «Da stehen die Hausaufgaben drin!»

«Und die kannst du dir nicht einfach vorher aufschreiben?»

«Aufschreiben? Alter! Als ob!»

Sie beendet das Gespräch, indem sie trotz ausgeschaltetem Smartphone ihre geliebten Kopfhörer aufsetzt. «Beats von Dr. Dre» heißen die.

Herstellungskosten: vier Euro. Verkaufspreis: zweihundert Euro.

Unter dem von Mareike allmorgendlich frisch gepressten, grünen Smoothie (Spinat, Rucola, Brokkoli) liegt ein Briefumschlag, und die schwungvolle Handschrift meiner Frau verkündet: *Mein Bärchen, ich wünsche dir alles nur erdenklich Gute zum Geburtstag.*

Also ein Gutschein.

Schon wieder ein Gutschein.

Aber Moment mal! Ein hoffnungsvoller Gedankenblitz durchzuckt mein Gehirn. Ein Erinnerungsfetzen längst vergangener Tage. Ein Rollenspiel. Meine Frau als Sekretärin verkleidet. Mit Haardutt und Strapsen. Wobei Strapse natürlich nicht wirklich zum Standardoutfit einer Sekretärin gehören, aber Sie wissen ja wohl, was ich meine. Kurz darauf im Schlafzimmer sagt sie dann: «Das stand aber nicht in der Stellenbeschreibung, Herr Werner …»

Vielleicht ist es ja ein Sex-Gutschein!

Verdammt, ich werde sofort total geil. Kein Wunder, immerhin hatte ich seit fast drei Monaten keinen Geschlechtsverkehr mehr. Ich reiße den Umschlag auf.

Es ist ein Gutschein für ein Konzert der Toten Hosen. Ich bin mir sicher, dass ich bei den letzten mindestens fünf Geburtstagen und Weihnachtsfesten hinreichend deutlich zum Ausdruck gebracht habe, dass ich kein Interesse an weiteren Geschenkgutscheinen für was auch immer habe, weil ich Gutscheine grundsätzlich nie einlöse. Ich hasse Gutscheine!

Und ich kann mich auch nicht daran erinnern, jemals geäußert zu haben, dass ich unbedingt auf ein Konzert der Toten Hosen gehen möchte. Ich kenne nur drei oder vier Songs von den Toten Hosen, und überhaupt mag ich deutschsprachige Musik nicht besonders, weil die Texte immer so traurig sind und die Welt mit brüchiger Stimme zu Grabe gesungen wird.

Außer vielleicht Musik von den Ärzten, die habe ich früher gerne gehört.

Mein Gott, hat Mareike das eventuell verwechselt?

Ich lege die wohlgemeinte Verurteilung zu zwei Stunden Lebenszeitverschwendung in die hierfür reservierte Schublade des Wohnzimmerschranks auf den Stapel der seit Jahren nicht eingelösten Gutscheine – das Rittermahl mit großer Rittershow im Hunsrück (laut Beschreibung im Internet ein ekelhaftes Fressgelage), die Fahrt im Heißluftballon (ich habe Höhenangst), die Weinverkostung eines Weingutes in Rüdesheim (bin Biertrinker), vier Stunden Wellness im exklusiven Spa in Frankfurt (mittlerweile ein Bordell), das romantische Wochenende in Rostock (Rostock!) und so weiter.

Einen Gutschein für tollen Sex, das wäre was gewesen. Den hätte ich garantiert nicht auf den Stapel der anderen Gutscheine gelegt, sondern umgehend eingelöst.

Neben dem Smoothie finden sich noch zwei weitere Geschenke, die ich nun auspacke. Zum einen erhalte ich eine Feuchtigkeitscreme für Männer über vierzig, die laut Etikett gegen fahlen Teint, Augenringe, müde Gesichtszüge und schuppige Haut wirkt. Zum anderen bekomme ich ein tolles Mundwasser, welches angeblich achtundneunzig Prozent aller Bakterien im Rachenraum abtötet.

Ich sehe also aus wie Scheiße und habe Mundgeruch. Na, vielen Dank auch.

Irgendwie ärgere ich mich jetzt doch maßlos über Laura-Michelle. Ich meine – sorry! – ich werde heute fünfundvierzig. Ich erwische sie im Hausflur. Sie zieht sich gerade ihre schneeweißen Michael-Kors-Turnschuhe an.

Herstellungskosten: vier Euro. Verkaufspreis: zweihundert Euro.

Nur um das klarzustellen: Ich habe keine Ahnung, wer Michael Kors ist und warum es für Laura-Michelle plötzlich überlebenswichtig ist, Schuhe von ihm zu tragen.

«Hey, Schnuffi, du weißt aber schon, was heute für ein Tag ist? Also, dass heute ein besonderer Tag ist?»

Ich weiß, dass sie «Schnuffi» nicht mehr mag. Dreizehn Jahre lang habe ich sie «Schnuffi» genannt, und auf einmal mag sie es nicht mehr. Auch Schnuffeline, Schnuffelmausi und Schnuffella mag sie nicht mehr. Das ist schwer zu akzeptieren.

Sie überlegt, dann fragt sie zögerlich. «Ich bekomme einen Hund? Echt jetzt? Alter!»

Es ist wohl etwas dran an dem Gerücht, dass Jugendliche in der Pubertät ziemlich ichbezogen werden.

«Ich habe heute Geburtstag», sage ich jetzt geradeheraus und kann nicht vermeiden, dass es etwas enttäuscht, ja fast desillusioniert klingt.

Die Situation überfordert Laura-Michelle emotional völlig. Ihre Augen weiten sich, sie presst ihre Lippen schuldbewusst zusammen, und dann umarmt sie mich kurz und unter Vermeidung vollständigen Körperkontakts vor allem im Bereich ihres Busens. Im Grunde drückt sie mir ihre rechte Schulter gegen den Brustkorb und tätschelt dabei mit der flachen Hand meinen Rücken. Es könnte auch die Begrüßung zweier Bauarbeiter beim morgendlichen Arbeitsbeginn sein, zumindest wenn es sich um gutgelaunte Bauarbeiter handelt.

Nach drei Sekunden ist es vorbei mit der Umarmung, und am liebsten würde ich sie an mich reißen und drücken und knuddeln, so wie früher. Ach was, *früher.* Ein paar Wochen oder Monate, maximal ein Jahr ist das doch gerade mal her, dass wir im großen Ehebett gekuschelt und getobt haben. Ich habe sie durchgekitzelt und ihr seitlich in den Bauch gebissen und in die Waden und Füße, und sie hat gequiekt vor Vergnügen und ständig «Hab dich lieb, Papi» gerufen, von morgens bis abends!

Heute würde sie mich vermutlich anzeigen.

Wegen Kindesmisshandlung oder sexueller Belästigung von Minderjährigen.

«Alles Gute zum Geburtstag, Daddy!»

«Danke, Schnuffi.»

«Nenn mich nicht Schnuffi!»

«Alles klar. Dann viel Spaß in der Schule.»
«Alter, Schule ist megabehindert.»
Das ist doch alles Scheiße, denke ich, als ich allein bin.
Und ständig diese grünen Smoothies.
Und zugenommen habe ich auch schon wieder.
Und seit kurzem heiße ich nicht mehr Papa, sondern *Daddy.*
Oder halt *Alter.* Aber wie gesagt: nicht persönlich nehmen.

KOPFSCHWITZER

• • • • •

Kaum sitze ich in der U-Bahn, schon schwitze ich wie ein Schwein.

Schuld daran ist nicht nur der für das sommerliche Wetter vollkommen unangemessene dunkle Anzug und der brechend volle Waggon, sondern vor allem die vermaledeite Krawatte, die ich mir allmorgendlich wie einen Galgenstrick um den Hals binden muss. Schweine können übrigens nicht schwitzen, da sie keine Schweißdrüsen zur Regulierung der Körpertemperatur haben. Sie suhlen sich zur Abkühlung ersatzweise im Schlamm. Da sind mir Schweißdrüsen definitiv lieber. Dennoch ist es lästig, vor allem weil ich ein Kopfschwitzer bin. Meine kompletten Schweißdrüsen befinden sich augenscheinlich ausnahmslos am Schädel. Im Gegensatz zu den vom Schicksal eindeutig bevorteilten Achselschwitzern und den vom Glück geradezu überhäuften Ganzkörperschwitzern stehe ich mit hochrotem, glänzendem Gesicht im Gang, halte mich mit einer Hand am bazillenverseuchten Deckengestänge fest und zerre mit der anderen an meinem Krawattenknoten, um diesen ein wenig zu lösen.

Es sind nur vier Stationen, aber die sind die Hölle.

Früher, als die Menschen noch zu dumm waren, um Knöpfe zu erfinden, haben die Männer sich Tücher um den Hals gewickelt, um die Hemdkragen zu schließen. Aber diese dunklen Zeiten sind doch nun längst überstanden, und somit ist die Krawatte nicht nur lästig, sondern auch längst überholt. Ständig hängt der Schlips in meinem Essen herum oder flattert mir bei starkem Wind ins Gesicht, ganz zu schweigen von meinem Nahtoderlebnis am Aktenvernichter im letzten Jahr.

Ich fasse kurz zusammen, was Sie, verehrte Leser, bisher über mich wissen: krawattehassender Kopfschwitzer, verheiratet, zwei pubertierende Kinder.

Ein recht unvollständiges Bild, welches ich gerne versuchen will, ein wenig zu komplettieren.

Als hervorstechendste Eigenschaft würde ich meine absolute Normalität nennen.

Der Satz klingt seltsam, ist aber dennoch zutreffend, und es stört mich auch in keiner Weise. Ich bin absolut durchschnittlich. Nicht besonders groß, nicht besonders klein, mit langsam ergrauendem Haar, halbwegs gut rasiert, meist dem Anlass entsprechend, am liebsten aber salopp gekleidet, dabei weder intro- noch extrovertiert und mit gut hundert Kilogramm Lebendgewicht auch durchschnittlich adipös. Also noch nicht richtig fett, aber in jedem Fall dick. Sogar die Größe meines Penis entspricht mit 13,7 Zentimetern im erigierten Zustand exakt dem einer aktuellen Studie zufolge deutschen Durchschnitt.

Wobei ich zugeben muss, dass ich mir beim Nachmessen doch etwas doof vorkam, zumal ich mir das benötigte Lineal kurz von Schnuffelinchens Schreibtisch ausgeborgt hatte, um dann damit im Badezimmer zu verschwinden.

Manche Menschen behaupten zudem, ich sei vielleicht nicht gerade geizig, aber doch etwas knauserig. Das Wort «knauserig» empfinde ich allerdings als erstens übertrieben und zweitens zu eindimensional, da es den vernünftigen und intelligenten Aspekt kostenbewussten Handels einfach ignoriert.

Ich würde eher sagen: Ich lasse mich halt nicht verarschen.

Wenn ich mir beispielsweise an einer Bar einen Gin Tonic bestelle und der Barkeeper mich fragt, mit *welchem* Gin ich gerne meinen Tonic vermischt haben würde, dann sage ich stets: «Mit dem billigsten.»

Man schmeckt doch ohnehin keinen Unterschied, und betrunken wird man von allen Gin-Sorten gleich gut.

Abgesehen von den erwähnten Eigenschaften bin ich Pragmatiker, mit einem leichten Hang zum Cholerischen.

Das heißt, ich nehme die Dinge, wie sie sind, es sei denn, sie sind nicht mehr auszuhalten. Als Beispiel könnte ich hier die Geschehnisse im Zusammenhang mit unserer letzten Kaffeemaschine erwähnen. Meine Schwiegermutter hatte uns die Kaffeemaschine eines großen Kaffeevertreibers mit Filialen in jeder Fußgängerzone, bei dem man auch Socken kaufen kann und dessen Name klingt wie der Ruf eines exotischen Vogels, zum letzten Weihnachtsfest geschenkt. Es handelte sich um eine sogenannte Kapselmaschine, was bedeutet, dass man immer eine einzelne Kapsel in die Maschine steckt, die daraufhin eine kleine Tasse Kaffee produziert. Und obwohl diesen Kaffeekapselmaschinenerfindern meine vollste Hochachtung gilt, da sie es schaffen, dem Endverbraucher vierzig Cent pro Tasse (anstatt fünf Cent bei normalem Filterkaffee) aus der Tasche zu ziehen und dabei ungestraft Unmengen von nichtabbaubarem Aluminiummüll zu produzieren, hat es mich doch sehr betrübt, dass die Maschine nach nur zwei Betriebsmonaten nicht mehr ordnungsgemäß funktionierte. Plötzlich rutschte bei jedem vierten oder fünften Brühvorgang die Kapsel aus ihrer Halterung heraus, und siedend heißes, bräunliches Wasser ergoss sich auf die Arbeitsfläche der Küche. Zunächst noch entspannt, warf ich mehrere Wochen lang die ruinierte Kapsel pragmatisch in den Müll (40 Cent!) und wischte die Sauerei auf, bis zu jenem Tag im vergangenen März, als mir in der morgendlichen Eile gleich zwei Kapseln hintereinander aus der Halterung rutschten und ich mir die Hand verbrühte, als ich versuchte, die zweite Kapsel wieder hineinzuschieben. Es ist ein faszinierender Moment, wenn sich mein Gehirn vollkommen selbständig für einen cholerischen Anfall entscheidet. Mindestens ebenso faszinierend empfand ich das Erlebnis der kompletten Zerstörung eines Objekts durch den Einsatz der Zentrifugalbeschleunigung. Ich hielt das Gerät am Stecker des Stromkabels und schleuderte es wieder und wieder auf den gekachelten Küchenboden, dabei brüllte ich: «Fick dich, Tchibo!»

Binnen weniger Augenblicke hatte sich unsere Kaffeemaschine in ihre Einzelteile aufgelöst, und Hunderte winzige rote Plastikteilchen bedeckten den Boden. Danach fegte ich – wiederum zur Geisteshaltung des Pragmatikers zurückgekehrt – alles zusammen, ging zur Arbeit, und am Abend brachte ich eine neue Kaffeemaschine sowie die hierfür benötigten Filter und ein Pfund Kaffee mit nach Hause.

Zu guter Letzt möchte ich noch mein Faible für Ameisen erwähnen, welches mich seit frühester Kindheit begleitet.

Ameisen sind die faszinierendsten Tiere überhaupt. Ameisen leben in Völkern zusammen und gründen Staaten. Jedes Volk hat eine Königin. Es gibt Arbeiterinnen, es gibt Soldatinnen, es gibt Wächterinnen. Es werden Kriege geführt und Larven von benachbarten Völkern gestohlen. Sie halten sich Raupen als Gäste, die sie fürsorglich umsorgen und dafür melken dürfen, und die einzige Existenzberechtigung der Männchen ist das Befruchten der Königin, dann sterben sie. Und dies sind nur einige, rudimentäre Fakten über die faszinierendsten Kreaturen dieser Erde. Gerne würde ich noch tiefer eindringen in das Thema, doch leider hält die stählerne Sklavenbeförderungsmaschine an meiner Zielhaltestelle und ich muss aussteigen.

KALTER ANRUF

• • • • •

«Mehr Anrufe! Mehr Abschlüsse! Na kommt, Leute, lasst mal was hören!»

Seit ein paar Monaten habe ich einen neuen Vorgesetzten. Er steht an der Stirnseite des gläsernen Besprechungsraumes und erwartet wie jeden Montagvormittag am Ende der gemeinschaftlichen Sitzung von der versammelten Belegschaft die euphorische Wiederholung seines Erfolgscredos.

«Mehr Anrufe! Mehr Abschlüsse!», blöke ich mit meinen Kollegen im Chor.

«Ich kann euch nicht hören!»

«Mehr Anrufe! Mehr Abschlüsse!»

«Alles klar, Leute! Work the problem! Und jetzt: Give 'em the bell!»

Mein neuer Vorgesetzter liebt amerikanische Slogans und vermeintliche Fachbegriffe und benutzt sie exzessiv. Vermutlich soll dies sein Fachwissen, seine Internationalität und seine Rolle als Motivator untermauern.

Ich arbeite seit zwölf Jahren bei der deutschen Dependance eines weltweit operierenden amerikanischen Finanzdienstleistungsunternehmens im achten Stock eines glänzenden Hochhauses im Frankfurter Finanzviertel. Leatherman Wealth Management, kurz: LWM. Noch nie gehört? Macht nichts. Es gibt Tausende solcher Firmen, die sich tagein, tagaus darum bemühen, dem in diesen Belangen meist absolut kenntnisfreien Normalbürger (branchenintern *idiots* genannt) Aktienpakete, Anlagefonds, Versicherungen, Kredite, Leasingverträge oder Immobilien zu verkaufen. Das Allerwichtigste in diesem heißumkämpften Markt ist natürlich die Neukundengewinnung.

Mein Vorgesetzter heißt Süleyman Özer und ist einunddreißig Jahre alt. Vierzehn Jahre jünger als ich. Ob ich das schlimm finde? Saudumme Frage. Natürlich finde ich das schlimm. Also nicht das mit dem Namen und der daraus ersichtlichen türkischen Herkunft, natürlich nicht, Gott bewahre. Aber einem so jungen Kerl den Vorzug zu geben, das tut einfach weh. Noch dazu einem Türken!

War nur Spaß. Oder vielmehr: Galgenhumor.

Obwohl ich die Entscheidung der Geschäftsführung sogar nachvollziehen kann, ihn und nicht mich zum Leiter der Abteilung «Anlageberatung Vermögende Privatkundschaft», also zum «Head of Wealth Management», gemacht zu haben. Insgeheim bin ich sogar froh darum, denn immerhin komme ich meistens gegen siebzehn Uhr hier raus und muss auch nur selten am Wochenende arbeiten. Eventuell hätte ich mich bei dem internen Bewerbungsgespräch vielleicht etwas mehr ins Zeug legen müssen. Meine Antwort «Läuft doch eigentlich alles ganz gut» auf die Frage nach den von mir zu erwartenden Maßnahmen wirkt rückblickend betrachtet vielleicht etwas unengagiert. Seit Jahren verharre ich auf einem lachhaft niedrigen Gehaltsniveau, im Gegensatz zu Süleyman, der in Windeseile seine Karriere vorantreibt und alle nur erdenklichen internationalen Businessabschlüsse absolviert hat, inklusive Bachelors und Masters und wichtigen Stationen in der Finanzwelt im Ausland und schließlich auch im Mutterkonzern in den USA. Noch dazu sieht er zumindest nach den Maßstäben unserer Branche phantastisch aus, mit seinen geckenhaft nach hinten gegelten schwarzen Haaren, den schneeweißen Zähnen, dem energischen Kinn und seinem perfekt sitzenden Maßanzug. Und so traute man es ihm offensichtlich mehr zu als mir, die

Abteilung an die veränderten Bedingungen der immer unbarmherziger konkurrierenden Branche anzupassen oder schlichter ausgedrückt: umzukrempeln.

Sein probates Mittel hierfür nennt sich «Cold Calls».

Cold Calls sind das widerlichste Instrument zur Neukundengewinnung, das sich die Finanzbranche in den letzten Jahren hat einfallen lassen, und leider ist Süleyman glühender Anhänger dieser Methode. Bei einem Cold Call ruft man eine vollkommen unvorbereitete und persönlich nicht bekannte Person an, deren Name inklusive wichtiger persönlicher Daten auf einer Liste steht, die von irgendeiner externen und in der Regel am Rande der Legalität arbeitenden Firma erworben wurde. Dann versucht man die Person davon zu überzeugen, eines oder mehrere Finanzprodukte zu erwerben. Tut sie es nicht, müsse sie mit schlimmen Konsequenzen rechnen.

Sie möchten doch bestimmt auch Steuern sparen?

Wissen Sie, dass sich in diesem Moment der Realwert Ihres Vermögens drastisch reduziert?

Glauben Sie wirklich, dass Sie später eine staatliche Rente erhalten?

Wie gesagt: widerlich. Und abgesehen davon auch gesetzlich verboten. Eine Tatsache, die bei Süleyman und im Grunde in der gesamten Branche immer wieder zu lautem Gelächter führt.

Ich teile mir ein Büro mit Rüdiger, und Rüdiger kann das richtig gut, das mit den Cold Calls. Rüdiger hat gerade vor versammelter Mannschaft die begehrte Champagnerflasche erhalten, für die meisten Abschlüsse im letzten Monat, und grinst schwul vor sich hin. Er kann nur schwul grinsen, denn Rüdiger ist schwul, und Rüdiger hat das von Süleyman initiierte «Umkrempeln» der Abteilung am besten umgesetzt. Er ist eine Telefoniermaschine. Er kann einfach gut telefonieren. Er kann sich einschmeicheln, er kann um den Finger wickeln, er kann Angst vor der Zukunft machen, dann wieder aufmuntern und schlussendlich eine Lösung anbieten. Er kann es einfach. Und nach jedem zweiten Telefonat hat er einen Abschluss in der Tasche, und wenn es nur ein Sparplan für das Enkelkind, den Neffen oder notfalls für die Katze des Angerufenen ist. Kleinvieh macht auch Mist.

Ich übertreibe nicht.

Rüdiger hat es geschafft, einer alleinstehenden achtzigjährigen Frau einen Sparplan für ihre Katze aufzuschwatzen. Auch jetzt hat er schon wieder den Hörer in der Hand und quatscht ohne Unterlass. Vermutlich schafft er es heute noch, einem Anleger den «Leatherman IFC Global Gold» aufzuschwatzen, einen von Süleyman höchstpersönlich entwickelten Anlagefonds und das absolute Top-Produkt unserer Firma.

Ich lockere meine Krawatte noch ein weiteres Stückchen und öffne heimlich den Innenknopf meiner Anzughose. Ich müsste entweder endlich mal abnehmen oder auf Anzuggröße 29 upgraden.

Ich betrachte den nächsten Kandidaten auf meiner Liste. Alle darüberstehenden Personen habe ich bereits kontaktiert und die entsprechende Spalte handschriftlich mit einem Kreuz (kein Interesse), einem Querstrich (nicht erreicht), zwei Querstrichen (zweimal nicht erreicht) und so weiter oder einem Kreis (interessiert) gekennzeichnet. Die meisten Namen sind mit einem Kreuz versehen.

Kreise sind spärlich gesät, momentan erblicke ich nur zwei.

Norbert Rupp heißt der Nächste.

Wohnhaft in Königstein. Freiberuflicher Architekt.

Schönes Städtchen, mitten im Taunus. Eine Burgruine haben die da, hoch über der Stadt. Ich war vor Jahren mal dort, auf einem Rockfestival. War ein ganz schöner Fußmarsch bis nach ganz oben. Muss über zwanzig Jahre her sein. Doch, kommt hin, denn wir waren noch nicht verheiratet, und auch von Kindern war noch lange nicht die Rede. Ein super Abend war das. Wir hatten ziemlich viel intus, und Mareike ist dann trotzdem gefahren, und dann kamen wir in eine Polizeikontrolle. Was für ein Schock. «Haben Sie etwas getrunken?», hat der Beamte durchs Fenster gefragt, und Mareike hat supercharmant lächelnd «Natürlich nicht!» geantwortet, und dann hat er uns einfach weitergewunken. Wir haben uns noch den ganzen Abend darüber kaputtgelacht und grandiosen Sex gehabt. Natürlich. In den ersten zwei Jahren einer Beziehung ist der Sex immer phantastisch, geradezu pornofilmreif.

«Großartig!», höre ich Rüdiger in diesem Moment frohlocken. Er reißt mich aus meinen Gedanken und zeigt mir seinen nach oben gereckten schwulen Daumen. «Das freut mich sehr, Herr Schmittke! Ich lasse die Unterlagen sofort für Sie vorbereiten. Ja … ja … geht alles heute noch raus, Herr Schmittke, natürlich! Besten Dank! Und einen schönen Tag noch. Ja … Hat mich auch gefreut …»

So. Los jetzt! Ich wähle die Nummer. Das Freizeichen ertönt.

«Norbert Rupp.»

«Schönen guten Tag, Herr Rupp. Mein Name ist Tobias Werner vom Leatherman Wealth Management, und ich habe eine Frage an Sie. Es geht um *Ihr* Geld! Finden Sie nicht auch, dass Sie zu viel Steuern zahlen?»

«Lass mich in Ruh, du Penner!» Piep. Aufgelegt.

Ich male ein Kreuz und wähle die nächste Nummer. Jetzt nicht verzagen.

«Schönen guten Tag, Frau Schürmann-Maier, mein Name ist Tobias Werner vom Leatherman Wealth Management, und ich habe eine Frage an Sie. Es geht um *Ihr* …»

«Halt's Maul!» Piep. Aufgelegt. Das nächste Kreuz und weiter.

«Schönen guten Tag, Herr Burckhardt, mein Name ist …»

«Arschloch!» Piep. Aufgelegt.

Mein Vorgesetzter steht im Türrahmen.

«Tobias, kommst du kurz mal in mein Büro? Kurzer *wash-up.*»

«Klaro, Süleyman.»

Seit Süleyman Özer Abteilungsleiter ist, müssen sich alle duzen. Als wären wir ein Pfadfinderlager und nicht ein seriöser Finanzdienstleister. Zwei Minuten später sitze ich vor seinem gigantischen Schreibtisch, auf dem lediglich ein kleiner Stapel Unterlagen und einige seiner sehr edlen und nur der Führungsebene zustehenden Schreibutensilien akkurat angeordnet sind.

«Ich will ganz offen sein.»

Kunstpause.

«Wir haben da ein kleines Problem mit deiner *success rate.*»

Er schnappt sich ein dichtbedrucktes DIN-A4-Blatt und liest Zahlen ab.

«Ich will da lieber jetzt noch mal drauf headlighten, bevor's zu spät ist, verstehst du. Wir hatten das ja schon letzten Monat auf dem Tisch, und ich bekomme langsam auch Druck von oben. *Bang for the bug*, hör ich den ganzen Tag. *Bang for the bug!*»

Keine Ahnung, was das bedeuten soll.

«Ich sag's dir ganz ehrlich: Das ist mein letzter *carpet call* für dich. Wir brauchen mehr Abschlüsse, verstehst du? Denn *dead wood* können wir uns einfach nicht leisten. Die Zeiten ändern sich, das weißt du doch auch. Mir fehlt da bei dir momentan einfach auch der *wow factor*, verstehst du?»

«Nicht so richtig.»

Sein Ton ändert sich.

«Okay. Vielleicht solltest du einfach ein bisschen weniger auf Pornoseiten rumsurfen. Letzten Donnerstag warst du fast zwölf Minuten lang auf einer Seite namens Happyporn.com und hast dir den Film *Mature Blondes Love Black Dicks* angeschaut. Vermutlich ein cineastisches Meisterwerk, aber Schwamm drüber.

Deine privaten Vorlieben gehen mich nichts an, solange du sie nicht hier in der Firma auslebst. Also, jetzt und hier in aller Deutlichkeit: Mach deinen Job, und reiß dich zusammen!»

«Ich habe heute Geburtstag.»

«Wie bitte?»

«Ich habe heute Geburtstag.»

«Oh. Na dann alles Gute. Dennoch sollten wir in diesem Moment das Private außen vor lassen und uns auf das Wesentliche konzentrieren. Und ich sage es dir jetzt noch mal: Du. Musst. Mehr. Einsatz bringen. Ich brauche mehr Abschlüsse. Dein *cost-gain* ist faktisch neutral. Das geht nicht. Deshalb: *Dial and smile*, Tobias. *Dial and smile!* So schwer kann das doch nicht sein, oder? Und bind dir bitte mal deine Krawatte anständig. Sieht ja unmöglich aus.»

In diesem Moment beschließt mein Gehirn, dass der Punkt erreicht ist, wo die Dinge nun nicht mehr auszuhalten sind. Die Krawatte, diese ekelhaften Anrufe. Und auf Pornoseiten bin ich maximal ein-, zweimal im Monat und nahezu ausschließlich in der Mittagspause.

Ich sage: «Lass mich in Ruh, du Penner!»

Süleyman glotzt mich fassungslos an. Dann bewegen sich seine edel geschwungenen Lippen. Zunächst lautlos. «Was?», bringt er endlich hervor.

«Halt's Maul!»

«Tobias?» Er beugt sich vor. «Hast du vollkommen den Verstand …»

«Arschloch!»

Ich habe es mir immer mal wieder vorgestellt, wie es wohl sein muss, links und rechts flankiert von zwei Sicherheitsleuten aus dem Büro begleitet zu werden, unter dem Arm nur eine Pappschachtel mit persönlichen Dingen, die man in Windeseile von seinem Schreibtisch klauben durfte. Es fühlt sich aufregend an. Nicht direkt gut, auch weil die komplette Belegschaft mit offenen Mündern durch ihre gläsernen Büros glotzt und mich ihre Blicke bis zu den Fahrstühlen verfolgen, was natürlich ziemlich peinlich ist. Aber eben auch aufregend. Ziemlich blöd ist allerdings, dass ich jetzt arbeitslos bin. Sicherlich bekomme ich ein miserables Zeugnis und in der Branche nie wieder einen Job.

So schnell kann das gehen. Nach zwölf Jahren einfach gefeuert, nur wegen einer kleinen Meinungsverschiedenheit mit dem Chef.

Ich stehe vor dem in der Sonne glänzenden Glaskoloss und blicke hinauf. Im achten Stockwerk steht er hinter der getönten Glasscheibe, die Hände in den Hosentaschen, und sieht zu mir herab. Ich bemerke, dass ich sonderbarerweise einen seiner silbernen Füllfederhalter in der Hand halte, und betrachte die Gravur.

Süleyman Özer LWM.

Ich stecke das kleine – nennen wir es – Abschiedsgeschenk in die Innentasche meiner Anzugjacke. Dann recke ich den Arm in die Höhe und zeige ihm den Mittelfinger, dabei reiße ich mir die Krawatte vom Hals, schleudere sie theatralisch zu Boden und schreie: «Ich kündige!»

Etwas peinlich, ich weiß.

PFLAUMI

• • • • •

Ich sitze im Wohnzimmer auf dem Sofa und trinke ein Bier, obwohl es noch nicht mal vier Uhr ist. Kaum arbeitslos, schon Alkoholiker.

Laura-Michelle ist bei einer Freundin, und meine sozial engagierte Ehefrau Mareike ist auch nicht zu Hause, denn heute arbeitet sie bei einem ihrer karitativen Projekte, der «Tiertafel». Sie vergibt also gespendetes Hunde- und Katzenfutter an Menschen, die sich einen Hund oder eine Katze angeschafft haben, ohne sich kurz zu vergegenwärtigen, dass sie über kein Einkommen verfügen und ein Hund beziehungsweise eine Katze regelmäßig Nahrung zu sich nehmen muss, um zu überleben. Dabei gibt es sogar Fernsehsendungen für Kinder, in denen solch einfache Problemstellungen bereits den kleinsten Mitbürgern erklärt werden. Die kurzen Filmchen heißen zum Beispiel «Was passiert dann?», werden mit einfachsten Strichmännchenzeichnungen verbildlicht und enden oft mit mehreren Antwortmöglichkeiten. Den Text spricht in der Regel ein Mann, der dabei eine ganz dumme Stimme macht.

Frau Maier ist sehr arm, sie hat kein Geld und kann sich selber nichts zu essen kaufen.

Jetzt holt sich Frau Maier einen Hund.

Was passiert dann?

A: Frau Maier isst den Hund.

B: Frau Maier kann den Hund nicht essen, weil sie keine Zähne hat.

C: Frau Maier geht zur Tiertafel.

Aber ich möchte niemanden verurteilen!

Ich bin halt einfach nicht allerbester Stimmung. Nachvollziehbarerweise, wie ich hoffe.

Mein Sohn Felix hat mir immer noch nicht gratuliert. Er sitzt in seinem Zimmer auf seinem «Gamer-Sessel» mit eingebautem Soundsystem und «Subwoofer» im Sitz und spielt *Call of Duty* im Multiplayer-Modus. Nicht meine Welt. Details kenne ich überhaupt nur, weil Felix sich einmal erbarmt hat, mir in aller gebotenen Kürze die wesentlichen Bestandteile des Spiels zu erklären, nämlich, als er sich den Sessel zu Weihnachten gewünscht hat. Ich habe mich über seine Ausführungen gefreut, da Felix sonst praktisch überhaupt nicht mehr spricht, und habe die Minute sehr genossen. Also: Per Internet vernetzt mit seinen Freunden, die offenbar auch nie für die Schule lernen müssen, ist er Teil einer militärischen Eliteeinheit. In immer neuen Missionen muss die Welt gerettet werden, wobei die Soldaten in Echtzeit miteinander kommunizieren. Hierfür hat sich Felix eine leuchtend gelbe Bluetooth-Wollstrickmütze mit integrierten Kopfhörern und Mikrophon gekauft, die er seither niemals auszieht, auch nicht im Sommer. Gleiches gilt für seine verschlissene hellgraue Jogginghose, die er stets mit einem seiner im Fünferpack erstandenen hellblauen T-Shirts mit gänzlich sinnfreiem Pinguinaufdruck trägt.

Vorzugsweise wird nachts gespielt. Die meisten seiner Mitspieler wohnen nur wenige Straßenzüge entfernt, doch persönliche Treffen sind eher selten und dann meist auch sehr unkommunikativ, weil jeder mit seinem Smartphone herumhantiert. Wenn man an seiner Zimmertür lauscht, hört man Sätze wie: «Ich gehe rechts rum und mach den Headshot!» Oder: «Scharfschützen auf elf Uhr!»

Letztens haben wir Felix morgens bewusstlos in seinem Zimmer gefunden. Im Krankenhaus wurden zweierlei Dinge festgestellt: erstens, dass er einen durch Unterzuckerung und Dehydration bedingten Kreislaufzusammenbruch hat, und zweitens, dass er sich seit geschätzten zwei Monaten nicht mehr die Haare gewaschen hat, wie man nach dem Abziehen der Strickmütze sehen und riechen konnte. Das war natürlich sehr schlimm für ihn, vor allem weil durch seinen abrupten Ausfall seine Eliteeinheit von feindlichen Truppen überrannt und niedergemetzelt wurde, sodass die komplette Mission von vorn gestartet werden musste, und wir zudem seine Mütze im Krankenhaus liegengelassen hatten. Ich musste sie dann ganz schnell holen. Wir fürchteten, dass er sich sonst etwas antut. Schuld an alledem waren natürlich wir, Mareike und ich, weil wir vergessen hatten, ihm beim Aldi seine überlebenswichtige Tagesration von acht Dosen «Flying Power Energiedrink» zu kaufen, die einzige Flüssigkeit, die er zu sich nimmt, und abgesehen davon genauso gut – weil absolut geschmacksidentisch – wie das fünfmal so teure Red Bull.

Finden jedenfalls wir Eltern, allen diesbezüglichen Protesten zum Trotz.

Ich möchte nicht übertrieben besorgt klingen, aber ich glaube nicht, dass Felix rückwärts laufen kann. Oder auf einem Bein stehen.

Und eine Freundin hatte er natürlich auch noch nicht.

Moment mal! Mein siebzehnjähriger Sohn hatte noch nie eine Freundin und steht auf muskulöse Soldaten in schwarzen Uniformen? Ob er möglicherweise … Er wird doch nicht etwa …

Fakt ist: Mein Sohn ist computerspielsüchtig. Und internetsüchtig.

Und sein kompletter Freundeskreis ist es auch.

Wie konnten wir es nur so weit kommen lassen?, werden Sie fragen, und das zu Recht.

Aber wir haben alles versucht. Wirklich alles! Wir haben geredet, gedroht, reizvolle Angebote unterbreitet und mit dem

Schulpsychologen gesprochen. Als dies alles nichts half, haben wir zu Hause schließlich sogar das WLAN abgeschaltet.

Der Anruf der Polizei erreichte uns nachts um halb vier. Wir sollten unseren Sohn doch bitte an der 24-Stunden-Esso-Tankstelle abholen, man habe ihn dort aufgegriffen, als er neben dem Eingang auf dem Boden saß, auf sein Smartphone stierte und die mobile Version seines Kriegsspiels zockte.

Die 24-Stunden-Esso-Tankstelle hat kostenloses WLAN ohne Passwort.

Wir haben zu Hause das WLAN dann wieder angeschaltet.

Und irgendwann haben wir einfach kapituliert.

Ping! Ich habe eine WhatsApp-Nachricht.

Ja, natürlich habe auch ich WhatsApp, bin ja nicht von gestern. Ich schaue auf den Bildschirm meines günstig bei Ebay ersteigerten, von Schnuffi allerdings als «megaranziges Krüppelhandy» bezeichneten Samsung S5. Die Nachricht ist von Pflaumi, meinem seit der Schulzeit besten Freund. Pflaumi heißt eigentlich Jerome. Jerome Pflaume. Ein wirklich übler Name. Mit Pflaumi kann man nur per WhatsApp kommunizieren, weil er grundsätzlich nicht telefoniert. Mag er nicht.

Er hat mir einen vier Sekunden langen Film geschickt, der sich in Dauerschleife wiederholt.

Ein volltrunkener Mann kommt am helllichten Tag aus einem Fahrstuhl (vermutlich also ein Russe), dabei übergibt er sich, rutscht auf seinem Erbrochenen aus und fällt sichtbar schmerzhaft rücklings auf einen marmornen Boden.

Pflaumi

Tobi! Ich hoffe, du hast den schönsten Geburtstag deines Lebens!

Tobi
Geht so. Hab keinen Job mehr.

Pflaumi
Gratuliere! 🌼 ☺

Tobi
Im Ernst! Sitze zu Hause und trink mein zweites Bier.

Pflaumi
Kaschemme? Hab frei. 🍺

Natürlich hat er frei. Pflaumi hat fast immer frei.

Ich kann ihm aber nicht antworten, weil das Handy klingelt. Es ist Mareike.

«Hallo, Geburtstagskind! Na? Wie läuft's bei dir?»

Ich kann es ihr nicht sagen. Ich kann einfach nicht.

«Jau. Alles klärchen so weit! Und bei dir?»

«Ganz schön viel los hier. Und dann war wieder dieser Verrückte mit der Machete da, mit seinen zwei Doggen …»

«Machete?»

«Jaja. Der ist ganz harmlos. Hab ich dir doch erzählt, der mit den Doggen, die immer über den Tresen springen, wo der eine ganz verrückt nach mir ist und mich immer bejuckelt …»

«Bejuckelt?»

«Na ja, der krallt sich halt so mit den Vorderpfoten an mir fest und dann juckelt der so an meinem Bein rum.»

«Verstehe, verstehe.»

«Du, Bärchen, und eine Sache ist echt ganz doof, ich meine, ich weiß ja, heute ist dein Geburtstag, und wir wollten essen gehen, aber bei den Krasniqis gibt's gerade Riesenstress. Frau Krasniqi hat angerufen, weil der Tarik immer noch nicht in die Schule darf, und heute Abend kommt jemand vom Schulamt zu denen in die Unterkunft, und sie weiß nicht, worum es geht. Und schwanger ist Frau Krasniqi ja auch schon wieder. Also da muss ich echt noch hin, okay?»

«Kein Problem.»

«Bist du sauer?»

«Nein. Ich hab doch gesagt – kein Problem. Was soll daran *sauer* sein?»

«Du bist ein Schatz!»

«Vielleicht frag ich Pflaumi mal, ob er mit mir ein Bierchen trinkt.»

«Na, wenn du meinst. Aber trink nicht so viel wie beim letzten Mal.»

Tobi
Kaschemme. 20 Minuten.

Pflaumi
Topp, die Watte quillt!

*

Ich setze mich neben Pflaumi an den Tresen unserer Stammkneipe. Hinter dem Tresen steht Haidadai, seines Zeichens Inhaber der «Kaschemme» und absolut authentischer Stammkneipenwirt mit Halbglatze, Bierwampe und hingebungsvollem

Detailwissen, wenn es um die Themenbereiche Alkoholika und Zwischenmenschliches geht.

Warum er Haidadai gerufen wird, weiß niemand.

«Lässt du dir einen Bart wachsen?», frage ich Pflaumi.

«Nö», antwortet Pflaumi.

Wir begrüßen uns nie besonders herzlich, und unsere Dialoge geraten oft etwas seltsam.

«Was ist das in deinem Gesicht?»

Pflaumi kratzt sich gedankenverloren über die Wangen und murmelt: «Haare.»

«Haare im Gesicht sind ein Bart», insistiere ich.

«Aber ich lasse ihn mir nicht extra wachsen. Und jetzt feiern wir mal deinen Geburtstag, mein Bester! Denk immer dran: Man ist nur so alt, wie man sich fühlt!»

«Ich fühle mich alt.»

«Scheiße.»

Knapp drei Stunden später bin ich ziemlich betrunken. Pflaumi auch.

«Haidadai! Jetzt zwei Kilkenny, bitte», ruft Pflaumi gerade hinter den Tresen und fixiert dann erneut seinen Zeigefinger, der an einer bestimmten Stelle der reichhaltigen Getränkekarte verweilt. «Oder Moment! Stopp! Wir hatten ja noch gar kein Guinness. Also erst mal zwei Guinness!»

Nachdem wir meine aktuelle Misere mit ein paar «Kann man nix machen»- und «Wird schon wieder»-Sprüchen ausdiskutiert haben, widmen wir uns mittlerweile einem langgehegten Vorhaben: dem Durchtrinken der Getränkekarte.

«Wie viel Uhr is eigentlich?», fragt Pflaumi mich.

«Gleich neunzehn Uhr», antworte ich.

Pflaumi hat nach dem gemeinsamen Abitur einen dem meinen diametral entgegengesetzten Lebensweg eingeschlagen. Er studierte zunächst Irgendwas-mit-Medien, ließ sich dann im

Laufe der folgenden Jahre allerdings dermaßen volltätowieren (er nennt das Individualisieren), dass er irgendwann selbst für den Irgendwas-mit-Medien-Bereich nur noch als Randfigur tragbar war. Heute ist er Wahrsager bei einem kleinen Regionalsender namens Frankfurt TV. Abgesehen davon ist Pflaumi Brillen-, Hut-, Glatzen- und neuerdings auch Vollbartträger und eingefleischter Single. Laura-Michelle ist ganz begeistert von meinem besten Freund, auch wenn er nur selten mal bei uns auftaucht. Sie meinte letztens, er wäre ein richtiger Hipster.

Mehrmals pro Woche sitzt Pflaumi zu unterschiedlichsten Uhrzeiten in einem Fernsehstudio hinter einem Tisch, auf dem ein aufgefächerter Satz Tarotkarten liegt, und wartet auf Anrufe, die unglaublicherweise zuhauf eingehen. Es handelt sich um eine sogenannte Call-in-Show, das heißt, die Sendung ist live und die Anrufer zahlen eine Gebühr pro Anruf, egal ob sie durchgestellt werden oder nicht. Die Show heißt *Kosmisches Kartenlegen mit Phillippe.*

Warum Pflaumi sich in seiner Sendung «Phillippe» nennt und mit französischem Akzent spricht, ist sein Berufsgeheimnis, vermutlich geht es aber um Anonymität und Authentizität. Manchmal schalte ich hinein, aber jedes Mal muss ich erneut feststellen, dass er kein wirklich guter Wahrsager ist.

Zwei Gläser Guinness werden vor uns abgestellt. Wir stoßen an und trinken die sehr, sehr kleinen Gläser recht schnell aus.

«Hier, Pflaumi, ich hab letztens mal wieder so 'ne Sendung von dir gesehen. Is ja schon ein bisschen Abzocke, oder?»

Pflaumi schaut mich mit leicht schiefem Kopf verständnislos an. «Du kannst es wohl einfach nicht sein lassen, oder? Diese ständigen Andeutungen wegen meines Jobs. Abzocke hier, Abzocke da … Ich kann's nicht mehr hören. Erstens: Kein Mensch wird gezwungen, bei der Sendung anzurufen. Und zweitens: Ich helfe den Menschen!»

«Ach, wirklich?»

«Ja, wirklich! Und das kann nicht jeder. Da muss man schon eine Gabe haben.»

«Pflaumi, du willst mir jetzt aber nicht erzählen, dass du tatsächlich *wahrsagen* kannst, oder?»

«Wahrsagen, hellsehen, weissagen ... das sind Begrifflichkeiten, die ich nicht verwende. *Medium*, sage ich. Ich bin ein *Medium.*»

«Ist ja auch egal», unterbreche ich ihn, «wer so saudumm ist, mitten in der Nacht bei 'ner Sendung namens *Kosmisches Kartenlegen mit Phillippe* anzurufen, der hat's ja wohl ohnehin nich anders verdient, als volle Kanne abgezockt zu werden?»

Mein Zeigefinger fährt über die Karte.

«So!», rufe ich. «Haidadai! Jetz aber mal zwei Kilkenny!»

Pflaumi hat die Diskussion über seine wahrsagerischen Fähigkeiten bereits abgehakt und beugt sich zu mir herüber (also im Grunde kippt er von seinem Barhocker und würde vermutlich zu Boden stürzen, wenn ich nicht neben ihm säße) und raunt: «Und ihr habt echt seit drei Monaten kein Sex mehr? Das ist ja heftig.»

Ich zucke entmutigt mit den Schultern. «Is richtig scheiße, Mann. Kein Sex und jetzt auch kein Geld mehr», sage ich und werde mir dabei meiner desolaten Situation vollumfänglich bewusst.

Pflaumi schielt mich von der Seite an. Er weiß, was ich gerade denke. «Tobi!», kommt er mir zuvor. «Ich kann's dir im Moment einfach nicht zurückzahlen. Es tut mir leid. Bei mir läuft's auch nicht gerade prickelnd. Spitz auf Knopf ist das bei mir jeden Monat!»

«Hab ich mir schon gedacht», raune ich wahrheitsgemäß.

Vor zwei Jahren wollte Pflaumi sich mit einer eigenen Produktionsgesellschaft für Fernsehformate selbständig machen, und ich habe ihm hierfür Geld geliehen. Zehntausend Euro. Das

Projekt scheiterte innerhalb weniger Monate fulminant. Das Geld war natürlich weg, und seither hat Pflaumi Schulden bei mir. Ein Umstand, von dem Mareike nichts weiß, denn sie überlässt – Emanzipation hin oder her – alle Geldangelegenheiten mir.

Haidadai bringt die Getränke, und wir stoßen mit etwas verbissenen Gesichtern an.

Um neun Uhr haben wir die Karte durchgetrunken, wobei wir uns die beiden ekelhaften Bananenweizen getrost hätten sparen können, und sind so betrunken, dass wir eine Fortführung des Abends für sinnlos befinden und ich mir ein Taxi rufe und nach Hause fahre. Laura-Michelle sitzt vorm laufenden Fernseher und schaut sich gleichzeitig YouTube-Videos auf ihrem Smartphone an, Felix spielt in seinem Zimmer, und Mareike ist noch nicht zu Hause. Glück gehabt. Ich schleiche ins Schlafzimmer.

Auf meinem Nachttisch steht ein Foto von Schnuffi am Tag ihrer Einschulung. Sie hat einen ganz süßen Pagenschnitt und trägt ein T-Shirt mit rosa Herzchen, dazu eine gelbe Hose und Sandalen und umklammert stolz ihre Schultüte. Mein rechter Tränensack beginnt zu zucken. Ich werde doch jetzt nicht etwa anfangen zu heulen … Nein, gewiss nicht. Auf keinen Fall! Zumal ich beim kurzen Checken meiner Mails auf meinem Smartphone bemerke, dass mir wenigstens das «Weinberghotel Zur Reblaus» zum Geburtstag gratuliert. Es ist sicherlich fünfzehn Jahre her, dass ich dort übernachtet habe, und das auch nur für eine einzige Nacht, aber meinen Geburtstag haben sie seither nicht vergessen.

Ich höre den Schlüssel in der Wohnungstür. Mareike. Offenbar hat es wirklich länger gedauert, bei den Krasniqis in der Flüchtlingsunterkunft. Ich stelle das Einschulungsfoto zurück auf den Nachttisch, ziehe mir die Decke über den Kopf und stelle mich schlafend.

LOSLASSEN

• • • • •

Seit zwei Tagen streune ich durch die Innenstadt wie ein Clochard.

Ein Clochard im dunklen Anzug mit Krawatte und Aktenkoffer. Und einer Brieftasche und frisch gewaschener Unterwäsche. Also gut. Dann eben nicht *wie ein Clochard.* Ich laufe halt durch die Stadt und schlage die Zeit tot.

Heute war ich sogar in der Nachmittagsvorstellung im Kino und habe mir eine der zahlreichen Fortsetzungen eines Films namens *Sharknado* angesehen. Es geht darum, dass durch den Klimawandel ausgelöste Supertornados ganze Schwärme von Haien aus dem Ozean saugen, die dann auf dem Festland zu Tausenden und überraschend zielgerichtet zu Boden fallen und sehr viele Menschen zerbeißen oder verschlingen. Man kann sie am besten mit einer Kettensäge töten. Der Film war bestimmt nicht schlecht, aber ich konnte mich nicht richtig darauf konzentrieren, und als ich aus dem Kino kam, fühlte ich mich unendlich leer und niedergeschlagen. Mir wurde mit einem Schlag bewusst, dass ich durch die feige Verzögerungstaktik vermutlich alles nur noch verschlimmere und dass es auf Dauer keinen Sinn macht, morgens im Anzug in die Innenstadt zu fahren, dann ziellos durch Geschäfte und Cafés zu ziehen und abends vermeintlich gutgelaunt wieder nach Hause zu kommen.

Ich muss es Mareike erzählen. Und zwar noch heute. Nach dem Abendessen.

Endlich haben wir alle – Mareike, ich und die Kinder – einen Termin gefunden, um meinen Geburtstag im engsten Familienkreis mit einem Abendessen zu ehren. Möglich ist diese

Familienaktivität allerdings nur, weil wir nicht wie bisher üblich zum Griechen um die Ecke gehen, denn die Kinder finden den Griechen um die Ecke seit kurzem und ohne Angabe von Gründen «endmadig». Stattdessen gehen wir also zum Burger King. Sehr zum Leidwesen meiner Frau, die beim Burger King stets einen vegetarischen Burger bestellt, von dem sie zusätzlich die obere Brötchenhälfte entfernt. Jugendliche sind süchtig nach Hamburgern mit Pommes, und wir nutzen diese Sucht aus, um gelegentlich gemeinsame Familienzeit zu generieren. Weil uns das unglaublich wichtig ist, nimmt Mareike sogar den Besuch eines Junkfood-Lokals in Kauf. Faktisch ist es die einzige gemeinsame Familienaktion, die wir uns noch bewahrt haben, mal abgesehen von Heiligabend.

Wir stehen vor dem Bestelltresen. Laura-Michelle hackt auf ihren Bildschirm ein, und Felix schaut kopfwippend zu Boden, seine Bluetooth-Strickmütze mit integriertem Kopfhörer tief ins Gesicht gezogen.

Ich ziehe mit großer Geste mein Handy aus der Hosentasche und drücke auf das magische, kreisrunde Feld auf meinem Startbildschirm.

Aber Moment! Seit wann bekommt man jetzt schon Werbung direkt aufs Handy geschickt?

Also Werbung im Postfach meiner E-Mails oder auf allen möglichen Online-Plattformen kenne ich ja, klar, aber direkt auf dem Handybildschirm, sowie man eine App aufmacht?

Sind Sie zu dick?, steht dort am unteren Bildschirmrand meines veralteten Smartphones, obwohl ich nur meine Burger-King-App angeklickt habe, um mir die aktuellen Supersparangebote anzuschauen.

Dann klicken Sie hier!

Ja, und dann? Bin ich nicht mehr zu dick, oder was?

Das darf doch nicht wahr sein. Vor allem dürfte es ja wohl

kaum im Interesse von Burger King sein, wenn auf ihrer App Werbung für Produkte zum Abnehmen gemacht wird. Es sei denn, dahinter steckt ein überaus komplizierter Doppelstrategieplan, den sich ausgefuchste Marketingexperten ausgedacht haben.

«Ey, die Leute sollen sich erst mal mit Fritten, Hamburgern und Zuckershakes vollfressen, bis sie so fett sind, dass sie mit einem Kran vom Balkon gehievt werden müssen, wenn sie zum Burger King wollen. Und dann verkaufen wir ihnen unseren Diätplan samt Online-Coach.»

Eigentlich genial. Aber auch unrealistisch, denn für diese Fälle gäbe es ja auch den neuen Burger-King-Lieferservice.

Ich jedenfalls bin trotz der irritierenden Werbeeinblendung großer Fan von Burger King, insbesondere von der Burger-King-App, die nun endlich in ihrer ganzen Pracht erscheint, nachdem ich die Werbeeinblendung weggedrückt habe. Sicherlich produziert auch McDonald's absolut leckere in Weißmehlbrötchen gesteckte Hackfleischscheiben, und auch bei McDonald's sind diese faktisch nährstofffrei, aber nur mit der Burger-King-App kommt man eben an diese unfassbar günstigen Supersparangebote. Das ist einfach sagenhaft günstig, gerade für Familien, bei denen der Hauptverdiener kurzzeitig ausgefallen ist.

Achtung: ein «Big King», ein «Long Texas BBQ», eine mittlere Pommes und 0,4 Liter Coca-Cola für nur 7 Euro und 99 Cent. Oder hier: zwei (jawohl! zwei!) «Double Chili Cheese Burger», eine große Pommes und 0,3 Liter Coca-Cola für lächerliche 6 Euro und 49 Cent. Und zwei «Double» sind ja praktisch schon vier! Und es wird immer billiger. Jetzt kommt's: ein Hamburger, ein Cheeseburger und ein «Chicken Nugget Burger» für 2 Euro 99. Schlichtweg unglaublich. Da laufen die Fließbänder heiß, wenn die Rinderhälften im Sekundentakt durch den Fleischwolf geschreddert werden.

Wenn man es dann noch schafft, geschickt verschiedene Supersparangebote zu kombinieren, bekommt man für 10 Euro locker eine ganze Familie satt.

Der Mann hinter der Kasse wird langsam ungeduldig.

Wir sollen endlich bestellen.

«Denk an deine Gicht», sagt Mareike. Etwas zu laut, wie ich finde, denn einige andere Schlangenansteher neben uns drehen sich zu mir um und grinsen blöd.

«Sag mal, muss das sein?», zische ich zurück. «Ich soll nur *wenig* Fleisch essen. Es war nie die Rede von *kein* Fleisch, oder? Und außerdem sagt man heute nicht mehr *Gicht*, sondern *purinbedingte Gelenksentzündung.*»

«Ich meine es doch nur gut, Bärchen.»

«Ja, ich nehme es dankend zur Kenntnis.»

«Und als du gestern nach Hause kamst, hast du nach Mettbrötchen gerochen.»

«Ja, verdammt, irgendwas muss man doch essen, und ich war halt mit dem Auto unterwegs.»

Natürlich gibt es keine direkte ursächliche Verknüpfung zwischen dem Verzehr von vier Mettbrötchen und dem Fahren eines Autos, aber irgendein Argument braucht man schließlich.

Okay. Nun ist es also raus. Ja! Ich hatte vor einigen Wochen einen Gichtanfall.

Ich bin morgens aufgewacht, mit unmenschlichen Schmerzen im rechten Knie. In den folgenden Tagen wurden die Schmerzen immer schlimmer, das Bein war vollkommen steif, und das Knie schwoll auf Fußballgröße an (Mareike behauptet, *maximal* Handballgröße), und so fuhren wir ins Krankenhaus, wo sie mich zunächst in eine laut brummende Röhre schoben und mir danach circa anderthalb Liter Blut abzapften.

Nach vier Stunden Wartezeit überbrachte mir der diensthabende Arzt die Diagnose. «Herr Werner, Ihre Harnsäurewerte sind eine Katastrophe. Sie haben eine purinbedingte Gelenksentzündung, kurz gesagt: Gicht.»

Ich war völlig schockiert. Ich meine … *Gicht*! «Gicht» klingt schrecklich, fast so wie «Skorbut» oder «Pest» oder irgendeine andere mittelalterliche Krankheit. Und *wenn* man Gicht bekommt, dann ist man doch bitte deutlich über achtzig Jahre alt!

«Durch übermäßigen Fleischkonsum und andere purinhaltige Lebensmittel erhöht sich der Harnsäurespiegel in Ihrem Blut. Dadurch lagern sich Harnsäurekristalle in den Gelenken ab, und das führt dann zu schmerzhaften Entzündungen. Konsumieren Sie viel Fleisch?»

«Eigentlich nicht. Nur zum Mittag. Na ja, und abends halt.»

«Das ist viel zu viel. Und trinken Sie viel Alkohol?»

«Na ja, normal, würde ich sagen.»

«Das ist beides auf ein absolutes Minimum zu reduzieren. Fleisch und Alkohol nur noch in Ausnahmefällen, Größenordnung: einmal pro Monat. Ganz schlimm sind Innereien. Sie dürfen nie wieder Innereien essen!»

«Ich denke, dass auch ein Leben ohne den Verzehr von Innereien durchaus lebenswert sein kann», versuchte ich die Situation mit Humor zu nehmen, doch meinem Arzt stand der Sinn nicht nach Späßen.

«Nehmen Sie das ernst! Und trinken Sie ab jetzt täglich drei Liter Wasser. Aber das Wichtigste ist Sport. Sport, Sport und noch mal Sport.»

Ich hatte das Wort bereits beim ersten Hören verstanden. Akzeptieren konnte ich die Aufforderung auch nach der vierten Wiederholung nicht.

«Sie müssen unbedingt abnehmen. Mindestens fünfzehn Kilo. Sonst liegen Sie in zwei Monaten wieder hier. Ich verschreibe Ihnen für den Moment Entzündungshemmer und Schmerzmittel.»

In unserer Küche hängt seitdem eine Liste, auf der in Rot die verbotenen Lebensmittel verzeichnet sind (zum Beispiel Leberwurst, Rindersteak und Schweinegeschnetzeltes, im Grunde alles, was lecker ist) und in Grün die erlaubten Lebensmittel (zum Beispiel Porree, Brokkoli und Sellerie).

«Ihre Bestellung, bitte!», sagt der Kassierer nun bereits zum zweiten Mal.

«Ich hätte gerne einen vegetarischen Hamburger», erklärt Mareike und lächelt mich an.

Felix zieht sich seine Strickmütze von den Ohren, um kurzzeitig mit der Außenwelt kommunizieren zu können, und ordert routiniert: «Zwei Big King XXL, einen Crispy Chicken, einen Donut und ein Red Bull.» Und Laura-Michelle möchte «einen Steakhouse Burger, einen Blueberry Muffin und einen Iced Smoothie Tropical Mango».

Die Kinder bestellen allen Ernstes einzelne Produkte. Was soll das denn?

«Nein! Leute!» Ich drängele mich zwischen die beiden und gebiete dem Kassierer mit erhobenem Zeigefinger, die Bestellung auf keinen Fall einzugeben. «Ihr müsst eines der Supersparangebote nehmen, das habe ich euch doch häufig genug erklärt. Alles andere ist doch völlig sinnlos.»

«Alter! Ich will aber einen Blueberry Muffin», insistiert Laura-Michelle, und Felix hat sich ohnehin schon wieder die strickmützenintegrierten Kopfhörer über die Ohren gezogen. Und dann raunt Mareike auch noch: «Lass doch gut sein!»

Weil wir mittlerweile bereits zur Erheiterung vieler Menschen im Burger King beitragen, gebe ich auf.

Man muss auch loslassen können.

Ja. Ich befinde mich offensichtlich in einer Phase des Loslassens. Die Kinder werden flügge und breiten ihre Schwingen aus. Bald werden sie nur noch als davonfliegende Silhouetten vage am Horizont zu erkennen sein.

Wirklich schöne Aussichten! Keine Kinder, kein Job … Die besten Jahre sind ganz eindeutig vorüber, in jeder Hinsicht. Ab Mitte vierzig schwinden Muskelmasse und Gelenkknorpel irreversibel. Zudem drohen schlimme Gichtanfälle. Der Hormonhaushalt stellt sich um, was zu einem verringerten Sexualtrieb führt (davon merke ich allerdings noch nichts), ganz abgesehen von der geistigen Leistungsfähigkeit. Nichts hat Bestand. Noch nicht einmal die Supersparangebote beim Burger King.

«Würdest du jetzt bitte endlich bestellen?», höre ich Mareike sagen, und Laura-Michelle ergänzt: «Echt, Alter, was oxidierst du hier rum. Ich hab Hunger wie Sau.»

«Jaja, okay, eine kleine Pommes, bitte.»

«Ketchup oder Mayo?»

«Nein danke!»

MAREIKE

• • • • •

Später am Abend sitze ich mit Mareike in unserer Küche am Esstisch. Sie ist gut gelaunt, schenkt sich sogar ein Glas Wein ein und summt irgendeine Melodie vor sich hin.

Mareike hat körperlich und seelisch den Leidensweg vieler, allzu vieler Frauen durchgemacht. Während und nach der Schwangerschaft wurde sie zunächst sehr dick, dann jahrelang sehr unglücklich, dann begann sie fanatisch zu trainieren (vorzugsweise Joggen und Power-Yoga) und nahm auf diese Weise zu schnell zu viel ab. Und wie alle Menschen, die einmal dick waren, sieht auch Mareike nach ihrem eklatanten Gewichtsverlust von fast dreißig Kilo ein wenig … faltig aus. Nicht unattraktiv, verstehen Sie mich nicht falsch, um Gottes willen, ich liebe meine Frau genau so, wie sie ist, auch ihre großen Brüste. Das sind echte Hingucker. Aber groß bedeutet natürlich auch schwer und somit anfällig für die Schwerkraft. Und eventuell war es auch keine besonders gute Idee gewesen, die Kinder bis zum Kindergartenalter zu stillen.

Die äußerlichen Veränderungen werden begleitet von einer enormen und früher ebenfalls in dieser Form nicht vorhandenen Verbissenheit in allen Lebensbereichen. Egal, ob es nun um das Thema Abnehmen, den Sport, die gesunde Ernährung, die schweineteure Ausbildung zur diplomierten Feng-Shui-Beraterin und Edelsteintherapeutin, ihr Engagement in der Flüchtlingshilfe oder der Tiertafel, die Organisation der Weihnachtsfeiertage, ihre Rolle als Familienmanagerin oder unseren ehelichen Sex geht. Mareike scheint einem allumfassenden Optimierungswahn verfallen zu sein. Hiervon zeugt auch ihr fast immer gleicher Tagesablauf. Gesundes Frühstück, dann vormittags Tiertafel oder Sport, mittags zu Hause kochen (auch gesund, für die Kinder!), nachmittags Flüchtlingshilfe oder Sport, abends erneut gesund kochen und früh ins Bett. Ein weiteres Zeichen für diesen Optimierungswahn ist auch die Frisur, die sie seit einigen Monaten anstatt der einstmals wallenden Lockenpracht trägt.

Eine Kurzhaarfrisur.

Praktisch, pflegeleicht, optimal eben. Und jetzt frage ich Sie, ganz ehrlich: Kennen Sie eine wirklich hübsche Frau mit Kurzhaarfrisur? Na? Drei, zwei, eins, trööööt! Nein! Denn es gibt keine wirklich hübsche Frau mit Kurzhaarfrisur, so leid es mir tut.

Gut, das sind natürlich Äußerlichkeiten, richtig. Aber im Laufe der Jahre haben sich auch Diskrepanzen eingeschlichen, die menschlich tiefer gehen.

Da wäre beispielsweise diese Sache mit dem ungeschnittenen Brot. Mareike kauft tatsächlich ungeschnittenes Brot! Trotz der in mittlerweile jeder Bäckerei fest installierten Brotschneidemaschine, die einem das meist dilettantisch durchgeführte Selbstschneiden eines Brotlaibs inklusive kompletter Verkrümelung der Küchenarbeitsfläche erspart, besteht Mareike verbissen darauf, komplette Brotlaibe zu kaufen, obwohl – und das ist der springende Punkt – ich sie händeringend darum bitte, doch bitte, bitte geschnittenes Brot zu kaufen. Dabei ist der Brotschneideservice beim Bäcker sogar umsonst! Es ist die Summe der Kleinigkeiten, die mich manches Mal daran zweifeln lässt, ob wir wirklich noch zusammenpassen.

Noch ein Beispiel gefällig? Kein Problem. Bei Mareikes Netflix-Account sind die aufgrund ihres Sehverhaltens automatisch generierten obersten Rubriken mit Empfehlungen «Romantische Filme» und «Serien». Die ersten Rubriken in meinem Netflix-Account lauten «Thriller» und «Horror».

Aber trotz dieser verhärmten Verbissenheit, ihrer Kurzhaarfrisur, der Sache mit dem Brot und den diametral verschiedenen Sehgewohnheiten bei Netflix ist Mareike nicht kalt oder abweisend zu mir, ganz im Gegenteil. Sie ist sehr sanft. Wenn sie spricht, dann klingt ihre Stimme wie Seide. Leise, beruhigend, verständnisvoll. Und ein guter Mensch ist sie auch noch. Es nervt fast schon.

Doch egal, wie sanft sie ihre Anliegen auch formuliert: Alles muss nach ihrem Willen gehen.

So auch ihr Vorschlag in Sachen ehelicher Sex, den sie in ihrer ganz offenen und direkten Art und Weise völlig unverhohlen vorgetragen hatte, während einer Werbepause von *Wer wird Millionär?*. Natürlich waren die Kinder nicht zugegen.

«Hör mal, Bärchen, es geht um unseren Sex. Also ich habe mir da mal was überlegt.»

Zunächst hoffte ich darauf, dass sie die Wiedereinführung längst vergangener Rollenspiele im Sinn hatte. Die Sekretärin mit Dutt und Strapsen. Doch dann sagte Mareike:

«Also immer dieses hin und her, wann, wie, wo. Ich finde, wir können das ein bisschen vereinfachen und somit auch irgendwie den Druck aus dem Thema nehmen, indem wir einfach einen festen Termin vereinbaren. Am besten wäre es am Sonntag direkt nach dem Frühstück. Wir sind beide zu Hause, und die Kinder schlafen ohnehin bis mittags, und zur Sicherheit gehen wir dann einfach ins Gästezimmer und beeilen uns ein bisschen. Außer natürlich an den Tagen, wo es bei mir nicht geht, also wenn ich meine …»

«Schon verstanden!», rief ich schnell. Ich finde es abstoßend, wenn Frauen über ihre Periode sprechen, als handele es sich um einen Friseurtermin.

Ich musste kurz über den Vorschlag nachdenken und fragte mich, ob der Vollzug des Geschlechtsverkehrs zu einem genau festgelegten Zeitpunkt in einem oftmals nur unzureichend beheizten Raum, in dem ein Schlafsofa für gelegentliche Gäste und ein alter Schreibtisch samt Aktenregal stehen und der ansonsten vorzugsweise als Rumpelkammer fungiert, für mich tatsächlich den «Druck aus dem Thema» nehmen würde. Aber manchmal sind pragmatische Entscheidungen ja nicht die schlechtesten, gerade für mich als Pragmatiker, und so sagte ich: «Klaro. Lass einfach ausprobieren», woraufhin Mareike «Perfekt!» rief, zur Fernbedienung griff und den Fernseher wieder lauter stellte, auch weil Günther Jauch gerade aus der Werbung zurückkam und es nun um 125 000 Euro ging.

Sie kann auf ihre sanfte Art einfach sehr bestimmend sein.

Die Realität ist allerdings, dass wir seit nunmehr fast drei Monaten gar keinen, überhaupt keinen, null Komma null Sex haben. Somit ist der Tiefpunkt unseres einstmals aktiven und kreativen Sexlebens erreicht.

Mittlerweile bin ich so weit, dass ich eventuell sogar das Schicksal einer männlichen Ameise in Kauf nehmen würde.

Noch einmal Geschlechtsverkehr und dann sterben.

«Du wirkst so nachdenklich», sagt Mareike.

Es fällt mir wahnsinnig schwer, ihr von meiner Arbeitslosigkeit zu berichten, doch der Zeitpunkt der Wahrheit scheint gekommen. Ich atme einmal tief ein und lautstark wieder aus.

«Und du hast noch gar nichts zu deinem Geburtstagsgeschenk gesagt.»

Meint sie das Mundwasser? Habe ich Mundgeruch? Ich halte mir die Hand vor den Mund und hauche zur Überprüfung dagegen.

«Die Toten Hosen?», hilft sie mir auf die Sprünge und fängt mit einem Mal an zu singen, obwohl sie das doch wirklich nicht kann. *«Hey, hier kommt Alex! Vorhang auf für seine Horrorshow! Hey, hier kommt Alex ...»*

Okay, das Lied kenne ich natürlich, daher nicke ich auch brav, sogar im Takt.

Dennoch kann Mareike es nicht unterlassen, noch ein weiteres Lied anzustimmen.

«An Tagen wie diesen wünscht man sich Unendlichkeit. An Tagen wie diesen haben wir noch ewig Zeit …»

Ich blicke sie an und merke, dass mein Lächeln recht aufgesetzt wirkt.

«Was ist denn los mit dir, Tobias?» Sie wirkt etwas enttäuscht. «Letztes Silvester! Bei den Leineckers! Mitten in der Nacht wolltest du immer wieder dieses Lied hören, du konntest gar nicht genug davon bekommen und hast lauthals mitgesungen und behauptet, Campino wäre ein großartiger Poet und Sänger.»

Ich habe absolut keine Erinnerung an die von ihr beschriebenen Ereignisse, und mir steht der Sinn auch nicht nach weiteren Gesangseinlagen, daher komme ich mit einem abrupten Themenwechsel direkt zum Punkt.

«Mareike, ich muss dir etwas sagen, und ich sage es jetzt einfach freiheraus. Ich will mich beruflich verändern, was Neues ausprobieren, die ausgetretenen Pfade verlassen und mit einer neuen Vision …»

«Sie haben dir gekündigt?»

«Wie bitte? Woher weißt du das?»

«Bärchen! Wir sind seit fast neunzehn Jahren verheiratet. Ich höre das doch an deiner Stimme.»

«Du hörst an meiner Stimme, dass sie mich rausgeschmissen haben?»

«Ja klar.»

Manchmal ist es unheimlich, lange verheiratet zu sein. Wirklich unheimlich.

Denn auch ich höre an Mareikes Stimme, was genau sie meint, auch wenn sie etwas anderes sagt.

Sagt sie zum Beispiel: «Was für ein herrliches Wetter!», dann meint sie: «Lass uns etwas unternehmen!» Oder wenn sie sagt: «Ich habe gar nichts zum Anziehen», dann meint sie: «Geh mal mit mir einkaufen!»

Jetzt sagt sie: «Ist doch nicht so schlimm, das kann jedem mal passieren.» Und meint in Wirklichkeit: «Es ist eine Katastrophe, so was passiert ja wohl nur Idioten!»

«Ich glaube, es ist ein Zeichen. Ich begreife es als Chance zur Erneuerung», behaupte ich und schütte mir auch ein Glas Rotwein ein, obwohl ich Wein nicht mag und maximal einmal im Monat Alkohol trinken soll.

«Na klar. Das Leben ist Veränderung», bemüht sich Mareike.

«Der Job hat mich auch nicht glücklich gemacht, Mareike. Das war doch eigentlich die größte Scheiße. Ich meine, damals, in den Neunzigern, als jeder in die Finanzbranche wollte, da war das echt noch ein toller Job, bei einer Bank oder einer Vermögensberatung zu arbeiten. Da war man noch wer. Aber heute? Als Finanzdienstleister genießt man doch maximal das Ansehen eines Zuhälters oder ... Immobilienmaklers. Dazu kommt noch der ewige Verkaufsdruck. Ganz ehrlich! Ich bin im Grunde froh, da raus zu sein.»

«Na siehste.»

Sie legt ihre Hand auf meine und denkt eine Weile nach. «Aber was ist mit den Raten für die Wohnung? Unseren laufenden Kosten?»

«Mach dir keine Sorgen, Mareike! Das ist ganz schlecht für dein Karma.»

«Du musst jetzt halt schon die Augen aufhalten und möglichst schnell etwas Neues finden. Und ein paar Rücklagen haben wir ja wohl, oder? Wir schnallen den Gürtel einfach ein bisschen enger. Und bestimmt kann ich auch bald etwas zum Einkommen beisteuern.»

Ich schweige. Denn erstens: Nein, wir haben faktisch keine Rücklagen. Und zweitens: Klar. Ganz bestimmt kann meine Frau bald etwas zum Einkommen beisteuern. Das pfeifen ja die Spatzen von den Dächern, wie unfassbar erfolgreich freiberufliche Feng-Shui-Berater und Edelsteintherapeuten sind. Deswegen kostet schließlich auch die staatlich nicht anerkannte Ausbildung zu Recht nahezu fünfzehntausend Euro, hierin ist dann allerdings das Edelstein-Starterset – inklusive Bergkristall zur Unterstützung des Gefäßsystems und Tigerauge zur Behebung von Stimmungsschwankungen – bereits enthalten.

Ganz ehrlich? Edelsteintherapie und Feng Shui ist natürlich der größtmögliche Humbug. Hirngespinste vollkommen wahnsinniger Chinesen, die vor Tausenden von Jahren mit dem Kopf auf einen Stein gefallen sind. Aber Mareike glaubt nicht nur daran, sondern hat auch die Vision, von Großkonzernen als Beraterin engagiert zu werden und diese dann bei der Gestaltung ihrer Bürogebäude zu unterstützen. Schließlich haben Gebäude und Räume, sowie deren Einrichtung, eigene Auren und Kraftfelder, die man aktivieren kann, was zwangsläufig zur Verbesserung des wirtschaftlichen Erfolgs führt. In welche Himmelsrichtungen sollen Flure und Fensterfronten zeigen? Wie werden Schreibtische und Regale aufgestellt, und aus welchem Material sollen sie gefertigt sein? Natürlich müssen überall Buddha-Statuen herumstehen. Wichtig ist auch der «Qi-Fluss» und die Beachtung der «acht Trigramme», aber das versteht sich ja von selbst.

Wie gesagt, absoluter Schwachsinn.

Ich schütte mir noch Wein nach und schildere Mareike in einer etwas abgemilderten Form alle Einzelheiten meiner Entlassung, wobei ich verschweige, dass ich meinen Chef unter anderem «Arschloch» genannt habe.

Wir beschließen, den Sommerurlaub zu streichen und positiv zu denken.

Mareike beschließt außerdem, dass ich doch nächste Woche dann zu Schnuffis Elternabend gehen könne, jetzt, wo ich so viel Zeit hätte, das würde sie sehr entlasten. Außerdem wäre es auch sehr wichtig, weil Laura-Michelle in letzter Zeit immer häufiger androht, dass sie die Schule abbrechen möchte.

Na toll. Der Vater arbeitslos, die Frau Esoterikerin, der Sohn spielsüchtig und die Tochter angehende Schulabbrecherin.

Wenn das so weitergeht, bekommen wir noch unsere eigene Reality-Doku-Soap auf RTL II.

DIE GESCHICHTE UNSERES KENNENLERNENS

• • • • •

Unser Gespräch hat mir zu denken gegeben. Nicht nur wegen der ungeheuerlichen Nachricht, dass unsere Tochter angeblich überlegt, die Schule zu schmeißen. Nein, auch wegen dieser einen Bemerkung von Mareike: Wir sind fast neunzehn Jahre verheiratet. Manchmal kann ich es gar nicht fassen. Und immer, wenn ich es mal wieder gar nicht fassen kann, denke ich an die Zeit, wie ich Mareike kennengelernt habe. Schließlich ist das unterm Strich die spannendste Phase einer Beziehung.

Es geschah im vierten Semester meines Studiums der Betriebswirtschaftslehre. Zu diesem Zeitpunkt war es im Hinblick auf eine gesicherte Zukunft das absolute Nonplusultra, sich nach dem Abitur einer wirtschaftswissenschaftlichen Fachrichtung zu verschreiben, und auch ich war auf diesen legendären Irrtum in der Geschichte menschlicher Strebsamkeit hereingefallen. Einige besonders ambitionierte Idioten erschienen nicht nur regelmäßig und pünktlich, sondern sogar mit Sakko und Aktenkoffer zu den Vorlesungen, im vorauseilenden Gehorsam gegenüber der späteren Kleiderordnung in der anvisierten Großbank oder dem internationalen Versicherungsunternehmen. Ich für meinen Teil nahm an den hochschulischen Veranstaltungen nur sporadisch und selbstverständlich sportlich leger bis schlampig bekleidet teil. Die Vorlesungen waren unsagbar öde und die Lerninhalte allesamt so überflüssig wie ein spontaner Stotteranfall beim Finale des nationalen Vorlesewettbewerbs. Bis ins Knochenmark gelangweilt rezitierten die Professoren und Seminarleiter ihren seit Jahren und Jahrzehnten unverändert wiedergekäuten Lehrstoff, faselten etwas von Geldmenge im Verhältnis zur Geldumlaufgeschwindigkeit und deuteten dabei fahrig mit Stiften auf jahrhundertealte Folien, die vergilbt auf surrenden Overheadprojektoren lagen.

Bei einer der zahlreichen Studentenpartys stand Mareike plötzlich neben mir.

«Und? Auch hier?», hatte ich sie ganz lässig gefragt und war mir gleich darauf vorgekommen wie ein Eskimo, der sich einen Kühlschrank aufschwatzen lässt.

«Ja, wie man sieht», hatte Mareike milde lächelnd geantwortet und war kurz darauf mit einer Freundin auf die Tanzfläche gestürmt. Es lief «What Is Love?» von Haddaway.

Auch mein zweiter Anlauf zur Aufnahme eines Gesprächs war an diesem Abend nicht sonderlich erfolgreich gewesen.

«Lust auf was zu trinken?», fragte ich sie, nachdem sie sich aufgrund des Platzmangels notgedrungen wieder zu mir an den Stehtisch gesellt hatte.

«Klar! 'ne Cola wäre klasse. Ich hatte schon zwei Gläser Wein, und ich vertrag nicht so viel Alkohol.»

Ach Gottchen! Ich hatte auch schon zwei Wein, allerdings zwei Flaschen, und zwar noch vor Beginn der Party.

Ich meine, deswegen wird man doch Student. Um nachmittags schon betrunken zu sein und sich noch ein paar Jahre vor jedweder Arbeit und Verantwortung zu drücken. Ich fand Mareike von Anfang an irgendwie spießig, und genau das sagte ich ihr auch.

«Du bist ganz schön spießig. 'ne Cola! Warum nicht gleich Leitungswasser?»

Trotzdem holte ich ihr die langweilige Cola, denn sie hatte – spießig hin, spießig her – richtig tolle Brüste. Ach Quatsch! Ich will ehrlich sein: Geile Titten hatte sie. So, jetzt ist es raus! Und ein überaus ansprechendes Gesicht noch dazu.

Andererseits ist natürlich fast jede junge Studentin attraktiv. Zumindest nach zwei Flaschen Wein.

«Was soll das eigentlich sein? *Spießig*», gab sie, ohne mit der Wimper zu zucken, zurück. «Ich bin vielleicht zielstrebig, okay? Ich möchte ein schönes Leben haben. Das auch. Und ich saufe mir halt nicht jeden Abend die Birne zu. Wenn das für dich spießig ist, dann bin ich gerne spießig. Von mir aus.»

Aus nicht mehr nachvollziehbaren Gründen gingen wir am nächsten Abend zusammen ins Kino.

Das Standardprogramm für junge Menschen.

Billig, dunkel, und man muss nicht viel reden. Dafür kann man rumknutschen, und genau das machten wir dann auch, sodass ich den Kinosaal zwei Stunden später mit völlig verrenktem Hals, dafür ohne jede Kenntnisnahme des Films verließ.

Im Eingangsbereich vor dem Kino stand ein Fotoautomat zur kostengünstigen Herstellung von Passfotos. Damals durfte man auf seinem Ausweisfoto noch aussehen wie man selbst und musste nicht mit heruntergezogenen Mundwinkeln wie ein frustrierter Terrorist in die Kamera blicken.

«Findest du mich eigentlich immer noch spießig?», fragte Mareike mich unvermittelt und betrachtete beiläufig die auf dem Gerät angebrachten Beispielfotos von Erika Mustermann.

«Ach was! Das hab ich doch nur so …»

Sie grinste mich an.

«Mal schauen, wie spießig du das hier findest», sagte sie dann, setzte sich auf den Drehhocker im Fotoautomaten, zog mich zu sich heran und schob den Vorhang hinter meinem Rücken zu.

«Was machst du denn?», lachte ich überrascht, doch da hatte sie schon Knopf und Reißverschluss meiner Jeans geöffnet und fingerte an meiner Unterhose herum.

«Mareike!», flüsterte ich perplex, aber keineswegs abgeneigt.

Schlagartig durchzuckte ein greller Blitz die Kabine. *Fump!*

«Sag mal, spinnst du!» Ich fummelte meine Hose zurecht, eilte nach draußen und stellte mich vor den Ausgabeschacht für die fertigen Fotos, hektisch nach links und rechts blickend.

Mareike lachte sich kaputt. Sie drückte sich beide Hände auf den Mund, um das Lachen zu unterdrücken, prustete aber immer wieder los. «Sei doch nicht so spießig!», schnaufte sie.

Sie lachte noch immer, als wir die Tür zu ihrer Studentenbude aufschlossen und im dunklen Flur erneut anfingen, wie verrückt zu knutschen. Sie hörte erst auf zu lachen, als wir uns ausgezogen hatten und auf ihrer Matratze lagen. Es hätte mir zweifellos auch ein wenig weh getan, wenn sie dann immer noch gelacht hätte, also psychisch.

Mareike war zunächst erstaunlich leidenschaftlich bei der Sache. Plötzlich allerdings setzte sie sich aufrecht ins Bett und sagte: «Mist. Ich habe kein Kondom hier. Du ja bestimmt auch nicht, oder?»

Natürlich hatte ich kein Kondom dabei.

Kondome sind doof. Ich hatte ein einziges Mal versucht, Sex mit einem Kondom zu praktizieren, hatte das kalte, glitschige und noch dazu nach synthetischer Banane stinkende Teil aus der Verpackung gerissen, während meine damalige Sexualpartnerin – eine angetrunkene Disco-Bekanntschaft, mit der ich zuvor insgesamt etwa vier Sätze ausgetauscht hatte – verzweifelt versuchte, mich durch gekünsteltes Gestöhne bei der Stange zu halten. Vergeblich.

Die Safer-Sex-Fernsehwerbespots, die einem vorgaukeln wollten, man könne ein Kondom durchaus spielerisch und unheimlich spannend in das Vorspiel integrieren, waren schlichtweg realitätsfremd.

«O Mareike, bitte!», flehte ich jetzt, doch Mareike ließ sich nicht beirren.

«Schon mal was von ungewollter Schwangerschaft gehört?»

«Och Menno!», jammerte ich reichlich unmännlich und ließ mich resigniert zurück in die Kissen fallen.

Wir lagen eine Weile schweigend nebeneinander, und ich rauchte. Wenigstens «die Zigarette danach» wollte ich mir nicht entgehen lassen, auch wenn es kein «Davor» gegeben hatte. Mareike fing wieder an zu lachen, während sie eifrig den Schnappschuss aus ihrer Handtasche kramte.

Mareike lacht mit aufgerissenen Augen in die Kamera, zwischen Daumen und Zeigefinger ihrer linken Hand hält sie meinen vollkommen unerigierten Penis.

Es ist unser erstes gemeinsames Foto.

SECHSERPACK

• • • • •

Ein nicht zu unterschätzender Vorteil der Arbeitslosigkeit ist der ungeheure Freizeitgewinn. Ich genieße die sanften Vibrationen, die sich rund um meine Lendenregion ausbreiten und von meinem phantastischen Bauchtrainingsgürtel herrühren.

Vor einigen Wochen habe ich das Gerät nachts (ja, ich war besoffen!) bei einem TV-Werbesender bestellt. Den «Total-Slim-Exxtreem». Zu Beginn des Werbefilms sieht man diverse sehr fette Menschen, die am Boden liegend verzweifelt versuchen, ihre Bauchmuskeln zu trainieren. Dann erblickt man sagenhaft durchtrainierte Sportler, die den «Total-Slim-Exxtreem» um die schlanke Taille tragen und in die Kamera lächeln. Es ist unfassbar, was modernste Technologie heute leisten kann. Das um den Bauch geschnallte und sogar klinisch getestete Gerät sendet feinste elektrische Impulse in die Muskulatur und bewirkt damit nicht nur den Aufbau der Bauchmuskulatur («Sixpack! In nur acht Wochen!»), sondern auch eine deutliche Fettreduktion. Das Gerät lag seither unbenutzt in der Originalverpackung im Gästezimmer, und heute habe ich es endlich in Betrieb genommen.

Es ist Jahre her, dass ich mitten unter der Woche morgens mit einer Tasse feinstem Filterkaffee und einem Schokocroissant auf dem Balkon in der Sonne sitzen und das Treiben auf der Straße beobachten konnte.

Am besten gefällt mir das Laubbläserduo, bestehend aus einem sehr dunkelhäutigen, faktisch maximalpigmentierten Mann, der den Laubbläser trägt, und seinem hellblonden Kompagnon, der einen großen Schubkarren zieht, auf dem Besen und Schaufel liegen. Beide tragen orangefarbene Arbeitsanzüge und ebensolche Kappen, die ihnen eine gewisse Autorität verleihen und ihren amtlichen Auftrag unterstreichen. Ohne jede Hast ziehen die beiden die Straße hinauf und auf der gegenüberliegenden Seite wieder hinunter. Dabei bleiben sie alle paar Meter stehen, rufen sich etwas zu und lachen und stecken sich neue Zigaretten in die Mundwinkel. Der auf dem Rücken getragene Benzinmotor des Laubbläsers macht einen enormen Lärm, einem kraftvollen Motocross-Motorrad nicht unähnlich. Es klingt herrlich. Bemerkenswert ist, dass zu dieser Jahreszeit überhaupt kein Laub auf dem Boden herumliegt, schließlich haben wir Sommer, die Bäume stehen in grünster Pracht am Straßenrand, aber irgendetwas gibt es offenbar immer wegzublasen, auch wenn es nur die eigenen Zigarettenkippen sind. Am Ende des Tages wird er voll sein, der Schubkarren, keine Sorge!

Die Vibrationen in der Mitte meines Körpers verstärken sich. Mein Total-Slim-Exxtreem hat automatisch in die nächsthöhere Trainingsstufe geschaltet.

Stufe zwei von fünf, kann ich auf dem in Bauchnabelhöhe angebrachten Display ablesen.

Nicht schlecht für den Anfang.

Und selbst wenn das Werbeversprechen des Total-Slim-Exxtreem (noch mal: «Sixpack! In nur acht Wochen!») nicht zu einhundert Prozent stimmen sollte, wäre mir das egal, denn ich persönlich finde diese komplett übertriebenen Sixpacks ja fast schon wieder unästhetisch. So etwas möchte ich gar nicht haben.

Der momentane Freizeitüberschuss gibt mir jedenfalls endlich die Möglichkeit, mich all jenen Angelegenheiten zu widmen, für die mir sonst die Zeit gefehlt hat.

Sport treiben, die Wohnung entrümpeln und Zeit mit meinen Kindern verbringen.

Also: Zeit in der Wohnung verbringen, in der sich auch meine Kinder aufhalten.

Schlichtweg meiner Rolle als Vater gerecht werden, soweit möglich und falls erforderlich.

Laura-Michelle kommt gerade aus dem Zimmer von Felix und brüllt: «Behinderte Missgeburt!»

Liebe- und verständnisvoll zur Seite stehen.

«Hallo, Laura-Michelle», rufe ich, während ich mir einen zweiten Kaffee einschenke.

«Hä? Alter! Was machst du schon wieder hier zu Hause? Und was das für'n Teil um dein' Bauch?»

Immer wieder die Kommunikation suchen.

«Das ist mein neuer Bauchweggürtel, und in nächster Zeit werde ich wohl ein bisschen öfter hier zu Hause sein, weil ich mich beruflich verändern werde.»

«Sind wir jetzt Hartzer, oder was?»

Hilfe anbieten oder auch einfach nur da sein.

«Was ist denn das Problem mit Felix?»

«Ist 'ne behinderte Missgeburt.»

«Das ist aber sehr hässlich, Schnuffi. Außerdem ist es auch ein bisschen doppelt gemoppelt, verstehst du?»

«Alter! Doppelt gemoppelt? Was laberst du? Felix hat sich einfach meine Powerbank genommen für seine fucking hässliche Mütze, und mein Akku ist leer, und ich muss auf Instagram und Snapchat und YouTube!» Dann spricht sie eine Nachricht in ihr Handy. «Ey, Alter, hab meine Powerbank wieder, war natürlich bei meinem behinderten Bruder. Lass mal Wochenende planen. Hätt Bock auf Chillen.»

Auf halbem Weg zu ihrem Zimmer ertönt ein Signalton, und Laura-Michelle bleibt stehen, um die neue Nachricht abzuhören. Ich kann übellaunige Wortfetzen einer Mädchenstimme hören, bevor Laura-Michelle eine neuerliche Nachricht einspricht.

«Ey, Alter, nee, oder? Was für 'ne Bitch! Die hat uns einfach aus der Gruppe entfernt? Wie asozial ist das denn?»

Kurz bevor sie ihr Zimmer erreicht, kommt schon die nächste Sprachnachricht, die sie nach erfolgreichem Abhören mit einem «Bitch hoch zehn, Alter!» beantwortet.

Pubertierende im Haus zu haben hat manchmal auch Vorteile, denn man bleibt am Puls der Zeit. Und somit weiß ich nicht nur, was eine «Powerbank» ist (bis vor kurzem schlichtweg «Zusatz-Akku» genannt), sondern ich weiß auch, dass Telefonieren bei Jugendlichen absolut mega-out ist. Vielmehr verkomplizieren Teenager ihre Kommunikation willentlich, indem sie sich stattdessen ununterbrochen Sprachnachrichten schicken, die es dann zeitnah zu beantworten gilt, sofern man nicht gerade über Instagram oder Snapchat kommuniziert.

Und natürlich weiß ich auch, wie Instagram und Snapchat funktionieren. Das heißt, nicht bis ins letzte Detail, aber doch zumindest im Wesentlichen.

Obwohl ich sicherlich nicht zur Hauptzielgruppe des sozialen Netzwerks gehöre. Auf Instagram veröffentlichen vor allem junge Menschen (und solche, die es gerne wären) und unfassbar gutaussehende Prominente (und solche, die es gerne wären) täglich sehr viele Fotos und Videos und teilen somit wahnsinnig spannende Momente mit der ganzen Welt. Das Frühstücksbrot beispielsweise. Und dann das zweite Frühstücksbrot, diesmal mit zuckerfreier Marmelade. Oder ein neues Paar Schuhe. Oder die Geburt des ersten Kindes. Und kurz darauf die neue Strampelanzugkollektion. Oder der neue Sportwagen. Im Wesentlichen ist Instagram eine Werbeplattform für Prominente, die dort rund um die Uhr ihre kaum verhüllten Ärsche und Titten und Sixpacks (hab ich auch bald!, also das Sixpack) sowie die Luxusprodukte ihrer Sponsoren vorstellen. Der digitale Sehnsuchtsort aller pummeligen, pickligen Teenager.

Auch auf Snapchat werden Fotos geteilt, allerdings eher mit einer befreundeten Person oder einer kleineren Personengruppe, wobei die Besonderheit darin besteht, dass sich das Foto oder Video nach einigen Sekunden von selber löscht. Versprochen! Da Pubertierende in ihrer unendlichen Arglosigkeit diesem Versprechen Glauben schenken, werden auf Snapchat auch Angelegenheiten geteilt, die möglicherweise etwas pikanter sind. Die eigenen Geschlechtsorgane beispielsweise.

Natürlich gibt es auch noch unzählige andere Online-Plattformen zum Teilen von Bildern und Videos. Die sind aber aus unerfindlichen und im Endeffekt auch unwichtigen Gründen bei Pubertierenden weniger gefragt.

«Warum hängst du dein Handy nicht einfach ans Ladekabel, wenn dein Akku leer ist?», frage ich meine Tochter, während diese eine neue Nachricht abhört.

Laura-Michelle überlegt. Dann lacht sie kurz auf und klingt dabei fast wieder wie ein kleines Kind.

«Alter, stimmt ja! O Mann, bin ich verpeilt manchmal!»

«Warum bist *du* eigentlich hier zu Hause und nicht in der Schule?», frage ich.

«Entfall», behauptet sie und verschwindet in ihrem Zimmer.

Das ist wirklich seltsam. Da jammern alle, wie hart heutzutage das Abitur ist, doch niemand muss in die Schule gehen. Offenbar auch Felix nicht, der barfuß und mit schwarzer Jogginghose, schwarzem Kapuzensweatshirt und seiner Wollmütze bekleidet in die Küche geschlurft kommt, sich wortlos einen «Flying Power Energy Drink» aus dem Kühlschrank greift und sich – wie ein Gespenst in Schwarz – wortlos wieder in sein abgedunkeltes Zimmer begibt.

Die unablässigen Mikroimpulse des Bauchweggürtels werden nun langsam doch etwas nervig. Es kitzelt und juckt auf der Haut, und durch die ständige Vibration nimmt man die Umwelt teilweise etwas verschwommen wahr, was wiederum zu leichten Kopfschmerzen führt. Ich beende das Training, indem ich das

Gerät am Display ausschalte. Einem Ratschlag der Produktentwickler folgend, schnalle ich den atmungsaktiven Neoprengürtel allerdings nicht ab, denn man kann ihn bequem auch unter der Kleidung tragen und durch die garantierten zwei Stunden Akkulaufzeit im Grunde immer und überall trainieren.

TACHCHEN

• • • • •

Es ist unfassbar, was sich im Laufe der Jahre ansammelt in so einer Wohnung. Und wie gesagt, es handelt sich nur um eine Wohnung. Immerhin eine recht schöne Wohnung. Erster Stock, fünf Zimmer, Küche, Bad, kleine Vorratskammer, Balkon, ruhige Lage, vier U-Bahn-Stationen in die Stadtmitte. Direkt nach dem Frühstück habe ich mich einem immer wieder auf die lange Bank geschobenen Großprojekt gewidmet: dem Entrümpeln der Wohnung. Das Ausmisten der Kleiderschränke im Schlafzimmer fiel mir noch leicht, doch beim Durchforsten der Kisten im Gästezimmer tue ich mich schwer, vor allem wenn ich Sachen der Kinder aus dem Kleinstkindalter entdecke. Hebt man die verstaubten Kinderschuhe auf? Die winzig kleinen Gummistiefel? Was tun mit den Unmengen an Zeichnungen (im Grunde absolut sinnlose Kritzeleien) und Tuschebildern (ebenso sinnlose Farbklecksereien) aus dem Kindergarten? Oder der Teilnehmerurkunde von Felix von den Bundesjugendspielen? Damals konnte er noch das Auf-einem-Bein-Stehen, ganz sicher. Er konnte ja sogar rennen und springen, ansonsten hätte er ja wohl kaum eine Teilnehmerurkunde erhalten.

Seit ungefähr zwei Minuten begutachte ich bereits Schnuffis Sandalen, da klingelt es an der Tür. Ich gehe in den Flur und schaue durch den Türspion.

Ich erblicke einen jungen, hageren Mann mit einem riesenhaften Gebilde auf dem Kopf. Es sind seine Haare. Genauer gesagt, zu dicken Strängen verfilzte und turmartig oben zusammengebundene Dreadlocks. Er trägt ein ärmelloses, tief ausgeschnittenes T-Shirt. Seine Schlüsselbeine treten deutlich hervor.

Bestimmt so einer, der mit mir über Jesus oder Tierquälerei oder Landminenopfer reden will, denke ich.

Ich schleiche den Flur zurück und versuche jegliches Knarzen der Holzdielen zu vermeiden. Da klingelt es schon wieder.

Schnuffi stürmt an mir vorbei, reißt die Tür auf und ruft: «Hallo, Schatz!», und dann küssen die beiden sich. Auf den Mund. Bestimmt fünf Sekunden lang.

Der junge Mann betritt unseren Flur und sagt: «Tachchen.»

Aus einem Rucksack ragt ein verschlissenes Skateboard hervor, und auf seinem T-Shirt steht FUCK THE SYSTEM.

Die beiden stehen händchenhaltend vor mir, und Laura-Michelle sagt: «Daddy, das ist Rain. Rain, das ist mein Daddy», dabei klingt sie zumindest ein kleines bisschen schuldbewusst, kann aber ihr glückseliges, ja stolzes Lächeln nicht wirklich verbergen.

Er kommt mit ausgestrecktem Arm auf mich zu, hält mir seine Hand hin und sagt erneut: «Tachchen.»

Tachchen? Ich bemerke, dass mein Mund offen steht, doch ich kann ihn nicht schließen.

Roboterartig ergreife ich die dargebotene Hand und sage nun auch, und vermutlich zum ersten Mal in meinem Leben: «Tachchen.»

«Ich bin Rain.»

Rain? Wie *Regen*? Aber so heißt man doch nicht.

Ich sage: «Ich … äh … ich bin … der Vater, also … äh … Schnuff… äh, Laura-Michelles Vater.»

«Dacht ich mir jetzt schon», erklärt *Rain.*

Laura-Michelle boxt ihn liebevoll in die Seite und schmiegt sich an ihn. Sie geht ihm noch nicht einmal bis zu seinen hervorstechenden Schlüsselbeinen. Dann drücken sich die beiden an mir vorbei. Ich stammele noch: «Was ist hier los?», doch da haben sie sich schon in Laura-Michelles Zimmer verzogen, und ich höre, wie von innen der Schlüssel gedreht wird. Erst jetzt bemerke ich, dass ich noch immer die kleinen Sandalen in der linken Hand halte.

Minutenlang laufe ich im Wohnzimmer auf und ab, lasse mich zwischendurch immer wieder seufzend auf den Sessel fallen, fahre mir mit den Fingern beider Hände durch die Haare, nur um dann wieder aufzuspringen und weiter auf und ab zu laufen.

Was soll ich tun? Anklopfen? Und wenn sie nicht aufmachen? Die Tür eintreten?

Ich hoffe, Mareike kommt bald nach Hause. Sie wird bestimmt außer sich sein, zumal sie bei der Flüchtlingsbetreuung ohnehin ordentlich Stress hat mit Behördengängen und Seelsorge für die Krasniqis.

Ich beschließe, zwischenzeitlich Felix zu befragen, eventuell weiß er etwas.

Als ich bei ihm anklopfe, dauert es eine Weile, dann öffnet er seine Tür einen Spalt. Er sieht vollkommen zermatscht aus.

«Was ist denn mit dir los?»

«Hab gepennt.»

Er scheint mittlerweile resistent zu sein gegen «Flying Power».

«Sag mal, Laura-Michelle hat gerade Besuch bekommen, von so einem *Rain.* Kennst du den?»

«Is ihr Freund, glaub ich.»

«Ach, das weißt du schon, oder was?»

«Kein Plan ...»

«Wie. *Kein Plan.* Du hast doch gerade gesagt, dass der Typ ihr Freund ist. Und warum bist du eigentlich nicht in der Schule?»

«Ham Projektwoche.»

«Und da muss man nicht in die Schule, oder was?»

«Nö.»

Ich überlege, was ich noch sagen könnte. Mir fällt nichts ein.

«Kann ich jetzt weiterpennen, bitte?», fragt er rein rhetorisch und schließt die Tür.

Ich schleiche zu Laura-Michelles Zimmer und lausche. Es läuft Musik. Ich höre verzerrte Gitarren. Es scheint keine besonders romantische Musik zu sein, im Gegenteil. Der Sänger *singt* nicht, er schreit sich die Seele aus dem Leib. Vor kurzem noch liefen auf ihrer Anlage fast ausschließlich «Die Schlümpfe». Ich sage nur: «Lauf Trab, kleines Schlumpfenpferd, kleines Schlumpfenpferd, lauf Trab!» Mein absolutes Lieblingslied von den «Schlümpfen».

Aus Laura-Michelles Zimmer dringt Gelächter. Das dürfen sie ja von mir aus. Lachen ist okay, denke ich. Solange sie lachen, machen sie nichts anderes.

Tobi
Laura-Michelle hat einen Freund!!! 💩

Pflaumi
Wird auch Zeit. ☺

Tobi
Das ist kein Spaß! 😫

Pflaumi
Kaschemme? 17 h?

Tobi
Keck mich!

Tobi
Leck meine ich. Tippfehler.

Ich sitze bereits seit einer guten Stunde mit geballten Fäusten am Küchentisch und stiere vor mich hin, als mittags endlich Mareike nach Hause kommt. Sie stellt zwei Einkaufstüten auf die Arbeitsfläche. Dann schaut sie mich an und fragt: «Was ist denn mit dir los? Du sieht aus, als hättest du einen Geist gesehen.»

«Hab ich auch. Fast! Mareike, weißt du eigentlich, was unsere kleine Laura-Michelle so treibt, ohne dass wir auch nur einen blassen Schimmer davon haben?»

Keine Antwort. Mareike räumt in aller Ruhe Lebensmittel in den Kühlschrank und lässt zeitgleich Leitungswasser in den großen Nudeltopf laufen, was ich nicht nur störend, sondern der Situation gänzlich unangemessen finde.

«Pass auf!», fahre ich unverdrossen fort. «Ich durchforste gerade so die alten Kisten im Gästezimmer, da klingelt es an der Tür ...»

In diesem Moment betreten Laura-Michelle und Rain die Küche.

«Grüß dich, Rain», sagt Mareike.

«Tachchen, Frau Werner», sagt Rain.

«Ach, ihr kennt euch?», sage ich.

Ich schaue die drei nacheinander an und gehe dann langsam und daher eventuell ein wenig theatralisch auf den Balkon. Weil ich nicht weiß, was ich sonst tun soll, stelle ich meinen Bauchweggürtel an. Auf Stufe fünf von fünf. Sodass mein kompletter

Rumpf in stakkatoartigen Vibrationen erzittert, während ein paar Straßenblocks weiter der Laubbläser wütend aufheult.

Tobi
Kaschemme! Kannst du auch schon früher? 🍺

Pflaumi
16 h 👍

*

«Ganz im Ernst, Tobi. Das ist alles absolut normal, so leid es mir tut. Wir leben halt nicht mehr im neunzehnten Jahrhundert», erklärt Pflaumi und greift nach seinem Bierglas.

«Das denke ich auch», pflichtet Haidadai ihm bei und fährt dann fort, das Abtropfgitter zu polieren, was er nun seit geschlagenen dreißig Minuten tut. Warum sich Haidadai an unserer Diskussion beteiligt, ist mir unklar, aber ich kann ihn ja auch nicht wegschicken, immerhin ist es seine Gaststätte. «Die kommen heutzutage viel früher zur Sache», fährt der Wirt mit gedämpfter Stimme fort und beugt sich dabei zu uns über den Tresen, um andere Gäste nicht verbal zu belästigen. «Viel früher. Und dann gleich richtig. Das kennen die ja gar nicht anders, mit den ganzen Sexseiten da im Internet. Und im Fernsehen gibt's doch auch nur noch Ärsche und Titten von morgens bis abends. Is ganz normal heute. Geht doch nur noch ums …», er blickt sich konspirativ um, dann lässt er seine Handballen aufeinanderknallen, «Zack-zack!»

«Ja, aber doch nicht mit *vierzehn*», empöre ich mich. Als ich bemerke, dass ich gerade anfange, mit meinem Kneipenwirt über das Sexualleben meiner pubertierenden Tochter zu sprechen, wende ich mich schnell meinem besten Freund zu und wiederhole meine Feststellung in ruhigerem Tonfall.

Doch bevor Pflaumi antworten kann, hat Haidadai seinen massigen Leib noch ein weiteres Stückchen über den Tresen geschoben und flüstert: «Mit vierzehn haben die heute doch schon alles gemacht und gesehen, was der liebe Gott verboten hat. Letztens hat mir mein Neffe – und der ist dreizehn – hat der mir also so ein Video auf seinem Handy gezeigt mit so einem Esel. Also ein echter Esel! Und der steht da zuerst nur so im Stall rum, aber dann kommt da diese Frau ins Bild gelaufen …»

«Okay! Alles klar!», rufe ich. «Das hilft mir jetzt nicht weiter. Mach mir doch bitte noch ein kleines Bier!»

«Seit wann trinkst du kleine Biere?», fragt Pflaumi.

«Ist wegen meiner purinbedingten Gelenksentzündung.»

«Verstehe. Aber denk doch mal nach. Bei uns war das doch auch nicht anders. Also ich hatte meinen ersten Sex mit dreizehn. Und du?»

«Sollte sich der Herr Hellseher diese Frage nicht selber beantworten können?»

«Sehr witzig. Im Ernst jetzt. Wie alt warst du?»

Ich überlege. Ich war mit meinen Eltern im Urlaub, im Club Méditerranée in Südfrankreich. Und da war dieses etwas ältere französische Mädchen. Das muss so in der neunten Klasse gewesen sein. Also da war ich vielleicht …

«Das tut doch überhaupt nichts zur Sache», antworte ich zornig. «Und außerdem war ich betrunken, und außerdem sind wir Jungs.»

Haidadai stellt das kleine Bier auf den Tresen und beugt sich erneut zu uns herüber.

«Also da steht dieser Esel. Und ich denk mir noch: Warum steht der da? Und dann …»

«Ich geh mal nach draußen eine rauchen», unterbreche ich ihn und lasse mich vom Barhocker gleiten. Pflaumi hält mich an der Schulter fest.

«Mensch, Tobi, gib dem Jungen eine Chance. Er ist bestimmt ganz nett, wenn du ihn mal kennengelernt hast. Und seit wann rauchst du eigentlich?»

«Seit jetzt.»

VEGANER EMO-HARDCORE-RASTAFARI

• • • • •

«Wie heißt das noch mal?», frage ich nach.

«Emo-Hardcore», wiederholt Laura-Michelle.

«Und was ist das schon wieder für eine Scheiße?»

«So macht das doch keinen Sinn!», erklärt Mareike und macht eine wegwerfende Handbewegung, nicht zum ersten Mal innerhalb der letzten Stunde. Die beiden Teenager sitzen im Schneidersitz auf dem Boden, Mareike und ich haben auf den Sitzmöbeln Platz genommen, weil ich – wie gestern von Pflaumi vorgeschlagen – beschlossen habe, dem Jungen eine Chance zu geben. Mareike findet das ganz toll von mir, und Schnuffi natürlich auch. Ich habe mir fest vorgenommen, die ganze Situation erwachsen und vernünftig zu besprechen. Ein ganz normales, offenes Gespräch zwischen Eltern und ihrer Tochter und deren erstem Freund.

Ich bekomme es irgendwie nicht so gut hin.

Gerade habe ich zur Kenntnis nehmen müssen, dass Rain Sänger in einer Emo-Hardcore-Band namens «Manatees of Death» ist.

«Das ist keine Scheiße», erklärt Rain immer noch sehr leutselig, und die sichtlich genervte Laura-Michelle ergänzt: «Genau. Das ist megageile Musik, wo man seine ganze Wut rausschreit und wo total auch Politik mit dabei ist und voll viel Emotionen drin sind und so. Was du schon längst verloren hast.»

Was ich bisher erfahren habe, ist Folgendes: Meine vierzehnjährige Tochter glaubt, dass ich schon voll viel Emotionen längst verloren habe, und hat seit sechs Wochen einen Freund. Mareike kennt ihn seit ungefähr vierzehn Tagen, und es hat sich bisher angeblich noch keine Gelegenheit ergeben, mir diese unwichtige Kleinigkeit mitzuteilen, was Mareike aber leidtut. Rain ist sechzehn Jahre alt und hat gerade die Schule geschmissen, weil das heutige Schulsystem nur der «Vorhof der imperialistisch-kapitalistischen Sklavengesellschaft» ist und er außerdem mehr Bock hat auf Musikmachen und Skateboardfahren. Er heißt auch nicht wirklich Rain, sondern Rainer, was er aber unpassend findet, wohingegen er Rain super, weil absolut «mega naturmäßig» und «gechillt», findet. Abgesehen davon ist er Veganer, lehnt also grundsätzlich tierische Erzeugnisse ab.

«Und Geld braucht man auch nicht. Man kann einfach mit Liebe bezahlen. Es gibt zu wenig Liebe auf der Welt», behauptet er jetzt.

«Also, dass man mit Liebe Geld *verdienen* kann, das wusste ich», erwidere ich. «Man nennt es Prostitution. Vom Mit-Liebe-Bezahlen habe ich noch nichts gehört, ehrlich gesagt.»

«Tobias! Bitte!», seufzt Mareike.

Ich ziehe augenblicklich die Augenbrauen nach oben und hebe beide Hände in die Höhe. Alles cool. Alles easy. Ich habe mich voll im Griff. Ich muss allerdings sagen, dass der Junge es mir trotz seiner Friedfertigkeit nicht gerade leichtmacht, ihm eine Chance zu geben.

«Kein Problem, Frau Werner», lacht Rain jetzt. «Das war doch ganz witzig.» Er schubst meine Tochter. «Hey, Schatz, dein Daddy ist doch ganz cool, eigentlich.»

Seit wann heißt sie jetzt *Schatz*?

Sie heißt gefälligst Laura-Michelle. Oder Schnuffeline. Aber ganz bestimmt nicht *Schatz*!

«Und du isst gar kein Fleisch, oder was?», frage ich, um das Thema zu wechseln.

«Natürlich nicht. Manchmal hätte ich schon Lust, gerade wenn ich zu viel gekifft habe. Klaro, so 'n Big Tasty vom McDoof schmeckt schon lecker. Aber dann denke ich einfach an die Würde der Tiere und wie sie mit Füßen getreten wird durch den kompletten Prozess der industrialisierten Fleischerzeugung, und dann vergeht mir der Appetit auch ganz schnell wieder. Und außerdem verbietet es meine Religion.»

«Ah ja, verstehe», erkläre ich.

Moment.

«Wie meinst du das mit *zu viel gekifft*?»

«Na ja, wenn man halt so total stoned ist, dann kriegt man halt so 'n Megahunger, voll den Fressflash.»

Das geht mir alles nicht nur ein bisschen zu schnell, das ist doch alles völliger Wahnsinn.

«Du konsumierst also regelmäßig Cannabis?»

«Ja klar», entgegnet Rain ohne jedes Schuldbewusstsein. «Ich bin doch Rastafari.»

Ich glotze ihn verständnislos an, sodass er sich zu einer Erklärung genötigt sieht.

«Rastafarianismus ist eine total naturverbundene Glaubensrichtung, bei der alle kiffen. Die Wurzeln liegen im Christentum, und in der Offenbarung des Johannes steht geschrieben: ‹Die Blätter der Bäume dienen zur Heilung der Völker.› Dafür essen wir kein Fleisch.»

«Na prima. Wenigstens etwas.»

Zum ersten Mal sieht Rain mich ein wenig skeptisch an. «Also, Herr Werner, irgendwie spüre ich bei Ihnen echt ein paar negative Vibrations.»

«Negative Vibrations? Davon kannst du ausgehen! Und das ist noch stark untertrieben.»

Ich lasse mich im Ikea-Sessel nach hinten sacken, blicke zur Zimmerdecke und verschränke die Hände hinter dem Kopf. Mareike, die auf dem Sofa sitzt, beugt sich vor, legt mir eine Hand auf den Oberschenkel und drückt einmal aufmunternd zu. Ich habe das Gefühl, dass sie mir gegenüber einen gewissen Informationsvorsprung hinsichtlich unserer Tochter hat.

«Und Laura-Michelle? Du kiffst also auch schon, oder was?», frage ich.

«Nur manchmal», gibt sie kleinlaut zu, und bevor ich überhaupt reagieren kann, legt sie direkt nach, allerdings gar nicht mehr kleinlaut. «Ey, Alter, chill mal! Jeder kifft doch. Ich kiff noch am wenigsten bei mir in der Schule, im Ernst. Was die manchmal schon in der ersten Pause für Brandopfer bringen, Alter, nicht normal. Die sind doch ständig am Aufstreuen. Dagegen bin ich voll die Spaßbremse, Alter, im Ernst.»

«Du bist vierzehn!», brülle ich.

«Ich bin fast fünfzehn!», brüllt sie zurück.

«Ich finde das auch nicht in Ordnung, Laura-Michelle. Absolut nicht», pflichtet mir Mareike bei.

Auch Rainer liefert einen Gesprächsbeitrag.

«Und Gott sprach: Siehe, ich habe euch alles samentragende Kraut gegeben, das auf der Fläche der ganzen Erde ist, und jeden Baum, an dem samentragende Baumfrucht ist: Es soll euch zur Nahrung dienen. Und zum Rauchen.»

Ich glotze ihn an.

«Erstes Buch Mose, Kapitel 1, Vers 29», ergänzt er.

«Da steht ‹und zum Rauchen›? In der Schöpfungsgeschichte steht etwas übers Haschischrauchen?», frage ich.

«Na ja, nicht direkt. Das ist eher so eine Rastafari-Interpretation.»

«So, mir reicht's», rufe ich und stehe demonstrativ auf, was früher auch deutlich leichter ging und heute fast ein wenig unbeholfen aussieht. Umso verärgerter erkläre ich: «Ich höre mir diesen Blödsinn keine Minute länger mehr an. Und ich habe absolut keinen Bock drauf, dass meine viel zu junge Tochter mit einem drogenabhängigen Schulabbrecher zusammen ist.

Schluss! Aus! Ende der Diskussion! Und jetzt möchte ich dich bitten zu gehen.»

Laura-Michelle und Rain tuscheln verschreckt. Laura-Michelle laufen Tränen übers Gesicht.

«Ich liebe dich auch», schnüffelt sie ihm rotznasig ins Ohr.

Was um Himmels willen muss ich mir denn heute noch alles anhören?

Ich brauche frische Luft und möchte allein sein.

Kurz darauf stehe ich auf dem Balkon und blicke Rain hinterher, der leichtfüßig auf sein bereits rollendes Skateboard springt und der schon tief stehenden Sonne entgegenfährt. Er hüpft bei voller Fahrt in die Höhe, alle vier Rollen des Skateboards verlassen gleichzeitig den Asphalt, das Brett dreht sich einmal um die eigene Achse, und schon steht er wieder darauf, nur um den Trick direkt zu wiederholen.

Vollidiot.

Ich war auch mal Vegetarier, verdammt! Da muss dieser *Rain* hier gar nicht den großen Zampano machen, von wegen Rastafari und Veganer und Emo-Hardcore und wir wollen die Welt retten und mit Liebe bezahlen. Ein ganzes Jahr lang war ich mit vollster Überzeugung Vegetarier.

Das war direkt nach dem Studium. Ich sage nur: Massentierhaltung. Geht ja wohl gar nicht! Irgendwann war ich dann bei Freunden eingeladen, und dort wurde gegrillt, und als mir dieser köstliche Grillfleischgeruch in die Nase stieg, habe ich mir gedacht: Scheiß drauf! Und mir direkt zwei Currywürste einverleibt und somit mein Vegetariertum ad acta gelegt. Ich habe es nicht durchgehalten. Fleisch ist einfach zu lecker. Aber im Gegensatz zu vielen anderen Menschen habe ich mich immerhin fast zwölf Monate lang fleischlos ernährt.

Der durchschnittliche Jahresverbrauch eines deutschen Mannes liegt bei achtundachtzig Kilogramm Fleisch, was dem

Schlachtgewicht eines Milchkalbs entspricht. Ein Milchkalb, das wegen mir nicht sterben musste.

Und in einer Musikband war ich auch, während der Schulzeit. «The Phantoms» hieß die Kapelle, und ich war der Keyboarder. Nachdem wir erfahren hatten, dass es eine gleichnamige amerikanische Band gab, erfolgte eine Umbenennung in «The Phantoms of Love and Hate», was allerdings einigen Bandmitgliedern zu lang war, sodass wir daraufhin als «War Phantoms» firmierten. Kurz danach lösten wir uns auf.

Und Skateboard bin ich früher auch gefahren, als ich noch sportlich war und fünfundzwanzig Kilo leichter.

Früher, früher … Ich kann es selber schon nicht mehr hören. Schluss mit *früher* – ich lebe *jetzt*!

Und ich fasse einen Entschluss. Genau *jetzt* werde ich mein Leben in die Hand nehmen. Und der Plan ist verblüffend einfach: Ich werde meine körperliche und auch geistige Fitness wiedererlangen und durch die zurückgewonnene Spontanität, Jugendlichkeit und Coolness ein dufter Kumpeldaddy für Schnuffi werden. Ein Daddy, mit dem man gerne coole Sachen unternimmt und den man ganz dolle lieb hat. Bei Felix ist momentan natürlich Hopfen und Malz verloren, aber bei Schnuffelinchen, da sehe ich noch reelle Chancen. Auch wenn sie gerade heulend das Wohnzimmer verlässt und wütend in meine Richtung brüllt: «Ich hasse dich!»

SPORT

• • • • •

Der Plan wird direkt in die Tat umgesetzt. Um am Puls der Zeit zu bleiben, habe ich mich einfach mal bei Instagram angemeldet. Habe einen «Account» angelegt, wie es fachsprachlich heißt. «Gepostet» habe ich noch nichts, aber ich könnte! Jederzeit! Dementsprechend habe ich natürlich auch noch keinen einzigen «Like». Mein Benutzername bei Instagram lautet «Cool Daddy667». Anfangs habe ich es mit «CoolDaddy666» versucht, aber der Name war schon vergeben.

Außerdem habe ich mich in einem Fitnessstudio angemeldet. Direkt um die Ecke hat eins aufgemacht, das «High Class Gym», und ich habe das unschlagbare Eröffnungsangebot angenommen und mich direkt für vierundzwanzig Monate angemeldet. Somit spare ich im Vergleich zum Normalpreis über eintausend Euro und bekomme zusätzlich nicht nur eine Getränke-Flatrate, sondern auch noch drei vollwertige, persönliche Einzeltrainerstunden zur Einweisung und eine Trinkflasche obendrauf. Manchmal muss man die Gelegenheit einfach beim Schopf ergreifen, und es ist wirklich höchste Zeit, den seit Jahren ungehört verhallenden Aufschrei meines Körpers ernst zu nehmen und mein Übergewicht und die damit verbundene Schnappatmung beim Treppensteigen, das ständige Schwitzen und das grausame Sodbrennen zu beenden. Abgesehen davon sind durchtrainierte Väter cool.

Mein persönlicher Fitnesstrainer heißt Mike, sieht aus wie Dwayne «The Rock» Johnson mit schwarzer Kurzhaarfrisur und Dreitagebart. Er erwartet mich mit motivierendem Lächeln im Eingangsbereich des High Class Gym. Angesichts der Uhrzeit (8 Uhr 30 morgens) irritiert mich nicht nur dieses lebensbejahende Lächeln, sondern auch die Tatsache, dass sich an fast jedem der Geräte bereits Menschen befinden und unterschiedlichste Muskelaufbauübungen durchführen. Zumal die meisten davon dies überhaupt nicht nötig zu haben scheinen. Überall auf der ausgedehnten Trainingsfläche werden unfassbare Gewichte in die Höhe gestemmt, gezogen oder gedrückt, während dicke Adern an massigen Hälsen und Armen hervortreten, und die Leute schwitzen noch nicht einmal. Ganz im Gegensatz zu mir, und ich bin nur die Treppe in den ersten Stock hochgelaufen.

«Hallo, ich bin der Mike, und du musst Tobias sein. Find ich super, dass du dich angemeldet hast. Du wirst sehen: Es ist nie zu spät!»

Was soll das denn bitte heißen?

Wir setzen uns an einen kleinen Schreibtisch direkt hinter dem Eingangstresen, und Mike zaubert einen Fragebogen hervor. Mir fällt auf, dass Mike gar keinen richtigen Hals hat, da sich knapp unter seinen Ohren zwei Muskelberge von der Dimension meiner Oberschenkel bis zu seinen Schultern hervorwölben.

«So, Tobias, was wir heute machen, ist einmal den Status quo ermitteln. Also wiegen, messen und Kraftermittlung und natürlich deine persönlichen Ziele für die nächsten Monate festlegen. Was hast du denn bisher so gemacht im sportlichen Bereich?»

«Na ja, ich trainiere seit kurzem mit so einem Bauchweggürtel. Total-Slim-Exxtreem heißt der. Den kann man den ganzen Tag umgeschnallt lassen und praktisch überall zwischendurch mal einschalten. Ansonsten war ich bis vor kurzem beruflich stark eingebunden, und dann noch die Familie, da bleibt einem kaum Zeit und …»

«Okay, okay!»

Mike hat bereits einen Strich hinter die Eingangsfrage gemacht und ist offensichtlich nicht an meiner Lebensgeschichte interessiert.

«Wie viel Liter Wasser trinkst du am Tag?»

«Zählt Bier da auch mit rein, weil Bier besteht ja auch zu einem großen Teil …»

«Nein. Bier zählt nicht.»

Mittlerweile wirkt das kontinuierliche Lächeln von Mike schon nicht mehr ganz so strahlend.

Nach ein paar weiteren Fragen zu meiner Ernährung und möglichen körperlichen Einschränkungen, wie zum Beispiel Gicht und Hüfte, schleppt mich Mike in ein kleines Zimmer und verlangt von mir, mich bis auf die Unterhose auszuziehen. Erneut stelle ich fest, dass ich wenigstens dünne Unterschenkel habe.

Mike stellt mich auf eine hypermoderne Waage, die nicht nur mein Gewicht von hundertzwei Kilogramm anzeigt, sondern mittels elektromagnetischer Impulse auch die Fettverteilung in meinem Körper analysiert. Vor allem das für mich bisher unbekannte «Organfett», also «das Fett, was sich bereits um die Organe gelegt hat», macht Mike Sorgen. Beim anschließenden Vermessen des Umfangs diverser Körperstellen soll ich zum einen nicht «die ganze Zeit den Bauch einziehen», und zum anderen ist Mike auch hier mit den Ergebnissen eher unzufrieden, das kann ich genau erkennen, obwohl er sichtlich bemüht weiterlächelt. Ihn stört vor allem, dass der Bauchumfang größer ist als der Umfang des Brustkorbs.

Nach Beendigung der Vermessung notiert Mike «Gewichtsreduktion und Muskelaufbau» beim Punkt «Meine Ziele» unten auf dem Fragebogen, ohne dies ansatzweise mit mir zu besprechen.

«Und jetzt gehen wir erst mal zum Keitsch», sagt er, und ich bin erleichtert.

Offenbar soll der Rest der Einführung in einer Gaststätte

stattfinden, was mir sehr gelegen kommt, da mir nach der ganzen Fragerei und Messerei der Magen knurrt und ich ein anständiges Frühstücksomelette gebrauchen könnte. Doch weit gefehlt. Das *Keitsch* ist nämlich kein Frühstückslokal, wie ich Mikes folgenden Ausführungen entnehme, sondern *der Cage*. Eine riesige, quaderförmige Konstruktion aus Metallrohren und Stangen unterschiedlichster Dicke, ausgestattet mit verschiedensten Haltegriffen und Seilen und Trittflächen, die als zentrales, kathedralenartiges Element mitten auf der Trainingsfläche des Fitnessstudios aufgebaut ist.

In der Umkleidekabine muss ich feststellen, dass ich meine Sportbekleidung schon eine ganze Weile nicht mehr anhatte. Vor allem die Jogginghose ist an den Oberschenkeln viel zu eng und erinnert nun eher an eine Leggings.

«Okay, Tobias. In der nächsten halben Stunde testen wir deine Belastungsgrenzen aus. Als Erstes hangelst du dich am oberen Gestänge von einer Seite zur anderen.»

Mike macht es vor. Aus dem Stand springt er an die erste Stange, dann greifen seine kraftvollen Hände von einer Querstrebe zur nächsten, und in Windeseile hat er die Zehn-Meter-Distanz überwunden. Er lässt sich federnd zu Boden fallen.

Leider schaffe ich es trotz mehrmaliger Versuche nicht, aus dem Stand an die erste Stange zu hüpfen, sodass mir Mike einen kleinen Hocker davorschiebt.

Ich hänge.

«Und jetzt?», rufe ich.

«Hangeln», ruft Mike.

«Wie denn?»

«Wenigstens zwei Streben.»

«Ich rutsche ab.»

«Nicht aufgeben! Ich helfe dir.»

Mike stützt mich von unten ab.

Also im Endeffekt sitze ich auf einer seiner Schultern, und er trägt mich zur anderen Seite.

«Klasse», behauptet er, während ich schweißüberströmt vor ihm stehe.

Auch die anschließend zu absolvierenden Ausfallschritte nach vorn sind sehr anstrengend, und das nicht nur, weil mir die leggingsartige Jogginghose im Schritt schmerzhaft in meinen Hodensack schneidet.

«Super!», feuert er mich an, als ich meinen sechsten und somit letzten Ausfallschritt mache, und beendet die Ermittlung der Belastungsgrenzen am Cage, denn nun kommen wir zur Kraftermittlung. Er schleppt mich zu einer Kraftmaschine namens «Shoulder Press».

Ich muss auf einem niedrigen Sitz mit steiler Rückenlehne Platz nehmen, die Griffe neben meinem Kopf umfassen und nach oben pressen.

Okay. Nicht gerade leicht, aber machbar.

Zweimal. Dreimal. Komm schon! Viermal.

«Puh! Mehr schaff ich nicht», stöhne ich.

«Na, dann warte erst mal ab, bis ich Gewicht draufgemacht habe.»

Es folgen noch einige intensive Beinübungen, danach verlangt Mike von mir, dass ich mich dehne. Während meinen Dehnübungen behauptet er, dass ich ziemlich ungelenkig sei. Eine Bemerkung, die er sich aufgrund der Offensichtlichkeit dieses Umstandes getrost hätte sparen können. Schließlich liegt neben meinem Bett sogar eine Kratzhilfe für meine oftmals juckenden Fußsohlen. Eine Fonduegabel mit langem Griff, um genau zu sein.

Als ich frisch geduscht aus der Umkleidekabine komme, hat Mike meinen Trainings- und meinen Ernährungsplan ausgedruckt und überreicht mir die beiden Dokumente.

Ich soll künftig auf Fett und Kohlehydrate verzichten und zusätzlich den Bierkonsum drastisch reduzieren. Ich darf also faktisch nichts Schmackhaftes mehr zu mir nehmen.

Außerdem soll ich zweimal in der Woche zum Krafttraining gehen – und zusätzlich noch zweimal wöchentlich Walken.

Bei dem letzten Wort zucke ich zusammen.

Bitte nicht! Bitte nicht Walken!

Mike scheint meine Gedanken zu lesen.

«Du bist einfach zu schwer zum Joggen», sagt er und legt mir mitfühlend seine Pranke auf die Schulter. «Komm mal zu meinem Walking-Workout am Museumsufer. Da kommen viele von deinem Kaliber oder halt ältere Menschen, und es macht echt unendlich viel Spaß. Außerdem würde ich an deiner Stelle mal über Protein-Supplements nachdenken.»

«Supple-*was*?», frage ich.

«Proteine. Eiweiß. In Pulverform. Ist echt wichtig beim Muskelaufbau.»

Ich bin total überfordert. Das sind zu viele Eindrücke, zu viele Informationen.

Ich weiß nur, dass einige Ameisenarten Pilze zur Eiweißgewinnung züchten. Die Ameisen zerkauen Blätter und Pflanzenteile zu einem Brei, der dann als spezieller Nährboden für die schimmelähnlichen Pilze dient. Auch Raupenkot kann als Nährboden dienen. Im Gegenzug bilden die Pilze an den Enden der Pilzfäden eiweißreiche Verknotungen aus, die den Ameisen als Proteinquellen dienen.

«Tobias? Hallo?», höre ich Mike rufen.

«Äh, ja? Sorry, ich war gerade nicht ganz bei der Sache.»

«Bist du eigentlich bei Instagram, habe ich gefragt?»

«Natürlich! Ist doch klar!», erkläre ich. «Also ich habe mal ein Benutzerkonto angelegt, aber ich habe jetzt noch nicht direkt ein Foto gepostet, oder wie das heißt.»

«Das macht doch nichts. Dann machen wir das jetzt einfach direkt. Denn wenn du jede Woche ein Foto hier aus dem Studio auf Instagram teilst, dann reduziert sich nach einem Jahr dein Monatsbeitrag um weitere fünf Euro. Ist doch cool, oder? Komm, wir machen gleich ein Selfie!»

Mike schnappt sich mein Smartphone und hält es in die Höhe.

Auf meinem ersten Instagram-Beitrag sieht man Mike, mit angespannten Nackenmuskeln und geradezu obszön selbstbewusstem, strahlend weißem Siegerlächeln. Daneben stehe ich mit rotem Kopf und winke in die Kamera. Mein Smartphone gibt einen bisher unbekannten Signalton von sich. Einer gewissen «MissFlexi01» gefällt mein erstes Online-Foto, und sie hat sogar einen Kommentar hinterlassen. Sie schreibt: *Wow!*

Mein erster «Like» für mein erstes «Posting».

VERHÜTUNG

• • • • •

Ich habe vom morgendlichen Training einen so unfassbar schmerzhaften Muskelkater, dass ich kaum laufen kann. Am schlimmsten ist es, wenn ich mich hinsetzen beziehungsweise wieder aufstehen möchte. Als ich mich vorhin von der Toilette erheben wollte, habe ich fast das Waschbecken aus der Wand gerissen.

Aber immerhin gefällt mein erstes Foto auf Instagram mittlerweile schon acht Personen, und SportySue95 schreibt sogar *Great picture* dazu. Großartig!

Plötzlich steht Mareike hinter meinem Küchenstuhl und massiert mir liebevoll den Nacken.

«Fällt dir ganz schön schwer, das mit Laura-Michelle, oder?»

Ich brumme «Geht schon» vor mich hin.

«Gleich kommen übrigens die Krasniqis vorbei.»

«Schon wieder?», frage ich, vielleicht eine Spur zu entsetzt.

«Bärchen, das haben wir doch gemeinsam beschlossen, dass wir die Krasniqis einmal in der Woche zum Abendessen einladen. Und jetzt jammerst du jedes Mal rum, als ob das ein Weltuntergang wäre. Denen geht es echt beschissen. Die haben alles zurückgelassen in ihrer Heimat. Da können wir doch wohl einmal in der Woche so nett sein, sie hier zu uns einzuladen. Du solltest mal sehen, wie die hausen, bei sich in der Unterkunft. Das ist unvorstellbar. Die komplette Familie ist in einen einzigen Raum gequetscht. Dabei sollten die längst ihre eigene Wohnung haben.»

«Ja, okay, ist ja gut. Solange du nicht irgendwann auch noch deine Hunde von der Tiertafel hier anschleppst.»

«Also, Tobias, das finde ich unmöglich. Wie kannst du das denn bitte vergleichen? Die Krasniqis sind doch keine Hunde!»

«Das habe ich doch gar nicht gesagt.»

«Es hat sich aber so angehört.»

«Ich meinte doch nur, dass ich heute Abend auch gerne mal meine Ruhe gehabt hätte. Und natürlich sind die Krasniqis keine Hunde! Mein Gott, versteht mich denn hier überhaupt keiner mehr?»

Mareike setzt sich neben mich. Ihre Hängebrüste liegen auf der Tischplatte, und sie schaut verständnisvoll. «Du bist halt einfach sehr angespannt im Moment, nicht nur wegen deiner Arbeitslosigkeit.»

Vielen Dank, ich hatte es gerade kurz verdrängt.

«Ich glaube, dir geht das sehr nah, mit Laura-Michelle. Aber Tobias, es ist absolut normal, dass sich ein junges Mädchen verliebt. Und es ist ebenso normal, dass du jetzt nicht mehr an erster Stelle stehst und deshalb natürlich eifersüchtig bist.»

«Eifersüchtig? Ich?», rufe ich. «Blödsinn!»

«Okay», seufzt Mareike, «anderes Thema. Wir müssen über Verhütung reden.»

«Ha!», rufe ich und deute mit dem Finger auf sie. «Ich hab's doch gewusst. Die wollen Sex machen. Darum geht's also.»

«Tobias, jeder möchte Sex machen. Das steht ihnen ja auch vollkommen frei, da möchte ich mich gar nicht einmischen.»

«Wie, *das steht ihnen vollkommen frei*? Ich glaube, es hackt! Das werde ich verbieten.»

«Das ist doch Blödsinn, Tobias. Die können von mir aus von morgens bis abends rumvögeln und ihren Spaß haben, bei allem, was die durchgemacht haben. Aber sie müssen halt verhüten.»

Meine Frau ist verrückt geworden. Endgültig.

«Mareike! Laura-Michelle ist vierzehn Jahre alt! Sind wir hier bei den Neandertalern, oder was? Und ich werde nicht mit ihr über Verhütung reden, weil sie gefälligst noch nicht … also du weißt schon … Und was zum Teufel hat sie schon großartig durchgemacht? Sie hat gezahnt! Das war's.»

Mareike fängt an zu lachen. Sie lacht! Wie gesagt: verrückt geworden.

Dann sagt sie: «Ich rede von den Krasniqis, Tobias.»

«Ach so», murmel ich. «Ja, logisch, is ja klar.»

«Die Krasniqis müssen endlich verhüten. Ich werde nachher mit Jehona darüber sprechen, und ich möchte, dass du das Thema parallel mit Herrn Krasniqi besprichst, okay? So von Mann zu Mann.»

Die bei den ersten beiden Besuchen der Großfamilie Krasniqi noch eifrig aufgehängten «Refugees welcome»-Schilder sparen wir uns mittlerweile. Vor dem ersten Treffen war ich aufgeregt, ja fast überfordert, hatte im Übereifer sogar die *Balkan Party Hits 2007* gekauft (Restposten, sehr günstig, weil sehr alt), falls es zu einem Stimmungstief kommen sollte, nur um dann festzustellen, dass die Krasniqis im Grunde ganz normale, höfliche und bescheidene Menschen waren, das heißt sind. Auch an das Kopftuch und den buschigen Balkan-Schnauzbart hatte ich mich schnell gewöhnt. Also das Kopftuch bei Frau und den buschigen Balkan-Schnauzbart bei Herrn Krasniqi natürlich. Und sein unangefochtenes, patriarchalisches Auftreten bewundere ich insgeheim sogar.

Nach nunmehr fast zwei Monaten verlaufen die gemeinsamen Abendessen bei uns nach einer immer gleichen Routine. Die Frauen arbeiten in der Küche und plappern, die Männer hocken im Wohnzimmer und schweigen. Die Krasniqis sind nicht nur recht schüchtern, sie sprechen trotz Sprachkurs auch nicht besonders gut Deutsch. Zwei Fakten, die einem locker-flockigen Gespräch nicht gerade zuträglich sind, zumindest bei Artgenossen männlichen Geschlechts. Für Frauen hingegen scheinen

Sprachbarrieren in keinster Weise ein Hinderungsgrund für ausufernde Gespräche darzustellen, zumal Mareike die Zusammentreffen immer gerne zur Aufbesserung der Deutschkenntnisse der Krasniqis nutzt, so auch heute.

«Reis», höre ich sie in der Küche sagen.

«Ah! *Reis!*», antwortet Frau Krasniqi. «In Albania heißt *oriz*!»

«Ah! *Oriz!*», wiederholt Mareike. Dann lachen beide, als wäre daran irgendetwas ansatzweise witzig.

Mareike und die hochschwangere Jehona Krasniqi werden bei der Vorbereitung von Spitzpaprika mit Hackfleischfüllung und Reis tatkräftig und gutgelaunt von den Töchtern der Krasniqis, also der achtjährigen Ermira, der fünfjährigen Fatime und der dreijährigen Ardita, unterstützt. Der einzige und entsprechend von seinen Eltern über alles verehrte Sohn, Tarik, ist zehn Jahre alt und darf Felix beim Erfüllen einer Mission zusehen. Und ich sitze mit Familienoberhaupt Fatlum Krasniqi im Wohnzimmer und versuche, einen geeigneten Aufhänger für das anstehende Gespräch zu finden.

«Noch eine Buttermilch, Herr Krasniqi? Also *Fatlum*, meine ich.» Nachdem er beim letzten Mal eine Flasche selbstgebrannten albanischen Maulbeerschnaps mitgebracht hatte, duzen wir uns. Das Gesöff hat mich fast erblinden lassen. Vor dem Maulbeerschnapserlebnis hat nur Fatlum mich geduzt, denn er duzt jeden.

Jetzt hält Fatlum mir sein Glas hin, und ich schenke Buttermilch nach, wobei mir keine halbwegs gescheite Überleitung von «Buttermilch» zum Themenkomplex «Sexualität und Verhütung» einfallen will, also entscheide ich mich für die direkte Art.

«Ihr bekommt ja jetzt bald euer fünftes Kind», sage ich und spreche aus Rücksicht sehr langsam. «Das sind ganz schön viele Kinder, nicht wahr?»

Fatlum weiß natürlich nicht, dass hier in Deutschland Familien mit mehr als zwei Kindern gesellschaftlich am Rande der Ächtung stehen und Familien mit mehr als drei Kindern als Gipfel der Asozialität gelten, die einzig zum Abfilmen für das RTL-II-Nachmittagsprogramm taugen. Woher soll er es auch wissen.

Er grinst zufrieden und sagt: «Viel Kinderr guut.»

«Ja, klar. Aber fünf Kinder sind doch langsam genug, oder?»

Er blickt mich an und zieht die Augenbrauen zusammen, als hätte ich gerade behauptet, Meerwasser wäre ein erquicklicher Durstlöscher, dann sagt er gequält: «Aberr wirrd vielleicht schon wiederr Mädschen.»

«Schon wieder ein Mädchen, ja, das ist doch schön!»

«Ja. Schön. Aber brrauch isch noch Sohn.»

«Aber du hast doch einen Sohn.»

«Aberr was, wenn stirrbt? Dann isch kein Sohn.»

«Warum sollte Tarik denn sterben?»

Er macht eine abwiegelnde Handbewegung und ein Gesicht, als würde er die Chancen für den Eintritt des verfrühten Ablebens seines Sohnes auf fünfzig zu fünfzig einschätzen.

«Im Ernst jetzt. Ihr solltet wirklich mal über Verhütung nachdenken, damit Jehona nicht jedes Mal schwanger wird, wenn ihr, na ja …», ich möchte es eigentlich nicht aussprechen, aber da muss ich jetzt wohl durch, «also, wenn ihr Sex habt.»

Fatlum kneift die Augenbrauen zusammen.

«Nicht schwanger werrde?»

«Ja, genau. Da gibt's doch so viele Möglichkeiten heute. Die Pille oder eine Spirale.»

«Spirralle?»

«Na, Spirale halt. Da wird bei der Frau unten, also *da* unten, so was eingesetzt, so ein kleines Ding aus Metall …»

Fatlum stellt sein Glas mit Buttermilch lautstark auf den Tisch.

«Weiß ich, was Spirralle is. Bin isch nix dumm. Hab isch studieren. Aber du nix sprrechen von mein Frau *da* uunten. Nix Metal! Nix Spirralle!»

«Okay, verstehe. Kein Problem», erkläre ich schnell. Offenbar sind weitere Erläuterungen zum Thema Spirale nicht erwünscht. «Aber Fatlum, du selber könntest natürlich auch was machen. Immer mehr Männer lassen eine Vasektomie durchführen.»

Fatlum Krasniqi blickt mich mit versteinertem Gesicht an. Selbst seine Augenbrauen und sein Schnauzbart wirken wie aus Granit.

«Vasektomie», wiederhole ich. Ich deute auf meinen Genitalbereich, bewege in Nachahmung einer Schere Zeige- und Mittelfinger meiner rechten Hand und sage: «Schnipp-schnapp!»

Ein leichtes Zittern geht durch Fatlums Körper.

«Du noch einmal sagen *schnipp-schnapp*, isch nie mehr kommen dein Haus!»

«Okay, vergiss es.» Ich nippe schnell an meiner Buttermilch. Dann schalte ich den Fernseher an – es läuft *Berlin Tag & Nacht* –, und wir warten auf das Abendessen.

«Und? Wie ist es bei euch gelaufen?», fragt Mareike später in der Küche, nachdem die Krasniqis gegangen sind.

«Ganz gut», behaupte ich. «Und bei dir?»

«Sehr gut. Jehona will sich nach der Geburt die Pille verschreiben lassen. Und wo wir schon beim Thema sind: Ich werde nächste Woche mit Laura-Michelle zum Frauenarzt gehen.»

Okay. Es hat sich ja schon angedeutet, und nun steht es also fest. Dieser hagere, picklige Teenager mit seinen stinkenden Dreadlocks will vordringen in körperliche Bereiche meiner Tochter, die ich noch vor wenigen Jahren – also gut, vor vierzehn Jahren – gesäubert, gehegt und gepflegt und mit Penaten-Creme eingeschmiert habe?

Das habe ich doch nicht für *den* gemacht!

«Wie bei den Neandertalern», murmel ich vor mich hin.

«Was hast du immer mit deinen Neandertalern? Sei bitte nicht so kindisch», rügt mich Mareike sanft, aber bestimmt. «In der Steinzeit gab es jedenfalls noch keine Verhütungsmittel. Du solltest froh sein, dass es heute so etwas gibt. Oder willst du mit fünfundvierzig Opa werden? Und außerdem solltest du froh sein, dass Laura-Michelle einen festen Freund hat und nicht jede Woche mit einem anderen Jungen Geschlechtsverkehr hat. Das gibt's nämlich auch.»

Ich verschlucke mich an einem Schluck Buttermilch.

«Ich will, dass Schnuffi mit überhaupt keinem Jungen Geschlechtsverkehr hat, verdammte Hacke noch mal», bringe ich nach der buttermilchbedingten Hustenattacke mühsam hervor. «Ich sollte froh sein, sagst du? O ja. Ich bin froh. Gleich bin ich froh, Mareike. Gleich, wenn ich diese Wohnung verlassen habe und ich nichts mehr hören muss über Verhütungsmittel für meine Tochter und Geschlechtsverkehr und wie meine eigene Ehefrau das auch noch unterstützt! Und ganz abgesehen davon: Weißt du, was es in der Steinzeit Gott sei Dank gab und ständig benutzt wurde? Keulen! Damit konnte man unliebsame Eindringlinge einfach erschlagen.»

Mareike greift nach meinen Händen und blickt mir tief in die Augen.

«Bärchen, ich weiß, das ist schlimm für dich, aber bitte akzeptiere doch, dass deine Tochter verliebt ist. Zum ersten Mal in ihrem Leben. Das ist doch irgendwie auch wunderschön.»

«Verliebt, verliebt!», entgegne ich bissig. «Das ist doch sowieso totaler Schwachsinn, diese ganze Geschichte mit dem *Verliebtsein.* Ein überbewerteter, biochemischer Mechanismus im Körper! Eine durch verfrühte sexuelle Handlungen und Küsse ausgelöste hormonelle Überreaktion, hervorgerufen durch die vermehrte Ausschüttung des Glücksbotenstoffs Dopamin und eine simple Veränderung der Neurotransmitter im Gehirn. Weiß doch jeder. Im Grunde ist Verliebtsein nichts anderes, als sich einen Schuss Heroin zu setzen, sprich: totaler Schwachsinn!»

Mareike blickt mich enttäuscht an. «Sehr interessant, Tobias. Und du? Du warst also nie verliebt, oder wie?»

«Äh, natürlich. Natürlich war ich mal verliebt. Klaro. Also ich meine …»

Als ich wieder aufblicke, hat Mareike die Küche bereits verlassen.

Läuft momentan ganz gut bei mir.

Tobi
Kaschemme? 🍺🍺🍺🍺🍺

Pflaumi
Was denn jetzt schon wieder? 😳

Tobi
💩

Pflaumi
20 Minuten

MARIHUANA

• • • • •

In meinem Umfeld herrscht allgemeiner Konsens darüber, dass ich Laura-Michelle weder ihren Freund noch die daraus resultierenden, ekelhaften Folgeerscheinungen verbieten kann, und so muss ich es wohl akzeptieren, dass Rain auch heute Vormittag wieder bei uns aufgetaucht ist, zur Begrüßung sein bescheuertes «Tachchen» geträllert und dabei den süßlichen Geruch von Marihuana verströmt hat. Nachdem die beiden Turteltäubchen den halben Tag in Schnuffis Zimmer verbracht haben, während in ohrenbetäubender Lautstärke die hirnzerfetzend-aggressive Musik seiner Band Manatees of Death lief, ziehen sie am frühen Abend ins Wohnzimmer um.

Als ich mein Großprojekt «Entrümpeln der Wohnung» kurz unterbreche und das Wohnzimmer betrete, liegen die beiden Teenager auf dem Sofa, und es riecht eindeutig nach Gras. In mir beginnt es zu brodeln. Natürlich weiß ich, dass der Genuss von hochpotentem Marihuana für viele Jugendliche heute ganz alltäglich ist, aber doch bitte nicht für Schnuffi!

Was soll ich nur tun? Ich muss mit den beiden reden. Irgendjemand muss hier die Zügel in der Hand behalten, wobei ich natürlich behutsam vorgehen muss. Ich habe mittlerweile gelernt, dass autoritäres Auftreten keinen Sinn hat.

Laura-Michelle hat jegliches Interesse an ihren nagelneuen weißen Michael-Kors-Schuhen und allen hübschen farbigen Bekleidungsstücken verloren. Sie trägt jetzt zu ihren seit kurzem schwarz gefärbten Haaren eine schwarze Jeans und ein schwarzes Band-T-Shirt der Manatees of Death. Im Fernsehen läuft wie immer *Berlin Tag & Nacht*. Eine offenbar mit einem Smartphone gefilmte Sendung, bei der langzeitarbeitslose Taugenichtse so tun, als seien sie Schauspieler, die langzeitarbeitslose Taugenichtse spielen, und unterm Strich der mediale Vorbote, das audiovisuelle Manifest des bevorstehenden Untergangs der Menschheit.

Rain klammert sich mit allen vieren an meiner Tochter fest wie ein Schiffbrüchiger an einen Baumstamm. Er umarmt sie nicht nur, er umbeint sie sogar. Laura-Michelle starrt auf ihr Smartphone, während Rain zu schlafen scheint. Hierfür spricht zumindest der Spuckefaden, der sich zwischen seiner Unterlippe und dem zarten, kindlichen Hals meiner kleinen Tochter spannt.

«Hey, Leute, i bims. Na? Alles yolo, oder was?»

Um den emotionalen Kontakt zu ihr nicht abreißen zu lassen, versuche ich einfach mal, Wörter und Redewendungen des aktuellen Jugendslangs in meinen Sprachgebrauch mit einfließen zu lassen. Man darf das natürlich nicht übertreiben, auch aus Gründen der Selbstachtung. Ich habe «Jugendslang» gegoogelt und dann einige Begriffe auswendig gelernt. Leider misslingt es.

«Ey, Papa! *Yolo* ist voll out. Das sagt doch keiner mehr, und wenn, dann nur Assis. Außerdem sagt man auch nicht *Alles Yolo.* Das würde ja heißen: *Alles you only live once.* Das macht doch gar keinen Sinn. Und *I bims* sagen nur noch Opfer.»

Trotzdem gebe ich nicht auf.

«Und? Läuft bei euch, oder was?»

Es ist offensichtlich, was läuft. Nämlich gar nichts.

«Wir chillen», murmelt Laura-Michelle.

«Sag mal, hattest du heute gar keine Schule?», frage ich möglichst beiläufig, um keine aggressive Stimmung entstehen zu lassen.

«Entfall», erklärt sie, ohne aufzublicken.

«Hast aber ganz schön oft Entfall in letzter Zeit, oder?»

«O Mann, Alter, laber nicht! Da kannst du ja mal mit dem fucking Kultusminister drüber sprechen.»

Jetzt ist sie leicht genervt. Das Gespräch droht zu entgleiten. Ich setze mich in den Ikea-Sessel.

«Das mach ich. Oder ich rede nachher beim Elternabend einfach mal mit deinem Klassenlehrer. Zunächst möchte ich aber mit euch beiden sprechen. Und zwar übers Kiffen.»

Rains Augäpfel bewegen sich hinter den Augenlidern, vermutlich eine Art Pawlow'scher Reflex, resultierend aus der Erwähnung seiner Lieblingsbeschäftigung. Laura-Michelle blickt kurz auf und dann wieder auf den Touchscreen.

«Könntest du bitte kurz dein *scheiß fucking Handy zur Seite legen, nur für zwei Minuten!*»

Ups. Sorry. Winzig kleiner cholerischer Anfall.

Aber immerhin habe ich jetzt ihre Aufmerksamkeit. Sogar Rain hat die Augen aufgemacht.

«Ich war ja auch mal jung», setze ich an und hasse den Einstieg augenblicklich. «Und jedenfalls hatte ich in meinem Freundeskreis einen, den Bernd, der hat wahnsinnig viel gekifft. Also jeden Tag, auch schon vor der Schule und in den Pausen, also quasi den ganzen Tag, und abends sowieso.»

«Cooler Typ», murmelt Rain.

Kurz überlege ich, ob ich ihnen, um mich ein bisschen einzuschleimen, erzählen sollte, dass ich als Jugendlicher auch ordentlich gekifft habe, entscheide mich aber aus pädagogischen Gründen dagegen. Stattdessen hole ich zum großen Schlag aus.

«Na ja, geht so. Am Anfang fanden den tatsächlich alle supercool. Aber irgendwann hat der halt gar nichts mehr auf die Reihe bekommen, hat sein Abi geschmissen, und mit zwanzig hat er dann eine Psychose bekommen und ist in die geschlossene Anstalt eingeliefert worden. Und als er wieder rauskam, hat er einfach weitergekifft. Und dann ist er beim Kiffen im Bett eingeschlafen und verbrannt.»

Die beiden gucken mich schockiert an.

«Echt jetzt?», fragt Laura-Michelle.

«Absolut», erkläre ich und verschränke etwas selbstgefällig die Arme vor der Brust.

Rain findet als Erster die Worte wieder.

«Dann … dann lasse ich das vielleicht besser», murmelt er, und Laura-Michelle nickt eifrig und sagt: «Ja. Finde ich auch.»

So geht das! Aufklärerische Erziehung mittels Schocktherapie und ohne autoritär zu wirken. So kriegt man die kleinen Scheißer. Die Dinge beim Namen nennen, auch wenn's weh tut. Sehr gut. Das ging ja erstaunlich leicht.

«Ich hab dir schon oft gesagt, dass ich das nicht gut finde, wenn du im Bett kiffst», erklärt Laura-Michelle jetzt, «auch wegen der Asche.»

Rain reckt die rechte Hand hoch und setzt sich ein wenig auf.

«Ich schwöre hoch und heilig: kein Kiffen mehr im Bett! Ganz im Ernst.»

«Äh, Leute», werfe ich ein. «Es ging bei der Geschichte jetzt in erster Linie nicht um das Bett, versteht ihr …»

«Wir sollten vorsichtshalber einen Feuermelder installieren», befindet Laura-Michelle, dann ertönt ein Signalton aus ihrem Smartphone.

«Hey. Geil. Ich hab wieder alle Leben bei Candy Crush.»

«Porno, Alter!», pflichtet Rain ihr bei, schlingt Arme und Beine um sie und will wieder einschlafen.

Also brülle ich mit einem Mal leider sehr autoritär: «Übermäßiges Kiffen in eurem Alter ist *gefährlich.* Versteht ihr? *Gefähr-lich.* Da bekommt man nichts mehr auf die Reihe. Ich meine … schaut euch doch mal an!»

«Hä? Chill mal, Alter! Ich hab heute noch gar nichts geraucht und gestern und vorgestern auch nicht», entrüstet sich Laura-Michelle. Eine Aussage, die mich erschreckenderweise sogar ein wenig beruhigt.

«Und was ist mit dir, Rain? Hast du irgendwelche konkreten Zukunftspläne? Ihr liegt hier rum wie die Maden im Speck, der Kühlschrank ist voll, die monatliche Rate für den Wohnungskredit ist bezahlt, Netflix und Krankenversicherung auch. Aber irgendwann müsst ihr selber für den ganzen Scheiß bezahlen.»

«Also, ein eigenes Auto zum Beispiel brauch ich nicht», entgegnet Rain total entspannt. «Auf einer geteerten Straße kann man den Weg nicht finden.»

«Verdammt noch mal, lass mich bitte mit deinen Rastafari-Weisheiten in Ruhe! Du weißt genau, was ich meine.» Ich setze noch einmal neu an. «Hast du eigentlich irgendwelche beruflichen Vorstellungen?»

«Ob Ihnen das jetzt gefällt, weiß ich nicht, aber ich habe nicht nur irgendwelche, sondern ganz konkrete Vorstellungen. Also: Innerhalb der nächsten paar Jahre wird Marihuana in Deutschland legalisiert, und dann mache ich einen Coffeeshop auf, in dem es das beste Gras der ganzen Stadt zu kaufen gibt. Da kann man dann chillen auf so superbequemen Sofas, und es gibt auch Tee und Softdrinks, und außerdem werden Skateboards verkauft. Richtig geile Skateboards. Und es läuft die ganze Zeit Emo-Hardcore. Parallel dazu gebe ich natürlich noch mit den Manatees Vollgas.»

Ich merke, dass mein Mund offen steht.

«Du willst also Dealer werden? Drogendealer?»

Rain ignoriert meine Frage. Stattdessen sagt er: «Ich habe sogar schon einen Namen für den Shop: ‹High Skaters›. Find ich genial. Wegen dem *High*, verstehen Sie?»

Kopfschüttelnd erhebe ich mich und gehe auf den Balkon. Ich überlege, was ich jetzt tun soll. Da mir nichts einfällt, prüfe ich erst einmal meinen Instagram-Account.

Mir folgen mittlerweile zwölf Personen. Ich muss zugeben: Es macht mich ein bisschen froh. Was passiert eigentlich, wenn ich hier auf das Plus-Zeichen drücke? Nanu? Ich soll ein weiteres Foto machen! Also gut. Ich drücke auf den digitalen Auslöser auf dem Bildschirm.

Man erkennt nicht besonders viel.

Ein paar Baumkronen und dahinter der Abendhimmel, die Spitzen einiger Hochhäuser der Innenstadt.

Ping, ping, ping, ping.

Allen gefällt auch mein zweites Foto.

Mausi.Gym.80 schreibt: *Wunderschön! Du bist echt cool. Ist das Frankfurt?*

Ob ich direkt noch ein weiteres Foto machen sollte?

ELTERNABEND

• • • • •

Ich stehe im muffigen Klassenzimmer meiner Tochter. Ich war seit Jahren nicht mehr bei einem Elternabend, da dies bisher in den Aufgabenbereich von Mareike gefallen ist, die heute Abend leider keine Zeit hat, da sie mit den Krasniqis eine dringend benötigte neue Wohnung besichtigt.

Ich hasse Elternabende. Ich meine, wer mag schon Elternabende?

Nach einem anstrengenden Tag mit wildfremden Menschen auf Kinderstühlen sitzen und sich stinklangweilige Geschichten über Projektwochen anhören? Nein danke! Zumal spätestens nach zwanzig Minuten garantiert eine intellektuell unterforderte und daher überehrgeizige Mutter anfängt, vor versammelter Mannschaft höchst individuelle und daher todlangweilige Fragen zu ihrem Kind zu stellen. «Ganz kurz noch mal zu dem Jan-Lukas ...» Gähn.

Um mich herum belegen andere Elternteile widerwillig die winzigen Stühle, die selbst Kinderhintern zu wenig Platz bieten. Überraschend viele begrüßen sich herzlich, teilweise mit Umarmungen und Küsschen links, rechts.

Ich kenne niemanden.

Vor der Tafel steht ein asiatisches Mädchen in Laura-Michelles Alter, allerdings etwas zierlicher, vermutlich die Klassensprecherin. Oder doch eher eine Austauschschülerin. Sie wirkt etwas verloren, und so wende ich mich ihr zu und sage: «Sawadii!», eine der wenigen Begrüßungsfloskeln, die ich mir von unserem bisher einzigen Strandurlaub in Thailand vor zwei Jahren gemerkt habe.

«Oh», lächelt sie, «das ist Thailändisch, oder?»

«Genau.»

«Ich komme allerdings aus Vietnam», sagt sie fröhlich.

«Oh, das tut mir leid. Du sprichst aber schon sehr gut Deutsch.»

Wieder muss sie lächeln. «Ich bin mit zwei Jahren nach Deutschland gekommen, da wäre es wohl ein bisschen komisch, wenn ich nicht einigermaßen gut Deutsch sprechen könnte.»

Endlich sitzen alle, und nachdem das kleine vietnamesische Mädchen kurz einige Unterlagen sortiert hat, dreht sie sich zu den Eltern herum und sagt: «Guten Abend. Für die, die mich noch nicht kennen: Mein Name ist Hoa Nguyen, ich bin seit dem letzten Halbjahr die neue Klassenlehrerin Ihrer Kinder. Ich lasse zunächst mal die Anwesenheitsliste herumgehen, und dann können wir auch direkt beginnen, mit einem kurzen Überblick über das momentane Leistungsniveau in der Klasse, bevor wir dann einen Ausblick auf die nach den Sommerferien anstehende Einführungsphase der gymnasialen Oberstufe werfen.»

Ich versuche krampfhaft, mir nichts anmerken zu lassen, und nicke engagiert.

Jetzt, wo ich es weiß, sehe ich natürlich auch, dass Frau Nguyen eine erwachsene Frau ist.

Sie ist halt recht zierlich, und bei asiatischen Frauen gibt es ja auch irgendwie nur zwei Altersstufen. Blutjung oder uralt. Aber vor allem sehe ich jetzt auch, das Frau Nguyen wunderschön ist. Das ebenmäßige Gesicht, die glatte Haut, die mandelförmigen Augen, die vollen Lippen, die glänzenden, zum Pferdeschwanz gebundenen Haare. Und diese eloquente, freundliche und dennoch zielstrebige Art, mit der sie das Klassengefüge beschreibt und wie hierbei besonders die Schwächeren berücksichtigt werden und auf welche Anforderungen und Bewertungskriterien sich die Schüler in der Oberstufe einstellen müssen und dass in

Kürze ein Suchtpräventionstag unter dem Motto «Drogen? Nein danke!» stattfindet und sie hierfür ein freiwilliges Elternteil als Begleit- und Aufsichtsperson braucht.

Ich schleudere meine Hand samt erhobenem Zeigefinger in die Höhe und kann es gerade noch vermeiden «Ich! Ich!» zu rufen. Stattdessen blicke ich mich extreme Gelassenheit vortäuschend um, ob sich eventuell irgendein Arschloch meldet, was zu meiner Erleichterung nicht der Fall ist.

«Ja, super», freut sich Frau Nguyen. «Und Sie sind noch gleich der Herr …?»

«Werner. Tobias Werner. Der Papi von Laura-Michelle.»

Sich selbst «Papi» zu nennen, wirkt sehr sympathisch, wie ich hoffe. So lieb und nett.

Ich würde wahnsinnig gern ein Foto von Frau Nguyen machen, um es Pflaumi zu zeigen. Er wäre bestimmt auch total begeistert.

Als der Elternabend vorbei ist, stelle ich mich vor Frau Nguyen, ziehe mein Mobiltelefon aus der Hosentasche und halte es in die Höhe.

«Vielleicht tauschen wir noch kurz Kontaktdaten aus, wegen des Suchtpräventionstags», sage ich und öffne die Kamera.

Mist. Zu dunkel. Auf dem Bildschirm ist fast nichts zu erkennen.

Frau Nguyen streckt ihren Kopf zur Seite, um an meinem Telefon vorbeischauen zu können.

«Nicht nötig, Herr Werner. Ich habe Ihre E-Mail-Adresse auf der Anwesenheitsliste. Ich schicke Ihnen die entsprechenden Informationen zu, okay?»

Ich gehe einen Schritt zu Seite, damit Frau Nguyen besser beleuchtet ist.

Leider ertönt bei meinem Telefon ein Knips-Geräusch, wenn ich ein Foto mache.

Ich hasse das und versuche es mit einem gemurmelten «Scheiße!» zu übertönen.

«Herr Werner? Alles in Ordnung?»

«Ja, sicher. Alles bestens.»

«Haben Sie gerade ein Foto von mir gemacht?»

Sie lächelt noch immer, allerdings leicht irritiert.

«Ich? Ein Foto? Quatsch!»

Mit hochrotem Kopf verlasse ich das Klassenzimmer.

Tobi
Die Klassenlehrerin von Laura-Michelle ist voll der Hammer! 🥊

Pflaumi
Echt jetzt? So Typ Angela Merkel? 🙈

Tobi
Im Ernst! Voll der Wahnsinn! Kaschemme? 🍺🍺

Pflaumi
Leider nein! Ich muss los. Hab nachher Sendung! 💩

HARNDRANG

• • • • •

Als ich zurück in der Wohnung bin, ist alles stockdunkel. Mareike ist schon zu Bett gegangen. Ich will aber nicht ins Bett. Ich bin hellwach. Alle möglichen Gedanken gehen mir durch den Kopf. Erstens mache ich mir Sorgen um die Zukunft, zweitens bin ich zu Tode betrübt wegen Schnuffi – und drittens muss ich die ganze Zeit an Frau Nguyen denken. Ich Idiot. Das nennt man dann wohl Midlife-Crisis. An Schlaf ist jedenfalls nicht zu denken, und so setze ich mich ins Wohnzimmer und zappe zu fortgeschrittener Stunde sinnlos durch die Programme.

Nach zwei Minuten *Frauentausch* auf RTL II muss ich dem drängenden Impuls widerstehen, den Fernseher kurz und klein zu schlagen. Ich zappe stattdessen weiter und erblicke Pflaumi, vielmehr Phillippe, denn gerade beginnt seine Sendung *Kosmisches Kartenlegen mit Phillippe.*

Wenn Pflaumi auf Sendung ist, hat er eine dunkelbraune, glatte Langhaarperücke über die Glatze gezogen, die mit einem breiten Batikstirnband umwickelt ist. Seine Tätowierungen verbirgt er unter einem schwarzen, langärmligen Seidenhemd.

«Allo, 'ierr iest Phillippe», behauptet er mit französischem Akzent und fragt dann idiotisch in die Kamera lächelnd: «Und wer iest dort?»

Das ertrage ich jetzt noch weniger als *Frauentausch*, also schleiche ich ins Bett …

Ich wache auf, als die Ziffern auf meiner Digitaluhr 4 Uhr und 48 Minuten anzeigen. So wie fast jede Nacht.

Dieser Harndrang macht mir seit neuestem das Leben schwer. Ich musste doch früher nicht *nachts* auf die Toilette. Oder?

Ich liege wach im Bett. Mareike schläft friedlich. Sie hat offenbar keinen nächtlichen Harndrang. Oder sie benutzt irgendein Frauenprodukt, irgendeine Einlage. Frauen haben ja Einlagen für alles Mögliche. Ach, ich will es gar nicht wissen. Letztens sah ich mich unverschuldet und ungefragt mit den Begriffen «Menstruations-Slip» und «Menstruations-Tasse» konfrontiert, als ich beim Passieren der Küche einige Gesprächsfetzen zwischen meiner Frau und meiner Tochter mithören musste. Völlig verstört stand ich danach in meinem Schlafzimmer und flüsterte unablässig «Hundewelpen, Hundewelpen, Hundewelpen ...», bis ich nur noch Bilder von süßen, kleinen Wauwaus im Kopf hatte.

Ich versuche, den Harndrang zu ignorieren und einfach weiterzuschlafen, obwohl ich doch mittlerweile wissen müsste, dass dies unmöglich ist. Wenn er einmal da ist, dann geht er nicht mehr weg. Wohin auch. Nach zwanzig quälenden Minuten gebe ich mich geschlagen, mache meine Nachttischlampe an und stehe auf. Wie so oft höre ich Mareike murmeln: «Was machst du denn, Bärchen?»

Was soll ich denn darauf bitte antworten?

Sie sollte es inzwischen auch wissen.

Oder glaubt sie, ich würde irgendwann sagen: «Ich habe eine göttliche Eingebung. Ich bin der Messias und werde nun auf den Balkon gehen und zum Himmel aufsteigen»? Oder: «Ich fahre mal zur Tankstelle. Morgens um vier soll der Sprit unglaublich günstig sein»? Oder: «Ein letzter Gruß zum Abschied, holde Maid. Der Junker wartet mit den Pferden»?

Keine Ahnung. Es ist doch ohnehin klar und immer das Gleiche. Ich muss pissen!

Wie immer sage ich also «Muss mal», und sie murmelt «Okay» und dreht sich um.

Vielen Dank für die Erlaubnis.

Ich tapse durch den Flur, und als ich die Badezimmertür öffne, erschrecke ich mich zu Tode, denn ich erblicke den Rücken von Rain, der mit offenen Dreadlocks und bis auf die Unterhose entkleidet genüsslich und mit deutlich vernehmbarem Urinstrahl in meine Toilette pinkelt.

«O Gott!», rufe ich, und Rain zuckt derartig zusammen, dass er kurzzeitig die Kontrolle über seinen Strahl verliert.

Er starrt mich entsetzt an. Es gab in meinem Leben bisher nur wenige Momente, in denen ich es bedauerlich fand, passionierter Nacktschläfer zu sein. Dieser hier gehört definitiv dazu.

«Pass doch auf, du Idiot», entfährt es mir.

Ich muss mich sehr anstrengen, mit gedämpfter Stimme zu sprechen, während ich versuche, mit den Händen meine Genitalien zu verbergen. «Was machst du hier?»

«Musste auf Toilette», erklärt Rain.

«Das sehe ich. Ich meine: Was machst du hier mitten in der Nacht in unserer Wohnung. Ich kann mich nicht erinnern, dass wir euch gemeinsame Übernachtungen erlaubt hätten.»

«Tut mir leid. Wir sind eingeschlafen», räumt er reumütig ein und schließt nun endlich auch den Blasenentleerungsvorgang ab.

«Und außerdem pinkeln wir hier nicht im Stehen», weise ich ihn weiter zurecht. «Und jetzt warte mal draußen auf mich, ich muss auch mal.»

Beim Hinauslaufen streifen seine Dreadlocks meinen Oberarm und ich zucke zurück. Diese Dreadlocks. Sie machen mir Angst. Bestimmt wohnen Tiere darin.

Nachdem ich mich erleichtert und einen Bademantel angezogen habe, finde ich Rain auf dem Balkon. Er blickt mich schuldbewusst an.

«Tut mir echt leid, Herr Werner. Kann ich vielleicht auf dem Sofa schlafen? Ich habe meinen Schlüssel vergessen, und wenn ich jetzt zu Hause alle aufwecke, dann bekomme ich Riesenärger.»

Muss ich jetzt tatsächlich mitten in der Nacht mit einem nur mit einer Unterhose bekleideten Sechzehnjährigen diskutieren?

«Also von mir aus», sage ich nach kurzer Überlegung. «Dann leg dich halt noch kurz aufs Sofa. Aber nach dem Aufstehen verschwindest du!»

Ich höre das schnalzende Geräusch eines Feuerzeugs, Rain murmelt: «Zum Runterkommen», und zündet sich einen Joint an.

«Das ist jetzt nicht dein Ernst, oder? Es ist fünf Uhr morgens! Und ich habe euch schon mal gesagt, dass ich nicht möchte, dass hier bei uns gekifft wird.»

«Fünf Uhr morgens ist doch die beste Zeit», behauptet Rain. «Da hat man seine Ruhe.»

Er hält mir den Joint hin und fragt: «Mal ziehen?»

Verständnisvoll zur Seite stehen und immer wieder die Kommunikation suchen. Das will Mareike doch unbedingt.

«Ach, scheiß drauf», sage ich und ergreife den konischen Glimmstängel.

Was für ein Mörderkraut! Nach nur zwei tiefen Zügen glaube ich, ohnmächtig zu werden. Meine Lippen werden ganz taub. Ich setze mich auf einen der Korbstühle. Doch kurz darauf durchflutet eine Welle der Euphorie mein Gehirn, und alle Sinne schärfen sich. Überdeutlich nehme ich plötzlich die morgendlichen Singvögel wahr, ein vortrefflich aufeinander abgestimmtes Konzert verschiedener Stimmen und Melodien. Warum habe ich eigentlich vor zwanzig Jahren damit aufgehört, ab und zu Marihuana zu rauchen? Eventuell ist Mareike schuld, denn sie hatte nach dem Studium urplötzlich behauptet, THC sei eine Droge für Verlierer – ohne allerdings eine alternative Droge für Gewinner zu benennen.

Wie herrlich die Vögel singen, während ganz langsam die Stadt erwacht. Meine Körper scheint zu schweben, und ich merke, dass ich grinse wie Cristiano Ronaldo nach einem verwandelten Elfmeter.

«Und? Merken Sie was?», fragt Rain irgendwann.

«Ich will unbedingt ein Mohrenkopfbrötchen», sage ich.

Ich wache im Korbstuhl sitzend auf, als vor dem Haus der Zweitaktmotor des Laubbläsers aufheult. Wie gewohnt schlendern die beiden orangefarbenen Haudegen die Straße hinauf. Ich winke ihnen zu und zeige ihnen den Schumi-Daumen. Also ich mache das Daumen-nach-oben-Zeichen wie Michael Schumacher. Also Michael Schumacher früher. Rain ist nicht mehr da. Dafür erblicke ich auf dem kleinen Balkontischchen vor mir diverse leergegessene Lebensmittelverpackungen, unter anderem drei große Vanillejoghurts, eine Packung Butterkekse, einen Kräuterfrischkäse und zwei Packungen Ritter Sport und ein Glas Nutella. Offenbar hatte ich einen fulminanten Fressanfall.

SCHWIEGERELTERN

• • • • •

Meine Schwiegereltern haben uns zum Abendessen eingeladen. Daher laufe ich mit Mareike über einen kargen Campingplatz südlich von Frankfurt. Unsere Teenager schlurfen lustlos hinter uns her. Ein paar armselige Bäume stehen von ausgetrockneten Rasenflächen umgeben zwischen den zum großen Teil leeren Stellplätzen. Ein kleiner See lädt aufgrund des niedrigen Wasserstands nicht zum Baden ein, und über uns donnert ein Lufthansa-Jumbo-Jet in niedriger Höhe Richtung Landebahn.

Jawohl, Mareikes Eltern sind Camper.

Vor Jahrzehnten schon haben sie sich ein Wohnmobil gekauft und dieses sogleich auf diesen Campingplatz zwischen Flughafen und Autobahn gestellt, und dann sind sie einfach nie wieder damit weggefahren.

Sie sind also nicht nur Camper, sie sind sogar Dauercamper, und sie finden diesen garstigen, jämmerlichen Acker schlichtweg paradiesisch.

Mareikes Eltern haben zwar auch ein kleines Einfamilienhaus, tief im Odenwald, in einem Dorf, dessen Name mit seiner wilden Abfolge von Buchstaben, Wörtern und Bindestrichen praktisch unaussprechlich ist, verbringen aber jede freie Minute – in jedem Fall aber die Wochenenden – auf ihrem Stammplatz im Wohnmobil.

Dauercamper sind mir von jeher suspekt. Vergleichbar suspekt wie Menschen, die die Zeitschrift *Jagd und Hund* abonnieren. Oder katholische Priester oder Liliputaner oder … Immobilienmakler.

Es mag das Reisen in einem Wohnmobil ja mit einem gewissen Gefühl der Freiheit und Unabhängigkeit verbunden sein, solange man dies in Australien oder Kanada tut und abends zum Übernachten unberührte Traumbuchten ansteuert. Ich habe allerdings nie verstanden, wie man sich in Deutschland auf einen militärisch organisierten Campingplatz neben einen mit Entenscheiße verseuchten Tümpel mit Blick auf die Autobahn stellen kann, um dann auch noch sein Essen mit unzureichender Ausstattung selber zu kochen und seinen nur durch dünne Plastikwände vom eigenen, viel zu kleinen Wohnbereich getrennten Nachbarn beim nächtlichen Furzen zuzuhören, falls nicht gerade ein Passagierflugzeug mit aufheulenden Turbinen startet oder landet.

«Hier hab ich meine Kindheit verbracht», erzählt mir Mareike vergangenheitsverklärt zum wahrscheinlich vierhundertsten Mal, als wir an dem maroden Kinderspielplatz vorbeilaufen.

«Das weiß ich, Schatz. Ist echt schön hier», antworte ich brav, denn auch Mareike liebt den Campingplatz, hat sogar einen Schlüssel zum uralten Wohnmobil ihrer Eltern und versucht seit Jahren vergeblich, die Familie zu einem Kurzurlaub auf dem Campingplatz zu überreden.

Wir nähern uns einer aus weißen Plastikstühlen und einem ebensolchen Tisch bestehenden Sitzgarnitur, die, sorgfältig rechte Winkel beachtend, unter der Pergola des Campers steht, einem ockerfarbenen, mit braun-orangenen Streifen und diversen Rostflecken verzierten und somit nicht sonderlich schicken Ford Transit Hymercamp, der bestimmt dreißig Jahre alt ist.

Mareikes Vater heißt Peter, aber wenn ich ihn sehe, muss ich immer an Chuck Norris denken. Obwohl Peter gut siebzig Jahre alt und bereits vollständig ergraut ist, drückt er mit seiner kompletten Körpersprache, seinem gestutzten Vollbart und dem akkuraten Original-Chuck-Norris-Haarschnitt eine uneingeschränkt kernige Männlichkeit aus. Er sitzt auf einem der Plastikstühle, nein, er besitzt den Stuhl, hat ihn sich untertan gemacht, und als er sich zur Begrüßung erhebt, ist es so, als würde er hinter sich die Erde ein Stückchen wegschieben.

Er trägt eine kurze Jeans, eine sehr kurze Jeans (im Grunde ist es eine Hotpants), aus der muskulöse, braungebrannte Marathonläuferbeine herausragen, und ein eng an seinem drahtigen Oberkörper anliegendes T-Shirt. Im Zustand fast schon obszöner Verhärtung, zeichnen sich seine Brustwarzen unter dem Stoff ab.

Peter umarmt zunächst seine Tochter, dann drückt er Laura-Michelle an sich, die «Hallo, Opa» säuselt und zuckersüß lächelt, und sogar Felix lässt sich kurz umarmen, allerdings ohne dabei zu lächeln.

Danach ergreift Peter meine ausgestreckte rechte Hand und zerquetscht sie.

Warum gibt es so viele Menschen, die glauben, aus jedem Händeschütteln einen besonderen Event machen zu müssen. Schlimm ist natürlich der unverschämt labbrigweiche Händedruck, meist etwas feucht, gerade so, als würde man eine tote Seegurke in der Hand halten. Aber schlimmer ist der Herkules- (beziehungsweise in diesem Falle der Chuck-Norris-)Händedruck, bei dem das Gegenüber offenbar versucht, innerhalb weniger Millisekunden die maximale Stauchung meiner Handknöchel zu bewirken.

«Aua!», entfährt es mir, und ich schüttele meine pochende Hand.

«Fester Händedruck, fester Charakter», ruft mein Schwiegervater aus und vollführt eine zackige, einladende Armbewegung zur schmalen Eingangstür.

Im blitzblank geputzten und brütend heißen Innern des Fahrzeugs gibt es gegenüber der Kochnische eine winzige Sitzecke für vier sehr schmale Personen, eine kleine Feuchtzelle mit grauer Plastiktoilette und tröpfelndem Duschkopf an der Decke und einen engen Schlafbereich ganz hinten.

Aus diesem hinteren Schlafbereich tritt in diesem Moment – wild gestikulierend – Heidi, Mareikes dickliche, immer leicht überschminkte Mutter. Meine Schwiegermutter.

«Hier kommt die Mama!», flötet sie, während sich mein Schwiegervater damit beschäftigt, den Fahrersitz quietschend um einhundertachtzig Grad zu drehen.

«Wie Gott in Frankreich», behauptet er, nachdem er sich in die neu justierte Sitzgelegenheit gefläzt hat, eventuell, weil er dabei eine Literflasche Wein aufschraubt. Meinen kritischen Blick bemerkend, fühlt er sich offenbar genötigt, etwas über den Schraubverschluss zu sagen. «Das hat heutzutage *nichts*, absolut *nichts* mit der Qualität des Weines zu tun und ist beim Campen einfach praktischer.»

Die Kinder bekommen Cola, weil meine Schwiegermutter, einem Irrglauben der Wirtschaftswunderjahre anhängend, meint, dass Raffinadezucker gesund sei.

Beim anschließenden Grillen muss ich helfen.

«Grillen ist Männersache!», ruft Peter und schlägt mich brutal auf den Rücken. In der Welt von Chuck Norris ist es wahrscheinlich nur ein kumpelhafter Klaps.

«So, Tobias, dann erzähl doch mal. Wie läuft's bei euch? Sag mal, hast du zugenommen?»

Soll ich ihm die Wahrheit erzählen? Soll ich sagen: Du, ich habe meinen Arbeitsplatz verloren, Mareike und ich haben keinen Sex mehr, Laura-Michelle hat ihren ersten Freund, so einen Heavy-Metal-Rastafari, und die beiden rauchen gerne Marihuana, und ja: Wahrscheinlich habe ich trotz intensiven Trainings sogar ein wenig zugenommen.

Natürlich nicht. Daher sage ich: «Alles super bei uns!»

«Papa ist arbeitslos», höre ich Laura-Michelle sagen, die plötzlich neben uns steht.

«Okay, Schnuffi, warum gehst du nicht einfach rein und hilfst der Oma?»

«Wie arbeitslos?», fragt Peter.

«Na ja, nein, du, nicht richtig arbeitslos, ich meine, Arbeit gibt's doch immer, oder?», stammele ich.

«Junge, muss ich mir Sorgen machen?»

«Ach Quatsch, nein, das ist nur kurzfristig …»

«Heidi!», brüllt Peter das Wohnmobil an. «Der Tobias ist arbeitslos!»

«Was?», kreischt meine Schwiegermutter und presst sich durch die Campertür. «Das ist ja furchtbar!»

Auch Mareike kommt nach draußen.

«Nein, nein», sage ich beschwichtigend. «Das ist alles kein Problem …»

«Was ist denn los?», fragt Mareike.

«Laura-Michelle hat dem Peter gerade erzählt, dass ich arbeitslos bin», antworte ich und werfe meiner Tochter einen enttäuschten Blick zu.

«Alter, ist das jetzt geheim, oder was? Wusst ich ja nicht. Alter, das kann mir ja mal jemand sagen, dann mach ich hier auch nicht den Edward-Snowden-Whistleblower, Alter.»

Beim anschließenden Abendessen haben alle bedröppelte Gesichter, und die Kommunikation verläuft stockend und beschränkt sich auf das Wesentliche.

«Vielleicht noch ein bisschen Pute? Ist nicht so fettig wie der Schweinebauch», fragt Peter.

«Tobias soll ohnehin so wenig Fleisch wie möglich essen», sagt Mareike.

«Ich habe überhaupt keine Lust mehr auf die Schule», erklärt Laura-Michelle.

«Ist schon ganz schön spät geworden. Ich glaube, wir brechen dann mal auf», sage ich und blicke dabei auf meine Uhr. Da es noch sehr hell ist, kann ich die Digitalanzeige kaum ablesen.

«Von wegen», ruft Peter, «wir waren doch noch gar nicht schwimmen!»

FUTTERRESERVOIR

• • • • •

Am nächsten Morgen steht Laura-Michelle vor uns am Küchentisch und sieht unfassbar traurig aus.

Vielleicht ist endlich mit Rain Schluss.

Aber nein, ich habe mich zu früh gefreut, denn in diesem Moment kommt er zur Tür herein, schlendert zum Kühlschrank und stiehlt Felix ungefragt eine Dose Flying Power.

Er hat meine Hausschuhe an.

Laura ist nicht nur traurig, sie ist sogar wütend.

Und nicht etwa wegen des fulminanten Anschisses, den ich ihr gestern auf der Heimfahrt vom Campingplatz wegen ihres Judaskusses verpasst habe. Nein, vielmehr ist der gestrige Abend vollkommen vergessen. Es geht um Wichtigeres.

Laura-Michelle hält mir ein Glas Nutella vor die Nase, und augenblicklich realisiere ich, dass ich einen fatalen Fehler gemacht habe.

Ich habe das Nutella aufgegessen, letztens, beim Kiffen mit Rain und dem darauffolgenden Anfall von Heißhunger. Leergefressen, könnte man fast sagen. Das komplette Glas ausgekratzt bis auf das letzte Haselnussmolekül. Später habe ich es dann gedankenverloren zurück in den Schrank gestellt.

«Wer hat bitte schon wieder mein fucking Nutella gegessen?», fragt sie mich, und an ihrer Stimme kann ich hören, dass sie gleich anfängt zu weinen. Schon füllen sich ihre Augen mit Tränen, und in mir wird augenblicklich alles butterweich.

Normalerweise müsste ich ihr jetzt erklären, dass dieses Nutella, so wie fast alles in unserer Wohnung, von *meinem* hart verdienten Geld gekauft wurde und somit rein rechtlich auch mir gehört, allerdings kann ich es nicht ertragen, wenn sie weint.

Ich stehe also auf und versuche sie zu umarmen. «Es tut mir leid», sage ich, und sie hebt die Hände abwehrend vor ihren Körper und ruft «Wow-wow-wow! Stopp!», gerade so, als wäre ich ein Pädophiler.

Die Tränen kullern ihr über das Gesicht, und sie erklärt schniefend: «Ich wünsch mir zum nächsten B-Day 'ne Brust-OP.»

Wie sie von leergefressenem Nutella-Glas auf das Thema Brüste kommt, ist mir nicht klar, aber Teenager brauchen argumentativ offenbar keine erkennbaren kausalen Zusammenhänge. «B-Day» bedeutet im Übrigen «Geburtstag».

Mareike seufzt laut auf, zieht Schnuffi mit sanfter Gewalt neben sich auf einen Stuhl und sagt mit ihrer verständnisvollen Mutterstimme: «Du musst wirklich aufhören, mit dir unzufrieden zu sein, mein Schatz. Deine Brüste sind total in Ordnung.»

«Sind sie nicht!»

«Ich hab's ihr auch schon gesagt», erklärt Rain, «ich finde ihre Brüste absolut top. Gibt's mal nix zu meckern. Echt.»

Ich würde ihn gerne töten, und wenn jetzt irgendjemand noch mal das Wort Brüste sagt, dann gibt es hier einen Amoklauf, das schwöre ich.

«Was soll denn sein mit deinen … Dings … du weißt schon», höre ich mich jetzt sagen.

«Ich hab voll die megabehinderten Hartz-4-Titten!», schreit Laura-Michelle, während ihr die Tränen über die Wangen strömen.

Hatte ich schon erwähnt, dass das Zusammenleben mit Pubertierenden, unglaublich anstrengend sein kann, weil Pubertierende nicht nur extrem selbstsüchtig und fordernd sind, sondern auch enormen Stimmungsschwankungen unterliegen?

«Ach, Schnuffi, das ist doch Quatsch», beschwichtige ich.

«Nenn mich nicht Schnuffi!» Ihre Stimme überschlägt sich.

«Ja. Sorry. Aber hör mal. Du bist doch gerade mal vierzehn Jahre alt. Ich meine, dein Körper befindet sich noch in der Entwicklung. Du bist doch noch gar nicht fertig sozusagen, verstehst du? Und außerdem: Nobody is perfect!»

Die Tränen verschmieren ihren schwarzen Kajalstrich.

Dann brüllt sie seltsamerweise ihre Mutter an. «Siehst du? Sogar Papa findet meinen Busen scheiße!»

«Was?», ereifere ich mich. «Das stimmt doch gar nicht. Ich finde deinen Busen super!»

Kann mir bitte mal jemand helfen? Kann ich bitte wieder arbeiten gehen, von morgens bis abends mit Sonderschichten am Wochenende. Gehalt egal.

«Jedenfalls wünsch ich mir ’ne Brust-OP zum Geburtstag», schnieft Laura-Michelle, zückt ihr Handy und beginnt zu tippen. Vermutlich um Kontakt mit verständnisvolleren Menschen aufzunehmen. Oder um sich perfekte Brüste auf Instagram anzuschauen.

Manchmal muss man auf den Tisch hauen, und genau das mache ich jetzt.

«Laura-Michelle! Nein! Und jetzt ist mal endgültig Schluss damit. Du bekommst keine Brust-OP zum Geburtstag! Du hast wohl den Verstand verloren.»

Sie schnieft vor sich hin.

Dann sagt sie: «Dann will ich wenigstens mit zu dem Auftritt von Rain.»

Bitte nicht schon wieder dieses Thema. Seit Tagen liegt sie uns damit in den Ohren.

Die Manatees of Death haben übermorgen einen Auftritt bei einem dreitägigen Heavy-Metal-Festival im tiefsten Schwarzwald namens «Black Forest Hardcore Tsunami», und Laura-

Michelle möchte unbedingt mitfahren. Ein Wunsch, der aufgrund ihres Alters und unserer Fürsorgepflicht ebenso unerfüllt bleiben muss wie Silikonbrüste.

«Ich habe es dir schon mehrmals gesagt. Ich lasse dich auf keinen Fall mit dieser Kiffertruppe zu irgendeinem Musikfestival mitten im Schwarzwald fahren. Ich glaub, es geht los, Fräulein!»

Sie verdreht die Augen und verzieht den Mund, ihr Gesicht verwandelt sich kurzzeitig in eine hasserfüllte Fratze.

«O Mann, Alter! Das ist voll wichtig für Rain. Die Manatees spielen sogar als allererste Band.»

Ich verkneife mir die Bemerkung, dass es keine besondere Auszeichnung ist, auf einem dreitägigen Festival als allererste Band zu spielen.

«Die Antwort ist *nein.* Sorry», sage ich stattdessen.

«Alter, das ist voll mega ungerecht.»

Es gibt Momente im Leben, da ist die Zeit gekommen für eine väterliche Lebensweisheit.

«Okay, Laura-Michelle. Ich erkläre es dir: Das Leben ist halt manchmal ungerecht. Und man bekommt nicht immer das, was man sich wünscht. Weißt du, das Leben ist wie eine Ameisenkolonie. Nur ganz selten ist man die Königin. Manchmal ist man eine Soldatin. Meistens allerdings ist man eine stinknormale Arbeiterameise. Und manchmal wiederum hat man echt die Arschkarte gezogen. Dann ist man eben eine von den Ameisen, die ihr ganzes Leben lang ganz tief im Ameisenhaufen an der Decke hängen, mit einem bis zum Bersten aufgedunsenen Hinterleib voller Nährflüssigkeit, unfähig, sich zu bewegen, und nur dazu da, den anderen Ameisen als Futterreservoir zu dienen. Versteht du, was ich meine?»

Laura-Michelle sieht mich an, als würde sie an meinem Verstand zweifeln. «Ameisenhaufen? Alter, was laberst du schon wieder? Ich will nur eine Brustvergrößerung und mit auf das

Festival. Und nur weil du selber keine Träume und Wünsche mehr hast und vom Leben schon voll abgefuckt bist, musst du mir nicht alles verbieten.»

Sie verschränkt kämpferisch die Arme.

Mein ambitionierter Erklärungsversuch aus der faszinierenden Welt der Ameisen ist offenbar gescheitert. Und ich muss zugeben, dass mich ihre Bemerkung über mein angeblich voll abgefucktes Leben jenseits aller Träume und Wünsche trifft. Vielleicht hat sie ja sogar recht.

Plötzlich kommt mir eine total verrückte Idee.

«Wie wäre es, wenn ich einfach mitkomme?»

«Wie bitte? Alter, das ist doch hoffentlich ein Scherz, oder?», giftet Laura-Michelle augenblicklich zurück, und Mareike sagt: «Bärchen, da sprechen wir lieber noch mal drüber.»

«Nein», insistiere ich. «Warum denn? Ist doch kein großes Ding. Das wird bestimmt sogar ganz lustig. Nur mal zur Info: Ich war früher selber auf dem ein oder anderen Festival unterwegs. Rock am Ring 1988. Mit Marius Müller-Westernhagen und Chris Rea.»

«Kenn ich beide nicht», erklärt Laura-Michelle.

Mareike senkt ihre Stimme, dennoch kann sie jeder hören. «Bärchen, du musst auch mal lernen loszulassen!»

«Nix muss ich lernen! Gar nix!»

«Alter, wir schlafen da in Zelten, drei Nächte lang», verdeutlicht Laura-Michelle die unglaubliche Drastik der bevorstehenden Situation, «wenn wir überhaupt schlafen! Und das ist einfach megapeinlich, wenn du da mitkommst.»

«Also ich finde die Idee gar nicht schlecht», meldet sich nun Rain zu Wort.

Aber Laura-Michelle schneidet ihm augenblicklich das Wort ab und brüllt: «Alter, bist du behindert?», und kurz darauf erzittert die Wohnung vom Zuschlagen ihrer Kinderzimmertür.

Obwohl ihr Verhalten absolut inakzeptabel ist, tut sie mir leid, denn ich musste ihr schließlich innerhalb weniger Minuten nicht nur die dringend benötigte Brust-OP, sondern auch den Besuch eines Heavy-Metal-Festivals und somit gleich zwei Wünsche auf einmal abschlagen, ganz zu schweigen von dem leergekratzten Nutella-Glas.

Rain stiert gedankenverloren ein Loch in den Boden und nippt schlaff an seinem Energiegetränk.

«Frauen sind echt kompliziert», sagt er.

«Laura-Michelle ist keine Frau. Laura-Michelle ist ein Kind», sage ich.

Okay. Ein Kind mit Brüsten halt. Aber das sage ich natürlich nicht.

JOBCENTER

• • • • •

«Und Sie finden nicht, dass Sie für eine derartige Tätigkeit ein wenig überqualifiziert sind?» Die Dame mit dem Kurzhaarschnitt und der schwarzen, runden Brille blickt mich über den Schreibtisch hinweg an.

«Keinesfalls», antworte ich.

Die Sachbearbeiterin tippt erneut etwas in den Computer ein.

Ich sitze in einem kleinen Büro in dem für mich zuständigen Jobcenter.

Früher hieß das «Arbeitsamt», und diese Bezeichnung passte auch deutlich besser, da das Wort «Jobcenter» eine Agilität und Internationalität ausstrahlt, die der hier gelebte Beamtenmuff in keinster Weise erfüllen kann. Mareike hat darauf bestanden, dass ich mich nun langsam mal um eine neue Beschäftigung kümmern oder übergangsweise wenigstens die mir zustehenden Sozialleistungen einfordern solle, schließlich hätte ich auch jahrelang Steuern gezahlt und somit ein Anrecht auf Hilfe vom Staat.

Abgesehen davon ist ein weiteres finanzielles Problem aufgetaucht: Süleyman Özer weigert sich nicht nur, mir ein qualifiziertes Arbeitszeugnis auszustellen, sondern mir wird auch die branchenintern absolut gängige Abfindung verwehrt. Stattdessen hat er mir eine Liste geschickt mit Internetseiten meist sexuellen Inhalts, die ich angeblich in den letzten sechs Monaten während der Arbeitszeit aufgerufen habe, und außerdem verlangt er seinen silbernen Füllfederhalter zurück. So eine Sauerei. Ich habe die letzten zwölf Jahre meines Lebens für Leatherman Wealth Management Aktienpakete und Versicherungen und ihren saublöden «Leatherman IFC Global Gold»-Anlagefonds verkauft, jeden Tag Krawatte getragen und geschwitzt wie ein Schwein und daher ganz fest und zu Recht mit einer Abfindung gerechnet, und jetzt: nix. Pustekuchen. Tschüss. Arrivederci. Oder «Güle, Allaha ismarladik», wie Süleyman breit grinsend sagen würde.

«Das Problem ist nur», sagt meine Sachbearbeiterin jetzt und blickt dabei angestrengt auf ihren Bildschirm, «dass ich unter dem Schlagwort ‹Laubbläser› im System fast keine Treffer finde.»

«Hm», brumme ich enttäuscht.

«Und ehrlich gesagt, ich verstehe Sie auch nicht. Mit Ihrer Ausbildung und Berufserfahrung hätte ich wirklich diverse gute Angebote für Sie. Hier zum Beispiel, bei der Frankfurter Sparkasse in der Vermögensverwaltung …»

«Ich möchte nicht zur Sparkasse!»

Sie seufzt deutlich vernehmbar und fuchtelt mit ihrer Maus auf der Schreibtischplatten-Schonunterlage herum.

«Nun, ich hätte hier etwas beim Hornbach in der Gartenabteilung, dort gibt es ja auch Laubbläser, wenn Sie wirklich unbedingt etwas mit Laubbläsern machen möchten. Es ist aber fürs Erste nur ein Minijob auf 450-Euro-Basis.»

«Nein, nein!», rufe ich. «Ich möchte ja keine Laubbläser verkaufen, ich möchte einen Laubbläser aktiv bedienen, verstehen Sie? Ich möchte durch die Stadt und durch die Parks laufen und das Laub wegblasen. Oder was da halt so rumliegt. Und wer weiß, ob ich beim Hornbach dann auch tatsächlich für die Laubbläser zuständig wäre. Am Ende müsste ich Torfsäcke stapeln.»

«Sie sind wirklich sehr unflexibel, Herr Werner.»

«Überhaupt nicht. Ich habe zwanzig Jahre lang Finanzdienstleistungen verkauft, obwohl es mir überhaupt keinen Spaß gemacht hat. Und jetzt möchte ich als Laubbläser arbeiten. Noch flexibler geht doch gar nicht. Außerdem möchte ich endlich etwas tun, worauf ich wirklich Lust habe, verstehen Sie?»

Von wegen *keine Träume und Wünsche mehr.*

«Nun gut», erklärt sie entkräftet. «Für die Reinigung der Grünanlagen und die Laubbeseitigung auf den Straßen ist das Grünflächenamt zuständig. Ich sehe hier momentan keine Stellenausschreibungen, vermutlich, weil im Moment ja auch kein Laub weggeblasen werden muss.»

«Also, ich weiß ganz zufällig, dass die immer irgendetwas wegblasen, auch im Sommer. Es liegt ja genug rum auf den Gehwegen.»

«Ich frage gerne einmal nach und informiere Sie dann.»

«Super! Danke!»

«Zumindest solange Sie keine Leistungen von uns beziehen, kann ich Sie ja auch nicht zu Ihrem Glück – und damit meine ich zu einer sinnvollen Erwerbstätigkeit – zwingen.»

«Ach, das heißt also, sobald ich Hartz IV bekomme, können Sie mich …»

«Sobald Sie eine Leistung von uns beziehen, mache ich Ihnen regelmäßig Vorschläge, und Sie sind verpflichtet, zu den Bewerbungsgesprächen zu erscheinen.» Sie blickt mich streng an. Dann fragt sie: «Möchten Sie denn nun einen Antrag auf Bewilligung von Arbeitslosengeld stellen?»

«Nö, nö, passt schon. Und ich muss auch langsam los, meine Tochter von der Schule abholen.»

«Ich halte Sie bestimmt nicht auf», erklärt meine Sachbearbeiterin und widmet sich ohne weitere Verabschiedung wieder ihrem Bildschirm.

Dass ich Laura-Michelle von der Schule abholen muss, ist nicht mal bloß gelogen. Frankfurt hat zwar ein relativ gut ausgebautes Netz an öffentlichen Verkehrsmitteln, die Laura-Michelle allerdings allesamt für eine Zumutung hält, da diese nur von «Hartzern» benutzt werden. Und da sie mich heute Morgen ganz lieb darum gebeten und mich dabei sogar «Papilein» genannt hat, stehe ich kurze Zeit später verbotenerweise auf dem Lehrerparkplatz neben der Schule und warte.

Warten. Eine Angelegenheit, die ich normalerweise hasse wie die Pest. Doch nicht heute. Denn am anderen Ende des Parkplatzes erblicke ich Laura-Michelles Klassenlehrerin Frau Nguyen, die mit einer großen Ledertasche über der Schulter auf mich zugelaufen kommt.

Sie trägt eine helle Jeans, unten zweimal umgeschlagen, schicke Sneaker und dazu eine weiße Baumwollbluse mit dreiviertellangen Ärmeln. Ihr schwarzes Haar hat sie auch heute zu einem Pferdeschwanz gebunden. Ob ich hinlaufen soll? Eventuell braucht sie Hilfe beim Tragen der schweren Tasche! Nein, das wäre sicherlich zu aufdringlich.

Ich entscheide mich für die coole Variante, ganz im Sinne meines Namens bei Instagram. Ich lasse die Scheibe herunter, mache die Anlage an und wähle gezielt den übernächsten Song auf der eingelegten CD aus.

«In the Air Tonight» von Phil Collins.

Wie in Zeitlupe kommt Frau Nguyen über den in der Mittagshitze flirrenden Asphalt gelaufen.

I can feel it coming in the air tonight, oh Lord

And I've been waiting for this moment, for all my life, oh Lord ...

Ich lege den Kopf leicht schief und somit träumerisch-lässig an die Kopfstütze und hänge meinen Arm aus dem Fenster. Eventuell sieht es etwas gekünstelt aus.

Es gibt Momente, in denen ich bereue, nur einen Škoda Fabia zu fahren und nicht wenigstens einen VW Golf, dennoch kommt Frau Nguyen weiterhin unbeirrt auf mich zugelaufen. Ich tue so, als bemerkte ich sie nicht, doch dann steht sie direkt neben mir und sagt: «Hallo?»

Ich bin plötzlich furchtbar aufgeregt.

Ich bemerke, dass ich sie anglotze.

Ich sollte jetzt vielleicht etwas sagen und überlege fieberhaft.

Zunächst möchte ich ganz nonchalant «ciao» sagen, revidiere dies aber binnen Millisekunden und entscheide mich für das hierzulande gebräuchlichere «Hallo», und dann sage ich: «Cello!»

Frau Nguyen erwidert nichts darauf, sondern sieht mich nur weiterhin fragend an. Was sollte sie auch antworten?

Bratsche? Oder *mongolische Pferdekopfgeige*?

«Oh, hallo, Frau Nguyen. Tolle Sneaker», erkläre ich daher schnell.

«Wie bitte?»

«Äh, schöne Sneaker haben Sie an.»

O mein Gott, ich wirke wie ein geistesgestörter Schuhfetischist.

Frau Nguyen lächelt irritiert. «Danke. Aber vielleicht könnten Sie ein Stückchen nach vorne fahren, ich möchte nach Hause, und Sie stehen vor meinem Auto.»

«Oh, fuck. Entschuldigung!»

Habe ich gerade «fuck» gesagt? Das wirkt sicherlich total asozial. Verdammt. Ich überlege, ob ich erklären soll, dass ich fast nie «fuck» sage, doch da steigt Schnuffi ins Auto.

«Privatkonferenz über mich, oder was?», fragt sie recht aggressiv, hackt sogleich auf ihr Handy ein, und ich rufe schnell und vermutlich sehr uncool «Auf Wiedersehen!» aus dem Fenster und gebe Vollgas, was in einem untermotorisierten Fabia auch nicht wirklich Eindruck schindet.

HAARE

Ich schleiche durch den Flur, um mir aus der Vorratskammer eine Flasche Wasser zu holen, und versuche dabei jegliches Knarzen der Bodendielen zu vermeiden.

Laura-Michelle hat einen eigenen YouTube-Kanal. Sie ist also YouTuberin.

Im Grunde versteht sich das von selbst, schließlich hat nahezu jeder Jugendliche einen eigenen YouTube-Kanal. Das Wichtigste bei einem eigenen YouTube-Kanal ist die Anzahl der Abonnenten, denn nur hieran bemisst sich der Erfolg, und mit vielen Abonnenten genießt man hohes Ansehen und kann sogar Geld verdienen. Für einen erfolgreichen YouTube-Kanal scheinen einige Parameter unabdingbar zu sein, nämlich Regelmäßigkeit und Monothematik.

Dieser Gesetzmäßigkeit folgend sitzt meine Tochter jeden Mittwochnachmittag am Küchentisch vor ihrem Laptop und redet über ihr Haar, genauer gesagt über die mannigfaltigen Gestaltungen verschiedener Zöpfe und Dutts sowie über ihre Erfahrungen mit unterschiedlichen Pflegespülungen, Shampoos, Tönungen und Bleichmitteln. Ein Themengebiet, das bei laienhafter Betrachtung sicherlich in einem einzigen zweiminütigen Beitrag erschöpfend behandelt werden könnte, in Wahrheit aber dermaßen facettenreich zu sein scheint, dass hierüber Abertausende von Stunden doziert werden kann.

Sie selbst nennt diese Filmchen «Hair Tutorials».

Sie muss das bei uns in der Küche machen, weil in ihrem Zimmer nach wie vor ihre Kindermöbel stehen und die Wände rosa gestrichen sind, mit einer zusätzlichen Tapetenbordüre von

Prinzessin Lillifee. Die Wandfarbe war ihr innigster Wunsch zum zehnten Geburtstag, also quasi neulich erst. Heute sind ihr sowohl die Farbe als auch das Mobiliar und sowieso alles in ihrem Zimmer megapeinlich und definitiv ungeeignet als Hintergrund für ihre Filmchen.

Außerdem stellt sie die hochauflösenden Videos nach einer unfassbar schnellen und routinierten Bearbeitung direkt ins Netz und muss dafür ohnehin in der Küche sitzen, weil unser WLAN in ihrem Zimmer angeblich zu schwach ist. Zugegebenermaßen ist unser kabelloses Internet trotz neuem Router, Verstärker, Repeater und ständigen Nachbesserungen durch den freundlichen Telekom-Mitarbeiter immer noch extrem schwach und störungsanfällig.

Wenn Laura-Michelle ihre Haarfilmchen dreht, muss man in der kompletten Wohnung jegliche Geräusche vermeiden und vor allem in der Küche und dem direkt angrenzenden Wohnzimmer auf Zehenspitzen durch die Räume schleichen, weil sie ansonsten einen Tobsuchtsanfall bekommt und wieder von vorne anfangen muss.

Laura-Michelle hat schon achthundertvierunddreißig Abonnenten.

Sie behauptet, das wären nicht viele im Vergleich zu anderen YouTuberinnen. Es wären sogar doppelscheiße wenig.

Ich finde, das sind unfassbar viele, wenn man bedenkt, dass meine Tochter im Wesentlichen ununterbrochen erklärt, wie man sich einen Zopf macht.

Ich kann sie durch die angelehnte Küchentür erspähen. Sie blickt mit ernstem Gesicht vollkommen konzentriert auf den Computer vor sich, atmet einmal tief durch, drückt eine Tastenkombination, und augenblich verwandelt sich ihr Gesicht in eine lächelnde Maske, für die sie selbst der dauergrinsende große und geliebte Führer Nordkoreas Kim Jong-un beneiden würde.

«Hallo, ihr Lieben, ich bin's, eure Laura-Michelle. Es ist wieder Mittwoch, und das heißt, es gibt wieder einen neuen Zopf, und heute trau ich mich mal was nicht ganz so Leichtes, aber wenn man's geschafft hat, sieht's einfach nur megasüß aus – nämlich ein seitlich geflochtener Zopf, genauer gesagt der sibirische Seitenzopf mit angeflochtenem Haaransatz.»

Sie legt den Kopf leicht schief und macht einen Kussmund.

«Hierfür benötigt ihr ein Haargummi, und dann müsst ihr euch entscheiden, auf welcher Seite ihr den Zopf haben wollt. Ich mach das jetzt mal hier bei mir auf der rechten Seite und hole jetzt erst mal alle Haare hier rüber, sodass sie vorne über die rechte Schulter hängen. Dann teilt ihr die Haare in drei gleichgroße Strähnen …»

Ich kann den bösen Verlockungen der dunklen Seite manchmal einfach nicht widerstehen. Bin ich ein schlechter Mensch? Egal. Ich schraube den Verschluss von der Flasche. Es handelt sich um eine Flasche «Natürliches Mineralwasser Classic» der Marke Gut und Günstig. Mit besonders viel Kohlensäure. Beim Schlucken fühlt es sich so an, als wäre in dem Behältnis überhaupt kein Wasser, sondern ausschließlich Kohlensäure. Aufgrund dessen ist es auch menschenunmöglich, eine komplette Flasche in einem Zug zu leeren, aber mit ein wenig Mühe schaffe ich über die Hälfte, und augenblicklich möchte das nun im Körper gefangene Gas diesem wieder entweichen. Ich schaffe es gerade noch, leise die Küche zu betreten.

«Und dann fangt ihr einfach ganz oben am Haaransatz an …»

Schnuffi hat mich bemerkt. Ihr Blick zuckt panikartig zu der Mineralwasserflasche, dann lächelt sie wieder in die Kamera. «… und legt eine der äußeren Strähnen einmal über die mittlere Strähne. Achtet darauf, dass ihr die Strähnen dabei schön fixiert, und jetzt …»

Weiter kommt sie nicht.

Lautes Aufstoßen ist ohne jeden Zweifel sehr primitiv, und ich mache es natürlich auch nicht, wenn Mareike anwesend ist, denn Ehefrauen mögen das nicht. Leider rülpsen Männer aber ausnahmslos wahnsinnig gerne, schließlich ist es ein wichtiger Urinstinkt und diente früher dem Vertreiben gefährlicher wilder Tiere. Das bekommt man nicht so leicht raus.

Langanhaltendes Rülpsen als Hintergrundgeräusch bei einem YouTube-Tutorial über die perfekte Ausführung eines sibirischen Seitenzopfes mit angeflochtenem Haaransatz erscheint meiner Tochter ganz offensichtlich inadäquat, denn sie stößt zunächst einen spitzen Schrei aus und brüllt dann hasserfüllt: «Alter! Bist du total schizo? Du Opfer, jetzt kann ich alles noch mal von vorne machen, Alter!»

Fachsprachlich heißt ein Rülpser übrigens «Eruktation», was etwas vornehmer klingt, an dem Geräusch an sich aber nichts ändert.

Schnuffi hackt auf die Tastatur ein, während ich mich vor Lachen am Kühlschrank festhalte.

Mein Gott, hat das gutgetan.

«*Nein!*», brüllt Schnuffi jetzt, und ihr Tonfall hat sich von Wut in Entsetzen verwandelt. «Nein! Nein! *Nein!*»

«Komm schon. Das war doch lustig. Sieh es einfach als Generalprobe.»

«*Neiiiin!* Ich hab's abgeschickt. O mein Gott. Ich hab's veröffentlicht», heult sie verzweifelt.

«Was!», rufe ich. «Na, dann lösch es halt wieder.»

«Versuch ich doch gerade. Aber unser scheißbehindertes Mega-Hartz-IV-Internet ist tot. Gerade in dieser Sekunde. Komplettausfall. Ich kann's nicht löschen!»

«Dann lösch es halt in ein paar Minuten, wenn es wieder läuft.»

«In ein paar Minuten?», kreischt Laura-Michelle. «Bist du

subilluminiert? In ein paar Minuten ist das doch schon eine Million Mal kopiert und geteilt, Alter!»

«Ja, aber genau darum geht's doch bei diesem YouTube», versuche ich meinen Kopf aus der Schlinge zu ziehen. «Das ist doch ein super Alleinstellungsmerkmal für dein Haarfilmchen, eventuell verbunden mit der Vervielfachung deiner Abonnenten. Das ist schließlich ein toller Überraschungseffekt. Ich meine, jeder denkt so: Okay. Jetzt kommt der Zopf. Und dann so aus dem Hintergrund: *Tätärätäää!*»

Meine Tochter blickt mich mit ausdrucksloser Miene an.

«Okay. Tut mir leid», sage ich, darf sie aber nicht umarmen.

BLACK FOREST HARDCORE TSUNAMI

• • • • •

Haben Sie schon einmal versucht, das Equipment einer Rockband, sprich: eine Gitarre, eine Bassgitarre, ein komplettes Schlagzeug inklusive der drei Musiker und der Freundin des gitarrespielenden Sängers, in einem Škoda Fabia zu transportieren? Nun, wahrscheinlich nicht. Ich kann Ihnen verraten: Es geht! Allerdings nur, wenn Teile der Ausrüstung, in diesem Fall das komplette Schlagzeug, auf dem Dach transportiert und die drei hinten sitzenden Musiker mit den restlichen Instrumenten vollgepackt werden. So passen in den winzigen Kofferraum noch das Drei-Mann-Zelt für die Jungs und das Zwei-Mann-Zelt für Laura-Michelle und mich. Laura-Michelle teilt sich den Beifahrersitz mit einigen Rucksäcken und ist stinksauer. Wahrscheinlich wegen meiner zur Bedingung gemachten Entscheidung hinsichtlich der Schlafsituation, die sie «voll pädomäßig» findet. Vielleicht aber auch immer noch wegen des verhunzten Haarfilmchens oder wegen irgendetwas anderem, so genau kann man das ja nicht wissen.

Der Fabia sieht absolut verrückt aus, also mache ich schnell noch ein Foto, schneide es mit einem Wisch auf die perfekte Größe zu, haue noch schnell einen Filter drüber, um die Farben zu sättigen, versehe das Ganze dann mit einem Kommentar («Los geht's zum #blackforesthardcoretsunami») und stelle es absolut profimäßig auf Instagram.

Das bis zum Zeitalter von Facebook und Instagram nur ein Schattendasein links neben der Eingabetaste der Computertastatur fristende Zeichen # nennt sich im Übrigen «*hashtag*», und es ist irgendwie wichtig, vor alle möglichen Wörter ein *hashtag* zu setzen. Ich verstehe nicht genau, wie es funktioniert, aber inzwischen folgen mir schon fünfzehn Personen. Es ist unglaublich.

Mittlerweile weiß ich auch, warum Rain meine Idee, die ganze Truppe zu begleiten, «gar nicht schlecht» fand, denn kein einziges Bandmitglied hat einen Führerschein, geschweige denn ein Fahrzeug, es sei denn, man ließe Skateboards als Fahrzeuge durchgehen. Wenigstens die Verstärker und Lautsprecherboxen werden ihnen vor Ort von einer befreundeten Emo-Hardcore-Band leihweise zur Verfügung gestellt. Hier wäre der Fabia sicherlich endgültig an seine Kapazitätsgrenzen gestoßen. Die beiden Bandkollegen von Rainer sind genauso rappeldürr wie er selbst. Pippo, der Bassist, trägt die Haare ebenfalls zu Rastalocken verfilzt, allerdings in kurz, und Schlagzeuger Alex sieht mit seiner Kassengestellbrille und einem Acht-Euro-Haarschnitt im Grunde absolut normal aus, hätte er nicht *Fuck you* auf seinem rechten Handrücken tätowiert. Die ganze Truppe riecht nach Haaren und Schweiß und natürlich nach Marihuana.

Wir sind kaum losgefahren, da bekommen alle Hunger. Also vor allem ich.

Als ich vor dem nächstbesten Burger King halte und voller Vorfreude mein Smartphone zücke, um die unfassbar günstigen Supersparangebote aufzurufen, ertönt hinter mir die Stimme von Rain.

«Herr Werner, wir sind doch alle Vegetarier. Da ist der Burger King echt ein bisschen suboptimal. Der Pippo ist sogar Frutarier.»

Ich drehe mich übergewichtsbedingt umständlich nach hinten um, erblicke allerdings nur Instrumente und Zubehör. Trotzdem frage ich: «Was ist denn bitte ein Frutarier?»

«Als Frutarier esse ich nur, was die Pflanze freiwillig hergibt, also was vom Baum herunterfällt. Das brutale Abreißen der Früchte kommt einer Vergewaltigung der Pflanze gleich, während das heruntergefallene Obst und Gemüse ein Geschenk der Pflanze ist. Ein Geschenk an die Tiere und an die Menschen», erklärt Pippo eifrig.

Ich muss kurz nachdenken über diese erneute Verschiebung der Grenzen menschlichen Wahnsinns.

«Und was machst du im Februar?», möchte ich dann wissen, und Pippo sagt: «Es ist nicht immer leicht», und bleibt mir somit eine konkrete Antwort schuldig.

«Wie sieht's aus mit Kartoffeln?», hake ich nach. «Ich meine, die können ja nicht vom Baum runterfallen, also die muss man ja naturgegebenermaßen ausbuddeln.»

«Kartoffeln sind okay, schätz ich», befindet nun Rain, und kurz darauf reiche ich drei große Portionen Pommes nach hinten, während Laura-Michelle und ich jeweils einen großen Hamburger vertilgen, wobei ich vernünftigerweise auf den Bacon verzichte.

Der Rest der Fahrt zieht sich in die Länge.

Zunächst unterhalten sich die Teenager noch.

«Alter, Schule nervt, Alter», sagt Laura-Michelle.

«Ja, dann hör doch endlich auf mit Schule, Alter. Sag ich doch die ganze Zeit. Einfach Abmeldung ausfüllen und chillen», antwortet Rain.

«Alter, ich hör auch echt auf mit Schule. Nur Wurstschädel da und Mehlaugen. Braucht doch keine Sau, die Scheiße», erklärt Laura-Michelle umgehend.

Ich blicke sie intensiv an, scheine aber nur als Autopilot des Fahrzeugs, nicht als tatsächlich anwesender Mensch zu existieren.

«Ich bekomm immer direkt Lernallergie, wenn ich an Schule denke», stimmt Pippo in das Schule-Bashing mit ein, und Alex ruft: «Ich drück immer direkt die Gehirnspartaste, wenn der Spasti vorne was erzählt, und chill mein Leben, Alter.»

«Voll behindert, Alter», proklamiert Laura-Michelle, und alle Teenager fangen an zu lachen, als wäre irgendetwas an ihrem Gespräch witzig gewesen.

Zur Einstimmung auf das Festival muss danach in voller Lautstärke die neueste – genauer gesagt, die einzige – CD der Manatees laufen.

Wobei auch die Bezeichnung «CD» nicht so stehen bleiben kann, denn es gibt diese CD quasi nicht auf CD, denn CDs sind laut Rain «mega oldschool» und «total out», weil sich «keine Sau» mehr CDs kaufen würde. Meine Bemerkung, dass ich mir gerade letztens erst die Best-of-CD von Phil Collins gekauft habe, wischt Rain mit dem Kommentar «Kenn ich nicht» hinweg, während Pippo «Irgend so 'n Schnulzenheini aus England, glaub ich» hinzufügt. Heutzutage jedenfalls veröffentlichen gerade junge Musikgruppen ihre Songs nur noch online. Daher verbindet Laura-Michelle ihr Smartphone via Bluetooth mit meinem Autoradio und drückt auf Play. Die Tatsache, dass der Fabia immerhin über Bluetooth verfügt, konnte Laura-Michelle beim Kauf des Wagens einigermaßen besänftigen, ansonsten findet sie unser Auto «megapeinlich, potthässlich und nicht mal gut genug für die Krasniqis oder die anderen Flüchtlinge im Flüchtlingsheim, Alter».

Die Musik der Manatees ist schwer zu beschreiben. Ich merke aber, dass ich immer größeren Bammel vor den kommenden zweiundsiebzig Stunden bekomme, je länger die Fahrt dauert, da auf dem Festival ja ausschließlich härteste Heavy-Metal-Musik, wie beispielsweise Emo-Hardcore, gespielt wird.

Zu Beginn und manchmal auch noch mal in der Mitte eines jeden Songs singt Rain durchaus ansprechend eine traurige Melodie über zurückhaltenden Gitarrenklängen, die von einem rhythmischen, ja geradezu angenehmen Klangteppich aus Bass und Schlagzeug umschmeichelt werden. Mit diesen Songteilen wird offenbar dem «Emo» im Wortkonstrukt Emo-Hardcore Tribut gezollt, also den Emotionen. Leider sind diese Teile sehr kurz. Ohne jede Vorwarnung kommt es danach nämlich zu einem minutenlangen, unfassbar brutalen Gemetzel. Die Jungs dreschen auf ihre Instrumente ein, als wollten sie diese binnen Sekunden komplett zerstören, und Rain brüllt und schreit ohne erkennbare Melodie ins Mikrophon wie ein Irrsinniger.

Zunächst habe ich gedacht, die Lautsprecherboxen des Fabia seien defekt.

Als wir in Freiburg die Autobahn verlassen, atme ich erleichtert auf, weil ich hoffe, dass es jetzt nicht mehr weit ist und diese Tortur bald ein Ende hat.

Doch das Navigationsgerät führt uns immer tiefer hinein in den unendlichen Südschwarzwald, über immer engere, von dichtem Wald umwucherte Straßen – bis wir schließlich an das Ende einer langen Autokolonne gelangen. Von da an fahren wir im Schneckentempo zwischen johlenden und teilweise gegen das Fahrzeug schlagenden Festivalbesuchern einen Waldweg entlang zum eingezäunten Festivalgelände, was bei mir zu einer stressbedingten Schwitzattacke führt.

Wir kommen an eine von Schutzpersonal gesicherte Schranke. Ich darf endlich die Musik leiser drehen, und als ich zu dem ans Auto getretenen, hünenhaften Ordner aufblicke, rufe ich: «Mike?»

«Äh … Tobias?», antwortet mein persönlicher Fitnesstrainer nach kurzem Nachdenken, indes Rain von hinten «Tachchen!» trällert.

«Was machst du denn hier?», frage ich Mike.

Der deutet nur kurz auf sein schwarzes T-Shirt mit dem Aufdruck *Security* und mustert dabei skeptisch mein Auto. «Okay, Tobias, ich glaube, ihr wollt da hinten auf den Festivalparkplatz, hier ist die Einfahrt für die Bands.»

«Ja, wir sind ja die Band», erkläre ich, «also eine der Bands.»

Mike beugt seinen voll durchtrainierten Oberkörper nach unten und blickt auf die Rücksitzbank.

«Du spielst mit denen in einer Band?»

«Nein, nicht direkt. Ich bin der Fahrer. Also …» Ich beuge mich zu ihm und raune: «Fahrer, Manager, Security – von allem so ein bisschen.»

Rain hat unterdessen einen Durchfahrtschein hervorgezaubert und Mike gegeben, den dieser mit einseitig hochgezogener Augenbraue sehr lange anblickt.

«Okay, Leute, das passt», befindet er dann und winkt uns durch. «Einfach dem Weg folgen bis zur Bühne. Da meldet ihr euch im Produktionsbüro. Und, Tobias, ich hoffe, wir sehen uns bald beim Training.»

Ich strecke Mike die Handfläche meiner linken Hand hin, und nach einigen quälend langen Sekunden und auffordernden Augenmuskelkontraktionen meinerseits schlägt er endlich seine Pranke dagegen.

«Alter, was war das denn gerade?», fragt Schnuffi, sowie wir außer Hörweite sind.

«Alter, dein Vater kennt sogar die Security hier», ruft Pippo.

«Das ist mein Personal Trainer», erkläre ich beiläufig.

«Alter, der Chef von der Security ist der Personal Trainer von deinem Vater, Alter!», ereifert sich Schlagzeuger Alex.

«Alter, gibt's ja gar nicht!», pflichtet Rain ihm bei, und Schnuffi bringt es mit «Elite, Alter!» auf den Punkt.

Mein Herz macht einen Sprung. Alle finden mich plötzlich saucool.

Ich fahre unter weiteren begeisterten Alter-ist-ja-unglaublich-Bekundungen der Jugendlichen über den provisorischen Zulieferweg in Richtung Bühne und kann erstmals das komplette Festivalgelände überblicken. Im hinteren Teil erkenne ich einen kleinen See, um den bereits Hunderte von Zelten stehen. Die Fußwege sind gesäumt von Verkaufsständen für Merchandising-Artikel, Bretterbuden für Tätowierungen und Piercings und Dutzenden von Dixi-Toiletten.

Nach einem weiteren Kontrollpunkt stehen wir hinter der überdachten Bühne, die vor einer gigantischen Wiese thront und von Türmen aus Lautsprecherboxen eingerahmt wird. Während die Jungs euphorisch ausladen, checke ich kurz meinen Instagram-Account (es macht wirklich süchtig!) und kann es kaum glauben: Nicht nur, dass mir plötzlich zweiundzwanzig Personen folgen, nein, eine davon ist doch tatsächlich Laura-Michelles Klassenlehrerin Frau Nguyen! Ganz eindeutig anhand ihres Profilfotos erkennbar. Ich meine, ich erkenne ja wohl Frau Nguyen. Ganz abgesehen davon, dass sie sich «MissNguyen» nennt und in ihrer Beschreibung «Teacher with heart and soul. Frankfurt» steht. Sie hat sogar einen Kommentar geschrieben. *@CoolDaddy667: Hey! Viel Spaß beim #BFHT!*

Frau Nguyen hört offenbar Emo-Hardcore, und ich scheine letztens auf dem Lehrerparkplatz einen gar nicht so schlechten Eindruck hinterlassen zu haben.

Und zudem avanciere ich offenbar gerade zum Instagram-Shooting-Star!

Wir bekommen Plastikbänder mit dem Aufdruck *Axess All Areas*, was vermutlich bedeutet, dass wir hier überall im Wald herumlaufen dürfen, und ich mache ein Foto von meinem Handgelenk, stelle es online, und sofort erhalte ich Reaktionen.

Frau Nguyen schreibt: *Wie cool!*, und SportySue95 findet es sogar *Hammergeil!*

Nach dem Entladen muss der Fabia auf dem großen Festivalparkplatz außerhalb des Geländes abgestellt werden, und als wir vollbeladen mit Zelten und Rucksäcken Richtung Zeltplatz laufen, registriere ich einige etwas verstörende Fakten.

Erstens fängt mein Kopf wieder an zu schwitzen, denn es geht leicht bergauf.

Zweitens sind alle Festivalbesucher ausnahmslos entweder total besoffen oder bekifft oder tätowiert oder langhaarig oder vollbärtig oder verhaltensauffällig. In der Regel aber alles auf einmal.

Und drittens türmen sich am Horizont dunkle Cumuluswolken auf.

MATSCH UND EKSTASE

• • • • •

Laura-Michelle möchte jetzt sofort eine Tätowierung haben, nur eine ganz kleine, oder wenigstens ein Bauchnabel-Piercing. («Bitte, bitte, Papi!»)

Teenager nerven im Grunde von morgens bis abends.

Beispielsweise fragt sie nach meiner einsilbigen Antwort hinsichtlich ihres Anliegens tatsächlich: «Alter, warum denn nicht?»

Der Aufbau des Zweimannzelts beziehungsweise des Papa-Tochter-Zelts gestaltet sich einfach, denn es handelt sich um ein günstig bei Lidl erstandenes Wurfzelt. Das Ganze dauert genau eine Sekunde. Man wirft es auf den Boden, und schon steht es da.

Der Aufbau des Dreimannzelts ist deutlich komplizierter, weil hier diverse biegsame Stangen durch enge Kanäle der Nylonhaut des Außenzeltes geführt werden, verhedderte Leinen an Ösen angebracht und Heringe in den Boden geschlagen werden müssen. Besonders Letzteres ist ohne Hammer schwierig. Sollte im Grunde nicht mein Problem sein, aber die Band muss gleich auf die Bühne, und so biete ich in einem Anfall unglaublicher Großzügigkeit erstens an, «das Ding mal schnell aufzubauen», und zweitens darf Laura-Michelle die Jungs begleiten.

Während ich mit stark schwitzendem Kopf versuche, mir einen Überblick über die ausgebreiteten Zeltbestandteile zu verschaffen, stehen diverse gesellige und insgesamt sehr junge Festivalbesucher um mich herum, trinken Bier und geben fachmännische Tipps.

«Ey, mach mal *das* da zuerst *da* durch!» beispielsweise.

Mir schießt der Gedanke durch den Kopf, dass ich den Altersdurchschnitt der ganzen Veranstaltung deutlich anhebe. Gleichzeitig bin ich mir natürlich der Tatsache bewusst, dass eine einzelne Person gar nicht in der Lage ist, den Altersdurchschnitt einer Gruppe von sicherlich fünftausend Menschen signifikant anzuheben, selbst wenn diese einzelne Person achtzig Jahre alt wäre. Doch obwohl ich also rechnerisch den Altersdurchschnitt des Festivals um maximal drei Tage anhebe – wenn man vereinfachend davon ausgeht, dass jeder Besucher außer mir zweiundzwanzig Jahre alt ist –, fühle ich mich irgendwie fehl am Platz und folglich gehemmt.

Ich lasse mich infolgedessen zu ein paar kleinen Bieren hinreißen, die mir freundliche Zeltnachbarn reichen, und muss zugeben, dass ich hierüber den Zeltaufbau ein wenig schlampig angehe, auch weil in direkter Nähe ein jetzt interessanter Wettbewerb veranstaltet wird, bei dem sich jeweils zwei Kombattanten mittels Trichtern Fünf-Liter-Bierfässer in den Rachen schütten. Obwohl sehr viel Flüssigkeit danebenläuft, ist es ein ambitioniertes Vorhaben. Nicht wenige Teilnehmer müssen brechen – oder zumindest abbrechen.

Gerade als ich mich wieder der mir übertragenen Aufgabe widmen möchte, überreicht mir ein langhaariger Festivalbesucher, der aussieht wie ein Statist in einem postnuklearen Endzeitblockbuster, eine Schaufel, und wir beginnen zu graben. Wir graben eine Weile vor uns hin, mittlerweile haben sich uns andere Menschen wie selbstverständlich angeschlossen, bis ich endlich den Mut aufbringe zu fragen: «Was machen wir hier eigentlich?»

«Pissegraben», lautet die mehrstimmige Antwort.

«Ah, logisch. Macht Sinn.»

Dann entdecke ich Brüste. Nackte Brüste. Und nicht nur ein Paar. Nein, gleich mehrere. Viele. Dutzende. Überall laufen junge Frauen mit textilfreiem Oberkörper herum. Teilweise sind die Brüste sogar bemalt. Ich merke erneut, dass ich unbedingt Sex brauche. Wirklich. Unbedingt.

Nach Fertigstellung der Pisse-Ablaufrinne wird eine Flasche Einhornschnaps herumgereicht. Ein rosafarbenes Destillat von unglaublicher Schärfe.

Als ich zum Zeltaufbau zurückkehre, habe ich den Eindruck, dass sich irgendjemand an unseren Rucksäcken zu schaffen gemacht hat, da diverse Reißverschlüsse offen sind. Eine kurze Inspektion meines Rucksacks beruhigt mich wieder, denn auf den ersten Blick fehlt nichts, und so genehmige ich mir ein weiteres geschenktes Bier und beobachte, wie um mich herum riesenhafte Joints gebaut und herumgereicht werden.

Pünktlich um 16.30 Uhr eröffnen die Manatees das Festival, und es gefällt mir plötzlich richtig gut. Ich wippe sogar im Takt mit. Um 16.36 Uhr übertönt ein heftiges Gewitter die Musik, und um 16.39 Uhr setzt ein Starkregen ein, der von Sturmböen begleitet wird und das Festivalgelände binnen weniger Augenblicke in ein ekelhaft rutschiges Matschfeld verwandelt. Die Zuschauer sind begeistert.

Während Rain ekstatisch ins Mikrophon brüllt, wogt die Masse vor der Bühne hin und her, wird eins mit der Naturgewalt, eins mit der Erde, allesamt verbunden mit einem kosmischen Band, oder vielleicht sind allesamt auch nur total stoned.

«Manche Menschen können den Regen spüren, andere werden nur nass. Rastafaaaari!,» brüllt Rain, und die Menschen fangen an, sich Schlamm auf den Körper zu schmieren und damit um sich zu werfen. Wir benutzen den Ausdruck oft im Alltag, aber ich wette, die wenigsten haben jemals eine echte Schlammschlacht beobachten können. Mir ist dies nun vergönnt.

Irgendwann wälzt sich der Großteil der Besucher auf der Erde herum. Ich hingegen nutze mein Armband, um mit einigen wenigen anderen intelligenten Lebewesen hinter der Bühne im Cateringzelt Unterschlupf zu finden. Entsetzt stelle ich fest, dass es ausschließlich veganes Essen gibt. Nach einem weiteren Donnerschlag ist der Strom weg. Kein Ton ist mehr zu hören bis auf den prasselnden Regen und das nunmehr nur noch als Hintergrundgeräusch vernehmbare Gekreisch von Rain, der offenbar beschlossen hat, dass es extrem cool wäre, auch ohne Strom weiterzumachen.

Die Festivalleitung findet es nicht cool und bricht den Auftritt aufgrund der Gefahr eines Blitzeinschlags ab. Mittels Megaphon werden die Besucher aufgefordert, sich in Sicherheit zu bringen, wobei nicht genauer erläutert wird, wie dies vonstattengehen soll.

Mittlerweile mache ich mir natürlich große Sorgen um Laura-Michelle, immerhin eignen sich solch unübersichtliche Ekstase-Situationen ja hervorragend für Übergriffe und Grabschereien, und ich bin sehr erleichtert, als sie mit Rain, Pippo und Alex das Cateringzelt betritt.

Alle sind völlig durchnässt.

«Boaahhh, Alter, wie geil!», ruft Laura-Michelle.

Auch Rain ist begeistert, will mich in einem Anflug völliger Selbstüberschätzung sogar umarmen. «Unser erstes großes Festival, und der Himmel öffnet alle Pforten! Das ist ein Zeichen, Alter. Ein Zeichen!»

Die Euphorie hält nicht lange an, das Unwetter hingegen schon. Um das mittlerweile vollbesetzte Cateringzelt tobt ein Sturm, die Blitze zucken am Himmel, dicht gefolgt von ohrenbetäubenden Donnerschlägen. Natürlich mache ich ein kurzes Filmchen von der Szenerie und stelle es auf Instagram (*#thunderstorm #einhornschnaps*).

Es ist merklich kühler geworden, und wir sitzen frierend an einer Biergarnitur und essen laut Ausschilderung *Vegane Chickenwings* – sogar Pippo, obwohl absolut unklar ist, ob die nicht einmal ansatzweise nach Hühnchen schmeckenden Tofuriegel aus freiwillig vom Baum gefallenen Sojabohnen hergestellt wurden. Beim Durchprobieren der diversen Speisen begreife ich, warum veganes Essen nach wie vor und vollkommen zu Recht so unpopulär ist und es vermutlich für alle Zeiten bleiben wird. Die Speisen nennen sich nämlich veganes Mett, veganer Eiersalat oder veganer Hamburger, ohne auch nur im Entferntesten die damit geschürte Geschmackserwartung zu erfüllen, und somit ist jeder Bissen eine einzige Enttäuschung. Das kann einfach kein Erfolgskonzept sein.

Andererseits sollte man vegane Ernährung nicht pauschal verurteilen. Es gibt auch vernünftige und vor allen Dingen schmackhafte vegane Lebensmittel. Bier beispielsweise. Und mit meinem Axess-All-Areas-Armband ist es für mich sogar umsonst.

Nach einer guten Stunde verkündet der Veranstalter allen im Backstage-Bereich anwesenden Musikern, dass der Festivalbetrieb an diesem Abend nicht wieder aufgenommen werden kann.

Der erste Abend fällt vollständig aus. Die Manatees sind raus, und Rain ist extrem frustriert, schließlich konnte die Band gerade einmal dreieinhalb Songs und somit nur einen Bruchteil ihres Repertoires zum Besten geben. In einer verzweifelten, aber weitgehend unbemerkten Protestaktion klammert sich Rain am Eisengestänge des Cateringzeltes fest. Erst nach meinem Hinweis auf einen möglichen Blitzeinschlag lässt er davon ab, und schließlich waten wir mit feuchten Klamotten, langen Gesichtern und eingezogenen Schultern über die matschige Wiese zurück zum Zeltplatz.

Als wir dort ankommen, sind unsere Zelte verschwunden. Besser gesagt: Aufgrund mangelhafter Befestigung weggeweht. Die Blicke, die ich von allen Bandmitgliedern und meiner Tochter ernte, drücken deutlich aus, wem hierfür die Schuld gegeben wird. Mir ist klar, dass ich meinen heute Mittag mühsam erkämpften Coolnessfaktor verspielt habe. Auch unsere Rucksäcke und Teile des Proviants liegen vollständig durchnässt in der Landschaft herum. Auch meine Schuld.

Rain kniet sich neben seinen Rucksack in den Schlamm und wühlt zunehmend hektisch darin herum. Dabei sagt er unentwegt «Scheiße! Scheiße! Scheiße!» und endet schließlich mit einem resignierten «Fuck».

Die Jugendlichen wollen plötzlich sofort nach Hause.

Aus Gründen der allgemeinen Verkehrssicherheit beziehungsweise wegen übermäßigem Alkoholkonsum des einzigen Führerscheininhabers ist an eine sofortige Heimfahrt allerdings nicht zu denken, und so müssen wir die Nacht im Škoda verbringen.

Rain sitzt auf dem Beifahrersitz, hat sein Gesicht in den Händen vergraben und murmelt: «Ich bin so am Arsch. So am Arsch.»

«Was ist los?», will ich mit schwerer Zunge wissen.

«Das Haschisch», erklärt Rain mit kalkweißem Gesicht und zitternder Unterlippe. «Das Haschisch ist weg. Das ganze Haschisch ist weg.»

«Wie, Haschisch?», frage ich nach, erhalte aber keine Antwort.

Lediglich Rains leises Schluchzen ist durch den auf das Autodach prasselnden Regen zu hören. Schnuffi streichelt zärtlich Rains Rücken.

Ich versuche, nicht eifersüchtig zu sein, und falle kurz darauf in einen alkoholumnebelten Schlaf.

Am frühen Morgen hört es auf zu regnen.

Wir beladen das Auto mit den Instrumenten und machen uns auf den Heimweg. Die Jugendlichen schlafen die meiste Zeit, und auch wenn sie nicht schlafen, strafen sie mich mit Missachtung. Zu meinem Glück, denn ich fühle mich vollkommen gerädert und habe Kopfschmerzen. Ich schmeiße Pippo und Alex samt der Instrumente am Proberaum der Band raus und will jetzt nur noch eines – meine Ruhe und mit einem alkoholfreien Getränk aufs Sofa!

KOMMISSIONSWARE

• • • • •

Mein Wunsch nach Ruhe sollte nicht in Erfüllung gehen. Als Laura-Michelle und ich uns unserer Wohnung nähern, erblicke ich die achtjährige Ermira Krasniqi, die auf Schnuffis altem, pinkem Prinzessin-Lillifee-Fahrrad sitzt und Schlangenlinien auf dem Bürgersteig fährt. Auf dem Balkon sitzt Jehona Krasniqi, die Hände auf ihrem kugelrunden Babybauch gefaltet. Neben ihr sitzt Fatlum und winkt mir zu.

«Gut, dass du da bist, Bärchen!», begrüßt mich Mareike im Flur und haucht mir einen fahrigen Kuss auf die Wange, bevor sie uns mit kritischem Blick beäugt.

«Es war sehr schlammig», erkläre ich unaufgefordert, doch Mareike wischt meine Aussage mit einer Handbewegung weg, offenbar gibt es Wichtigeres.

«Wir haben einen Mordsstress hier seit heute Morgen. Eine ganz blöde Situation!»

«Wir auch», entgegne ich, ohne auf Gehör zu stoßen, und kämpfe mich durch ein ganzes Arsenal von alten Koffern, Pappkartons und Plastiktüten in die Küche.

«Das ist ein Riesenskandal. Die Stadtverwaltung kann sich warm anziehen, das sage ich dir. Also: Die Krasniqis mussten ja heute Morgen ihre Wohnung räumen, unter anderem wegen der Baufälligkeit des Gebäudes …»

Ich nehme die geschilderten Umstände erstmals zur Kenntnis, nicke aber wissend.

«Und als wir an der neuen Unterkunft ankommen, heißt es auf einmal: Sorry, alle Wohnungen belegt, da ist uns wohl ein Fehler unterlaufen, da kann man jetzt nichts machen, und so weiter.»

Ich nicke noch immer autistisch vor mich hin. «Und was heißt das jetzt?»

«Na, was soll das schon heißen, Tobias? Soll die Familie jetzt vielleicht auf der Straße wohnen?»

«Hab ich doch gar nicht gesagt.»

Familienoberhaupt Fatlum kommt in die Küche, eine Flasche albanischen Maulbeerschnaps in den Händen. «Wirr sehr dankbarr für grroßzugig Angebot. Sehr dankbarr.»

Im Wohnzimmer entdecke ich mehrere Matratzen, auf denen sich die jüngsten Töchter Fatime und Ardita herumlümmeln. Sohn Tarik ist bei Felix im Zimmer und spielt Krieg.

Herr und Frau Krasniqi sollen im Gästezimmer schlafen.

Ich lächle. Ich lächle und schaue dabei mit leerem Blick in die unendlichen Weiten unserer Küche.

Von meinem Hosenbein bröckelt ein Stückchen getrockneter Schlamm auf den Küchenboden. Dann sage ich, immer noch lächelnd, zu meiner Frau: «Könnte ich dich vielleicht ganz kurz unter vier Augen sprechen, im Schlafzimmer vielleicht, ja? Jetzt gleich, wenn's geht.»

Im Schlafzimmer komme ich nicht wirklich zu Wort, vielmehr fühlt sich Mareike zu einem Monolog bemüßigt, sobald sie die Tür hinter sich geschlossen hat.

«Was sollte ich denn bitte machen in dieser Situation? Nach allem, was die Familie durchgemacht hat. Wir können sie doch nicht auf der Straße schlafen lassen. Nur mal zur Erinnerung: Jehona ist hochschwanger. Und die kleine Ardita gerade mal drei Jahre alt. Natürlich wohnen sie jetzt erst mal hier bei uns, verdammt. Wir sind doch nicht aus Stein! Und nein, ich weiß nicht genau, wie lange wir diesen Zustand jetzt ertragen müssen, manchmal läuft eben nicht alles in geregelten Bahnen, manchmal gibt's halt keinen Plan B. Und weißt du was? Das ist auch gut so! Das nenne ich *Leben*!»

Ich erwidere nichts, aber ich finde sie gerade ziemlich sexy.

Ich ziehe meine Frau an mich, und wir drücken uns.

«Ach, Bärchen», flüstert sie, «wir schaffen das.»

Ich liebkose ihren Hals zärtlich mit meinen Lippen und greife gleichzeitig mit beiden Händen an ihre Arschbacken und fange an zu kneten. Meine berüchtigte Doppelstrategie wirkt eigentlich immer. Zuckerbrot und Peitsche sozusagen.

Heute allerdings nicht.

«Lass das!»

«Och bitte», fordere ich ein wenig weinerlich.

«Sag mal, hast du noch alle Tassen im Schrank? Du siehst aus, als hättest du ein Moorbad genommen und vergessen, vorher deine Klamotten auszuziehen, und außerdem ist gerade unsere obdachlose, sechsköpfige Flüchtlingsfamilie bei uns eingezogen und du denkst ernsthaft, wir schieben jetzt hier 'ne Nummer?»

«Also ich glaube, es wäre sehr gut für unser Feng Shui und für unseren Qi-Fluss», versuche ich sie bei der Ehre zu packen, doch sie zischt nur: «Tobias! Reiß dich zusammen! Ich glaube, du hast zu viel Zeit. Apropos: Wann meldet sich eigentlich das Jobcenter mal mit Angeboten für dich? Bei deiner Qualifikation und Berufserfahrung müssten die dich doch überschütten mit Einladungen zu Vorstellungsgesprächen. Da versagt unser Staat doch auch auf ganzer Linie, genau wie bei den Krasniqis. Ganz im Ernst. Jehona und Fatlum sind ausgebildete Krankenpfleger inklusive Hochschulstudium. Die werden hier doch händeringend gesucht, den Job will ja kein Deutscher mehr machen. Deswegen sind die überhaupt nach Deutschland gekommen. Ständig wird von Fachkräftemangel gesprochen. Und was passiert? Nix! Keine Wohnung und nicht mal ein befristeter Arbeitsvertrag für Fatlum. Das ist eine Riesensauerei, was die deutschen Behörden da gerade abziehen.»

Bevor ich erklären kann, dass meine Vorstellungen von meinem nächsten Job etwas spezieller sind und ich mich abgesehen davon auch noch gar nicht so richtig mit den Lebensperspektiven der Krasniqis beschäftigen konnte, beginnt Frau Krasniqi in der Küche deutlich hörbar damit, ein albanisches Klagelied ob ihrer desolaten Situation anzustimmen, in welches Fatlum sogleich einstimmt.

«Und wenn ich schnell dusche?», versuche ich einen letzten Vorstoß, doch Mareike ist schon auf dem Weg zu unseren Gästen.

Ich dusche trotzdem.

Im Wohnzimmer sitzt Rain auf der Couch, die Knie vor die Brust gezogen. Er umklammert seine Beine und wiegt seinen Oberkörper autistisch vor und zurück, während Laura-Michelle ihn schon wieder streichelt. Als ich mich neben ihn setze, bemerke ich, dass er Tränen in den Augen hat.

«War ein ganz schöner Reinfall, was?», frage ich mitfühlend und ernte dafür tatsächlich einen liebevollen Blick meiner Tochter.

Rain antwortet nichts.

«Komm schon! Ist doch halb so schlimm», lege ich nach.

«Das ist das Schlimmste, was mir je passiert ist», nuschelt der Junge und knabbert dann nervös an einem seiner Rastazöpfe.

«Jetzt übertreib nicht. Ihr könnt noch auf so vielen Festivals spielen.»

«Alter, darum geht's doch gar nicht», faucht er mich an.

«Ach nein? Worum geht's denn sonst?»

«Wie oft soll ich das noch sagen? Das Haschisch ist weg! Was soll ich denn jetzt machen?»

«Aber wegen so ein bisschen Haschisch …», setze ich an, da platzt es aus Rain heraus.

«Bisschen Haschisch? Alter, jetzt raff's doch mal. Das war fast ein Kilo Dope! Ich bin voll am Arsch!»

Ich starre ihn mit offenem Mund an. «Wir hatten ein Kilogramm Haschisch dabei? In meinem Fabia? Bist du vollkommen verrückt geworden?»

«Das hätte ich beim Festival doch alles verkauft, an den drei Tagen. In hundert Bröckchen à zehn Gramm. Hatte ich doch alles schon vorbereitet und portioniert, Alter. Das wäre kein Problem gewesen. Hätte vermutlich keine zwei Stunden gedauert. Damit hätte ich zehntausend Euro Umsatz gemacht. Aber jetzt muss ich sofort sechstausend Euro an meinen Zulieferer zahlen, weil das nämlich auf Kommi war.»

«Kommi?»

«Kommissionsware, Alter. Und weil das Zeug weg ist, kann ich die sechs Mille nicht bezahlen, und zurückgeben kann ich's natürlich auch nicht. Ich bin so am Arsch! Das ist echt ganz übel.» Er dreht sich weg und heult hemmungslos in eines meiner Sofakissen und übertönt damit kurzzeitig sogar Frau Krasniqi in der Küche.

Tobi
Hier ist echt die Kacke am Dampfen!

Pflaumi
Was los?

Tobi
Bei mir wohnt jetzt eine Flüchtlingsfamilie, und Schnuffis Freund hat Stress mit einem Drogendealer! 💩 😐

Pflaumi
Na ja, kann schon mal vorkommen. ☺

Tobi
Ohne Scheiß jetzt!

Pflaumi
19 h Kaschemme?

Tobi
Unbedingt.

SUCHTPRÄVENTIONSTAG

• • • • •

Zum Suchtpräventionstag erscheine ich mit leichter Verspätung und im Schlepptau einer hierüber äußerst erbosten Laura-Michelle. Außerdem habe ich einen enormen Kater und noch dazu ein extrem schlechtes Gewissen, weil ich zwei Abende hintereinander sehr viel Alkohol getrunken habe und mich deshalb selber total asozial finde. Außerdem schwitze ich schon wieder. Der gestrige Abend in der Kaschemme verlief sehr intensiv, wenn auch inhaltlich weitgehend ergebnislos. Einer einzigen Erkenntnis konnte ich mich aber trotz intensiver Bemühungen nicht verwehren: Ich kann Rain mit dieser desolaten Situation nicht allein lassen. Natürlich hätte Rain das Zeug niemals mitnehmen dürfen, dieser Idiot, dieser Vollidiot, aber andererseits trage ich an seiner Misere eine nicht gerade unerhebliche Mitschuld. Immerhin war es meine Aufgabe, die Zelte aufzubauen und auf die Rucksäcke zu achten, und ich habe beides nicht erledigt, sondern lieber – nun ja – Einhornschnaps getrunken, auf nackte Brüste gestiert und einen Pissegraben gebuddelt.

Pflaumi hat mir nach dem sechsten Kilkenny seine umfassende Unterstützung bei allen notwendigen Maßnahmen zugesichert, komme, was da wolle. Eine Selbstverständlichkeit angesichts seiner Schulden bei mir.

Der Projekttag «Drogen? Nein danke!» findet in der Aula der Schule statt, und alle neunten Klassen nehmen daran teil. Jede Klasse widmet sich einem anderen Kerngebiet möglicher Abhängigkeiten, und die Schüler haben hierfür Informationsstände und beschriftete Moderationswände aufgestellt, um auf die allgemeinen Gefahren des Drogenkonsums und auf ganz konkrete Drogen detailliert hinzuweisen. Am anderen Ende des Raums entdecke ich Frau Nguyen und winke ihr zu, sie bemerkt mich allerdings nicht.

Auf dem Weg zum Standort von Schnuffis Klasse komme ich an den anderen Informationsständen vorbei. Es geht um Nikotin, Cannabis, Kokain, Heroin, synthetische Drogen, Medienabhängigkeit (das hat Schnuffi! Definitiv!) und um Essstörungen.

An unserem Stand steht das Thema Alkoholmissbrauch im Mittelpunkt.

Ich schaffe es kaum, meinen Blick von Frau Nguyen abzuwenden. Sie sieht wie immer phantastisch aus. Nicht besonders vorteilhaft ist es, dass zu meinem ohnehin gänzlich unausgewogenen Hormonhaushalt nun auch noch die allen Männern bekannte postalkoholische Geilheit hinzukommt.

Zur Begrüßung reicht sie mir die Hand und sagt: «Guten Tag.»

Ich würde gern erneut mit *ciao* antworten, um mein sonniges Gemüt zu zeigen, finde es dann aber zu jovial und schwenke gedanklich schnell um auf das bodenständigere *Hallo*, und dann passiert es mir erneut! In meinem Gehirn entsteht erneut eine Konfliktsituation zwischen den beiden Begrüßungsfloskeln, und ich sage schon wieder: «Cello!»

Laura-Michelle murmelt «Omeingott». Frau Nguyen dagegen wirkt dagegen kein bisschen irritiert, denkt wahrscheinlich mittlerweile, dass es sich um eine ihr unbekannte, womöglich ja sogar unfassbar coole Begrüßungsformel handelt, und erklärt mir meine heutigen Aufgaben. Dies und das und jenes, und außerdem soll ich darauf achten, dass die Informationsbroschüren immer vollständig ausliegen und die Schüler keinen Quatsch machen. Kinkerlitzchen! Ich stecke mir unauffällig ein weiteres Minzbonbon in den Mund und nicke zustimmend.

«Kein Problem, wir werden das Kind schon schaukeln! Ich finde es übrigens großartig, wie früh die Schule und natürlich auch Sie als Klassenlehrerin den Kindern die Problematik des Drogenmissbrauchs näherbringen und wie eigenverantwortlich die Schüler das Ganze auch organisieren, und ich helfe wirklich sehr gern. Alles cool!», artikuliere ich beeindruckend flüssig, wie ich finde, und zudem mit souveränem Gesichtsausdruck und ergänze noch augenzwinkernd: «*Cool Daddy*, sozusagen.»

Wenn sie jetzt mit scheuem Augenaufschlag «*MissNguyen*» sagen würde, dann wüsste ich, dass sie die gedankliche Transferleistung zu meinem Instagram-Account erbracht hätte, doch sie sagt nur: «Danke!»

Bilde ich mir das nur ein, oder sieht sie mich mit ihren mandelförmigen Augen gut anderthalb Sekunden länger an als unbedingt nötig?

Die Klassenlehrerinnen der eigenen Kinder sollten nicht sexy sein, das ist einfach zu verwirrend.

Da nicht besonders viel los ist beim Suchtpräventionstag, schaue ich mir noch mal die Instagram-Seite von Frau Nguyen an. Es ist völlig verrückt, aber ich glaube, ich bin in sie verliebt. Nein, ich begehre sie!

Ist es verwerflich, auf die Instagram-Fotos der Klassenlehrerin seiner Tochter zu stieren und dabei eindeutig sexuelle Phantasien zu haben?

Das ist natürlich eine rhetorische Frage. Natürlich ist das verwerflich, und ich habe auch keine sexuellen Phantasien. Auf keinen Fall! Schließlich bin ich verheiratet und sollte mich nicht wegen einer kleinen Eheflaute in ein amouröses Abenteuer mit der Klassenlehrerin meiner Tochter stürzen.

Aber ein paar Fotos anschauen, das wird ja wohl erlaubt sein. Immerhin folgt *sie* mir auf Instagram und nicht umgekehrt.

Ich scrolle durch die Fotos. Frau Nguyen am Strand, wie immer lächelnd. Man sieht die gebräunte Haut auf ihrer Schulter. Sie sieht samtweich aus. Frau Nguyen in Straßburg vor dem Münster. Dann in einem Swimmingpool mit nassen Haaren und Sonnenbrille. Auf einem Mountainbike in sportlicher Outdoor-Bekleidung.

Ich weiß nicht, was ich tun soll. Jeder Mensch braucht Sex, vor allem Männer.

Eine mögliche Lösung wäre eventuell das Herunterladen einer Dating-App.

Einer Fremdgeh-Dating-App. Aber sicherlich müsste ich dort meine kompletten persönlichen Daten angeben, und allein das würde mich schon stören. Überhaupt sollte es nicht zu persönlich werden. Ich muss dann vermutlich wochenlang mit absolut fremden Frauen chatten, die natürlich allesamt seltsam, einsam, depressiv und gestört sind, sonst würden sie ja nicht Kontakt zu Männern über eine Fremdgeh-App suchen. Irgendwie kommt mir das vor wie der Sonderposten-Discounter der Beziehungsgestörten, die Resterampe der einsamen Herzen, die im Endeffekt doch auch nur eine echte Beziehung suchen.

Nein danke, da bin ich raus. Dann gehe ich vielleicht doch lieber zu einer Prostituierten, das kommt mir ehrlicher vor. Ein reines Geschäft mit vorher genau abgesteckten Regeln. Doch ich fürchte, auch hierfür bin ich nicht geschaffen, beziehungsweise ich weiß es ganz genau, seit ich nach der Geburtstagsfeier eines Bekannten im Frankfurter Bahnhofsviertel auf der Straße von einer auffällig gekleideten Dame angesprochen wurde mit den Worten: «Na, Süßer? Lust auf Fickificki?»

«Fickificki? Nein danke», hatte ich erklärt und meinen Schritt beschleunigt.

«Alter, was machst du da auf Instagram?», flüstert jemand.

Ich lasse das Smartphone samt der Fotogalerie von Frau Nguyen innerhalb von Sekundenbruchteilen in meiner Hosentasche verschwinden. Meine Tochter steht neben mir und gibt vor, Broschüren zu sortieren.

«Ich, äh …», stottere ich, «ich bin jetzt halt auch auf Instagram unterwegs. CoolDaddy667 heiße ich da. Kannst mir gerne folgen.»

«Als ob. Außerdem stinkst du.»

«Wie bitte?»

«Nach Bier», behauptet sie.

«So ein Quatsch.»

«Und hast du gerade *Fickificki* gemurmelt?»

«Ich? Laura-Michelle! Also wirklich!»

«Papa, du bist einfach nur megapeinlich. Kannst du bitte mal nach Hause gehen jetzt.»

Das darf doch nicht wahr sein. Ich habe heute Morgen ausgiebig mit meinem neuen Mundwasser gegurgelt, nachdem Fatlum mich endlich ins Bad gelassen hat. Wenigstens hat er unentwegt Entschuldigungen gerufen, während ich vor der Tür stand und wartete. Obwohl ich also achtundneunzig Prozent der Bakterien in meiner Mundhöhle weggespült habe, rieche ich offenbar trotzdem nach Bier. Ich darf auf keinen Fall in Frau Nguyens Richtung atmen.

Eventuell war es eine Fehlentscheidung, nach der Kaschemme noch in den brechend vollen Irish Pub zu ziehen und am Karaoke-Abend teilzunehmen, zumal meine Interpretation des Queen-Klassikers «Don't Stop Me Now» nicht gerade Begeisterungsstürme ausgelöst hat.

Auch Pflaumi scheiterte mit seiner Darbietung, wobei zu seiner Ehrenrettung gesagt werden muss, dass es wirklich schwer ist, den uralten Sommerhit «Macarena» volltrunken und ohne jegliche Spanischkenntnisse vorzutragen.

Ich bringe den Suchtpräventionstag einigermaßen souverän hinter mich, und auf der Heimfahrt sitze ich allein im Auto, denn

Laura-Michelle trifft sich zum Fernschimmeln mit Freundinnen in der Innenstadt. Auf meine Frage, was «Fernschimmeln» bedeuten würde, erhalte ich die Antwort: «Na, das Gegenteil von Zu-Hause-Schimmeln!»

Klar. Das macht Sinn.

HILFE!

• • • • •

Das schrille Geräusch der Türklingel reißt mich in aller Frühe aus dem zwar nicht wohlverdienten, aber dennoch wohltuenden Schlaf. Nur in einer hastig übergezogenen Unterhose gehe ich in den Flur, schaue durch den Türspion und erblicke einen Mann und dahinter eine Frau. Ich bin stinksauer.

«Ja?», brülle ich.

«Wir würden gerne mit Ihnen über Gott sprechen», ertönt es, und der Mann fuchtelt mit einer Broschüre herum. *Der Wachtturm.*

Ach du Scheiße. Zeugen Jehovas.

Wenn man arbeitslos ist, pubertierende Kinder und keinen Sex hat, dann hat man dafür etwas anderes, nämlich ausreichend Zeit und Wut, um andere Menschen zu ärgern. Wobei ich hier nicht offensiv vorgehe. Vielmehr drängen sich die meisten Ärgerkandidaten ja geradezu auf.

«Warum?», rufe ich also.

«Wie bitte?»

«Warum möchten Sie mit mir über Gott sprechen?»

Die beiden blicken sich an, vermutlich schöpfen sie Hoffnung.

«Es ist so …», der Mann räuspert sich und tritt noch einen Schritt nach vorne, «… also alle jetzt lebenden Menschen, die keine wahren Diener Gottes sind, werden in der Schlacht von Harmagedon vernichtet.»

«Aha. Das ist ja doof.»

«Ohne Aussicht auf Auferstehung», schreit die Frau von hinten.

Ich öffne die Tür einen Spalt.

«Seid ihr das mit den Jungfrauen?»

Die Missionare blicken sich unsicher an.

«Das seid doch ihr, oder? Mit den siebenundzwanzig Jungfrauen im Himmel, oder?»

«Äh, nein», bringt der Mann hervor. «Und es sind glaube ich zweiundsiebzig Jungfrauen, aber das ist nicht bei uns.»

«Leute, ich bin so fickrig, das könnt ihr euch gar nicht vorstellen.»

«Ja, äh, okay, aber wie gesagt, wir sind nicht die mit den Jungfrauen, wir sind die mit der Bibel als einzig gültiges Wort Gottes und die mit dem Harmagedon.»

«Ja, schon klar, aber zweiundsiebzig Jungfrauen! Alter, wie geil. Das ist schon echt fett. Obwohl die nach gut zwei Monaten ja auch aufgebraucht wären. Oder bleiben die für immer Jungfrauen?»

Jetzt mischt sich die Frau ein. Sie möchte offenbar nicht mehr über Jungfrauen sprechen.

«Uns geht es um das Harmagedon, um den Weltuntergang, und darum, dass nur die wahren Diener Gottes …»

«Und wann kommt euer tolles Harmagedon? Habt ihr das nicht schon zehnmal angekündigt?»

«Nun ja», räumt der Mann ein, «da handelte es sich um gewisse Fehlinterpretationen der Heiligen Schrift. Es gibt allerdings unumstößliche Anzeichen, dass es im Jahr 2024 tatsächlich zum Harmagedon kommen wird, und nur die wahren Gläubigen werden …»

«Was im Jahr 2024 passiert, ist mir scheißegal, und an Gott glaube ich auch nicht. Ich glaube vielmehr, dass vor rund fünfhundert Milliarden Jahren irgendwelche Aliens zufällig hier vorbeigeflogen sind und kurz ihren radioaktiven Biomüll abgeworfen haben, woraus sich im Laufe der Zeit die Menschheit entwickelt hat. Daher gehen mir Religionen egal welcher Art auch tierisch auf die Eier. Haben Sie sich mal überlegt, in was für einer friedlichen Welt wir leben könnten, wenn sich die Menschen nicht ständig wegen religiöser Wahnvorstellungen gegenseitig die Schädel einschlagen würden?»

Die beiden treten den Rückzug an, ohne einen Abschiedsgruß. Ich rufe ihnen noch ein fröhliches «Amen, oder wie das bei euch heißt» hinterher.

Was für Arschlöcher, die frühmorgens um acht unbescholtene Bürger aus dem Schlaf klingeln.

An ebendiesen ist natürlich nicht mehr zu denken.

In der Küche hat Fatlum unterdessen unsere großartige Filterkaffeemaschine in Gang gesetzt und eine Kanne Kaffee durchlaufen lassen. Wie immer in Doppelter-Espresso-Stärke, und wie immer hat er den gebrauchten Kaffeesatz bereits in die dafür bereitstehende Tupperschüssel gekippt, die sich stetig füllt und die Mareike und ich keinesfalls entsorgen dürfen.

«Guut Morrge, Kaffee schon ferrtig», begrüßt er mich. Dann wendet er sich wieder Mareike zu, die am Küchentisch sitzt und etwas in ihren Laptop eingibt, wobei sie «Guten Morgen, Bärchen» murmelt.

Im erkenne eine Immobilien-Website. Offenbar wird eine Wohnung gesucht. Ein Lichtstreif am Horizont.

Ich bin morgens nicht gerade gesprächig, dennoch spreche ich Fatlum an: «Äh, Fatlum, eine Frage hätte ich mal. Also, dieses Sammeln von dem Kaffeesatz jeden Morgen. Warum machen wir das noch gleich?»

Fatlum grinst mich an, als hätte er das allumfassende Wissen einer Internet-Suchmaschine in sich vereint.

«Is wege Baby», sagt er dann. «Is alte Brrauch von mein Heimat. Wenn genug Kaffee wirr sammeln, dann reibe wirr Bauch von Jehona mit Kaffee ein. Wirr reibe den ganze Kaffee auf Bauch von Jehona. Dann wird Junge.»

«Verstehe», behaupte ich nach kurzem Zögern. Ich nicke gedankenverloren und begebe mich auf den Balkon. Mein letztes Refugium in dieser Wohnung.

Leider sitzt Rain schon dort. Hat er schon wieder hier geschlafen? Ich lasse mich auf den freien Korbstuhl fallen, und Rain sagt: «Guten Morgen, ich hab nicht hier geschlafen.»

Ich blicke ihn mit einem Meister-willst-du-mich-verarschen-Gesicht an, und er sagt: «Wirklich nicht, Herr Werner. Ich bin um sechs Uhr hierhergekommen, und Laura-Michelle hat sich einen Wecker gestellt und mir die Tür aufgemacht. Wir wollen so viel Zeit wie möglich miteinander verbringen, verstehen Sie? Da hatten wir noch eine gute Stunde, bevor sie in die Schule musste.»

Ich weiß gar nicht, was ich schwachsinniger fände. Wenn die Geschichte stimmen würde oder wenn er sie sich ausgedacht hätte.

«Und du musst nicht in die Schule?»

Rain legt den Kopf in den Nacken und zischelt theatralisch: «Hab gerade andere Sorgen.»

«Hör zu», setze ich vorsichtig an. Ich weiß nicht, wie ich es richtig einleiten soll. «Ich möchte dir helfen.»

Rain blickt mich aus großen Augen an. «Echt jetzt?»

«Ich bin ja nicht ganz unschuldig an der Situation. Obwohl das ganze Vorhaben wirklich absolut idiotisch war! Aber jetzt ist die Situation so, wie sie ist, und da fühle ich mich einfach ein bisschen in der Pflicht.»

«Das ist ja genial! Ich verspreche, dass ich Ihnen das Geld zurückzahle. Bis auf den letzten Cent.»

«Geld?»

«Na, die Kohle, die ich dem Typ schulde. Die sechs Mille.»

«Also, äh … Geld kann ich dir leider nicht geben. Das ist im Moment etwas ungünstig.»

Es ist eine demütigende Erkenntnis, aber es geht wirklich nicht. Trotz meiner langjährigen Tätigkeit bei Leatherman Wealth Management habe ich momentan keinerlei Barreserven. Eine Abfindung bekomme ich vermutlich auch nicht, zumindest interpretiere ich Süleyman Özers knappe Antwort auf meine letzte E-Mail dahingehend. Ich solle «froh sein, wenn er mich nicht verklagt», und außerdem hätte ich «Hausverbot». Mareike steuert momentan nichts zum Einkommen bei. Im Gegenteil: Ihre Ausbildung zur Feng-Shui-Beraterin hat uns rund fünfzehntausend Euro gekostet. Der neue Škoda Fabia hat zehntausend Euro gekostet, und die gleiche Summe habe ich Pflaumi geliehen. Das größte Loch in die seinerzeit noch vorhandene Kasse hat aber der von uns erbrachte Eigenkapitalanteil zur Finanzierung unserer Wohnung gerissen. Kurzum: Ich habe kein Geld. Schlimmer noch: Unser Girokonto ist bereits im Soll, und aufgrund meiner Arbeitslosigkeit glaube ich auch nicht an eine Ausweitung meines Kreditrahmens seitens der Bank. Meine Eltern kann ich keinesfalls fragen. Sie haben uns bereits bei der Finanzierung der Wohnung großzügig geholfen und kommen mit ihren Rentenbezügen selbst nur gerade so über die Runden. Und meine Schwiegereltern kann ich auch nicht um Hilfe bitten, denn erstens fanden sie mich von Anfang an scheiße, und zweitens würden sie sofort Mareike informieren, die nach wie vor ganz und gar ahnungslos ist.

Kurzum: Mit Bargeld kann ich momentan nicht dienen.

«Aber ich rede mal mit dem Typen.»

«Und was soll das bringen?», fragt Rain lasch.

«Wart's ab! Ich werde dem die Situation ganz vernünftig erklären, und dann finden wir bestimmt eine Lösung. Du schreibst ihm jetzt eine Nachricht, dass es ein Problem gibt mit dem Zeugs und wir uns heute Abend mit ihm treffen wollen, um das zu besprechen.»

Rain will etwas erwidern, doch ich lasse ihn nicht zu Wort kommen.

«Unter *einer* Bedingung. Ich werde versuchen, diese Angelegenheit für dich zu regeln, aber dafür erwarte ich eine Gegenleistung von dir.»

«Alter, Gegenleistung. Voll Kapitalismus, Alter! Und was wäre die Gegenleistung?»

«Laura-Michelle ist meine einzige Tochter, und ich liebe sie über alles, und ich will nicht, dass sie abrutscht in irgendeinen Drogensumpf. Ich will, dass sie Abitur macht und ein gutes Leben hat. Und wenn du schon ihr Freund sein musst, dann erwarte ich ab sofort deine volle Unterstützung in dieser Angelegenheit. Du wirst sie ab sofort nicht mehr animieren, die Schule abzubrechen, sondern im Gegenteil ihr eindringlich empfehlen, das Abitur zu machen. Hast du mich verstanden?»

«Ja. Schon.»

«Also haben wir einen Deal?»

«Aber, Herr Werner, es gibt viele Leute, die auch ohne Abitur ein gutes Leben haben. Ich zum Beispiel. Für mich ist jeder Tag ein Fest der Freude. Ich erlebe nur Höhepunkte, jeden einzelnen Tag, und ich chille mit den coolsten Leuten.»

«Momentan ist offensichtlich nicht jeder Tag ein Fest der Freude für dich, Rain. Momentan hast du Schulden bei einem Drogendealer, und ich biete dir meine Hilfe an. Also: Haben wir einen Deal?»

Rainer überlegt kurz, sein Blick schweift in die Ferne.

«Okay, ist gebongt», sagt er dann.

In diesem Moment klingelt mein Smartphone. Trotz unterdrückter Nummer gehe ich ran. Ich schaffe es nie, nicht ranzugehen. Ich bin einfach zu neugierig. Wie immer bereue ich es sofort.

«Einen schönen guten Morgen, Herr Werner. Hier ist die

Firma Emnatis, und wir führen gerade ein Umfrage durch zum Thema Hygiene im Haushalt. Dürfte ich Ihnen einige Fragen stellen, es dauert nur zwei Minuten.»

Ein Cold Call! Es gibt eine Sache, die ich mindestens genauso verabscheue wie frühmorgendliche Aufforderungen, über Gott zu reden, und das sind unangekündigte Telefonumfragen. Und obwohl ich aufgrund meiner früheren Tätigkeit bei Leatherman Wealth Management eigentlich Mitleid mit den Anrufern haben sollte, habe ich es nicht. Ich hasse sie!

«Herr Werner? Sind Sie noch dran?»

Woher weiß der Kerl verdammt noch mal meinen Namen? Wie bin ausgerechnet ich auf seine Liste gekommen?

«Nein. Nicht *Werner*», sage ich dann. «Das kann ich ja gar nicht leiden.»

«Oh, das tut mir leid. Spricht dort nicht Tobias Werner?»

«Man spricht es *Wernééé* aus», behaupte ich dann.

«Kein Problem. Sehr gut. Also, Herr …»

«Ein rätoromanischer Name französischen Ursprungs, verstehen Sie?», phantasiere ich weiter.

«Natürlich. Das ist interessant. Vielleicht darf ich Ihnen jetzt …»

«Genauer gesagt dolomitenladinisch. Mein Urgroßvater war Ziegenhirte in den Schweizer Alpen.»

«Ah ja. Also, Herr Wern…»

«Nein, nein, nein!», rufe ich in den Hörer. «Die Betonung liegt auf der zweiten Silbe. Wernééé, verstehen Sie denn nicht? Wernéééééé!»

«Wer… Werné?»

«Ja. Das war schon sehr nah dran. Hintenraus schleudern Sie den Vokal nach dem n einfach so von der Zunge! Stellen Sie sich vor, Sie flanieren über die Champs-Élysées und sprechen einen Franzosen an.»

«Wern-ééé.»

«Fast!»

«Werné.»

«Sehr gut! Das war sehr gut! Leider sind die zwei Minuten um.»

Ich lege auf.

Tobi
Heute Abend geht's los!

Pflaumi
Was denn?

Tobi
Wir klären das Problem.

Pflaumi
Welches Problem?

Tobi
Sag mal, bist du total bescheuert? Ich kann das hier nicht so schreiben! Aber muss ich ja wohl: Wir gehen heute Abend zu diesem Dealer und klären das!

Pflaumi
Heute Abend kann ich leider nicht.

Tobi
??? 💩

Pflaumi
Bin heute Abend auf Sendung.

Tobi
Du hast es mir versprochen!

Pflaumi
😐 Ok. Dann hol mich nach der Sendung beim Sender ab.

RASIERT

• • • • •

«Alter, das is voll ekelerregend.»

Schnuffi steht hinter mir in der Badewanne und windet sich.

«Was ist daran bitte ekelerregend?», frage ich, während ich mit nacktem Oberkörper auf dem Badewannenrand sitze.

Zu dieser ungewöhnlichen Situation ist es gekommen, weil ich gedankenverloren in der Fotogalerie meines vielleicht etwas veralteten, aber noch einwandfrei funktionstüchtigen Smartphones herumgestöbert habe. Vermutlich wollte ich ein wenig in der Vergangenheit schwelgen und den aktuellen Sorgen entfliehen. Doch der Schuss ging nach hinten los, denn ich blieb gleich zu Beginn bei einigen Aufnahmen aus diesem Jahr hängen, genauer gesagt bei Fotos von einem Familienausflug an den Waldsee vor einigen Wochen.

Die Ausflüge an den Waldsee sind seit Menschengedenken ein absolutes Highlight für uns Werners. In all den wundervollen Jahren konnten wir die ersten Sonnenstrahlen des Sommers und die damit verbundene Eröffnung der Badesaison kaum erwarten. Die Kinder standen an den Sonntagen gerne früh auf, schließlich wollte man einen guten Picknickplatz zum Ausbreiten der Strandhandtücher in optimaler Distanz zwischen Ufer und Imbissbude ergattern. Felix und Schnuffi waren ununterbrochen im Wasser. Ich warf die Kinder von der Badeplattform und machte dann eine fulminante Arschbombe direkt neben ihnen, während sie fröhlich jauchzten und «Nein, Papi, nein!» schrien. Mareike zog ruhig und gleichmäßig ihre Bahnen, und mittags gab es Pommes und Eis.

In diesem Jahr war plötzlich alles anders.

Felix hatte sich geweigert aufzustehen. Ich betrat sein Zimmer und hatte Mühe zu atmen, denn zum einen schlug mir dieser unangenehme Teenagergeruch (eine Mischung aus Talg, Schweiß und Mundgeruch) entgegen, und zum anderen war jeglicher Sauerstoff in dem Raum restlos verbraucht. Ich riss folgerichtig die Vorhänge und das Fenster auf und rief: «Aufstehen, alte Schlafmütze, wir fahren zum See!» Felix zog sich reflexartig die Bettdecke über den Kopf und murrte: «Alter. Ich raste aus. Ich schlaf erst seit einer Stunde. Alter. Mach das Fenster zu, Alter. Hau ab. Ich raste aus. Alter.»

Verwandeln sich Kinder mit Eintritt ins Teenageralter möglicherweise in Vampire? Zerfallen sie augenblicklich zu Staub, wenn sie mit Sonnenlicht in Berührung kommen? Und ist das die Erklärung für den Erfolg dementsprechender Kinofilme beim ausschließlich jugendlichen Publikum?

Bei Laura-Michelle hatte ich mehr Glück, denn ich zwang sie unter Androhung von Taschengeldentzug zum Aufstehen. Also war sie wie ein autistischer Roboter mit nach vorne geklappten Schultern und starr gen Himmel gerichtetem Gesicht im Bad verschwunden, ins Auto gestiegen und saß dann den ganzen Tag vollkommen bekleidet auf der Liegewiese und stierte auf ihr Smartphone, während ich allein von der Badeplattform hüpfte und ihr zuwinkte.

Den Versuch, Kontakt zu badefreudigeren Kindern zwecks gemeinsamer Arschbombenaktivitäten aufzunehmen, brach ich ab, als ich einige hektische Eltern am Ufer entdeckte, die auf mich deuteten und sich berieten, während muskulös erscheinende Väter ihre T-Shirts auszogen und zielsicher loskraulten.

Trotz der leicht veränderten Stimmung bei diesem letzten Ausflug zum Badesee ließ ich es mir nicht nehmen, gegen Ende einige Fotos von uns zu machen. Neudeutsch: Selfies.

Und vorhin habe ich es dann entdeckt. Auf einem dieser Selfies, bei dem ich die Kamera sehr hoch über unsere Köpfe halte und dann versehentlich nach unten blicke, kurz bevor das Foto geschossen wird.

Ich habe Haarausfall. Altersbedingten Haarausfall.

Es ist ganz deutlich zu erkennen, zwischen meinen feuchten, am Kopf anliegenden Haaren.

Mitten auf meinem Schädel befindet sich eine von vorne nicht einsehbare Stelle extrem spärlich behaarter Kopfhaut. Es sieht beschissen aus.

Nun bin ich natürlich nicht der einzige Mann, dem dies widerfährt. Die Frage ist im Endeffekt auch nur, wie man mit diesem Faustschlag des Schicksals umgeht.

Das Drüberbürsten von Haaren ist nicht empfehlenswert, ist es im Grunde doch nur eine Vorstufe zum verabscheuungswürdigen Toupet. Es gibt kein einziges Toupet auf der ganzen Welt, das man nicht auf einen Kilometer Entfernung als solches identifizieren kann. Ein Toupet scheint immer mit einigen Zentimetern Abstand über dem jeweiligen Schädel zu schweben, und seine jugendliche Farbe ist noch dazu meist inkompatibel mit dem darunter befindlichen Gesicht. Abgesehen davon ist das Tragen eines Toupets falsch, verlogen, dumm und eitel. Natürlich habe ich daher weder die erstgenannte (Drüberbürsten) noch die zweite Möglichkeit (Toupet) überhaupt in Betracht gezogen.

Die Eigenhaarverpflanzung, bei der in einer schmerzhaften Prozedur einzelne Haare von anderen Körperstellen in die verödete Kopfhaut eingesetzt werden, ist zum einen sehr teuer, zum anderen sieht es ebenfalls etwas seltsam aus, wenn mitten auf dem Schädel urplötzlich ein Rondell dunkler, gekräuselter Haare wuchert. Also: auch keine Option.

Der größte Schwachsinn allerdings sind sämtliche handelsüblichen und allesamt komplett unwirksamen Produkte zur

Haarwiederherstellung. Doping für die Haare, Koffein für die Haarwurzel. Da kann ich mir ja gleich im Starbucks einen «Double Shot Caramel Fat Free Sugar Free Double Moccha Macchiato to Go» über den Kopf schütten und nach dem Föhn fragen.

Bleibt also nur der freiwillige Kahlschlag, die Komplettrodung. Es gibt viele Männer, denen eine Glatze gut steht. Bruce Willis beispielsweise oder Jason Statham.

Also habe ich den alten Langhaarschneider aus den Untiefen des Badezimmerschranks gekramt und Laura-Michelle verpflichtet, die anstehende Aufgabe zu übernehmen.

Zunächst findet sie die Idee cool, doch jetzt bei der Ausführung ziert sie sich plötzlich.

«Wir sind doch gleich fertig. Und bei deinen Haarfilmchen fürs Internet stellst du dich ja auch nicht so an.»

«Alter, das sind ja auch *meine* Haare. Aber das hier ist einfach total eklig, überall deine ranzigen Haare. Und Schuppen hast du auch, und dein Rücken ist total fett irgendwie.»

Mein Rücken ist fett?

Die Scherblätter surren wieder und wieder über meinen Kopf. Alle paar Sekunden bleiben sie allerdings äußerst schmerzhaft im vor allem an den Seiten noch dichten Haar stecken. Und plötzlich bemerke ich, dass das Surren des Elektromotors immer leiser wird, und dann gibt das Gerät den Geist auf.

Akku leer.

Ich blicke in den Spiegel. Die linke Kopfseite ist bis auf ein paar Büschel fast kahl, ebenso ein Areal direkt vorne, über der Stirn. Rechts hingegen sind nur einige kleinere Lichtungen ausrasiert.

«Sieht ganz schön krass aus», bemerkt Schnuffi.

«*Nicht gut* heißt das, oder?»

«Krass scheiße, Alter. Doppelscheiße», konkretisiert meine Tochter, da klopft es an der Badezimmertür.

«Isch muss bitte Pippi», ertönt eine Kinderstimme. Fatime steht vor der Tür.

«Die Kleine ist voll süß», sagt meine Tochter und macht augenblicklich ein trauriges Gesicht. An sich keine besonders erwähnenswerte Situation, denn Pubertierende schaffen es, selbst dann ein trauriges Gesicht zu machen, wenn man gerade den neuen 70-Zoll-Fernseher inklusive Netflix-Abo aufgehängt hat, in der Mikrowelle das Popcorn prasselt, während der Pizzakurier klingelt und man vorher den ganzen Tag im Freizeitpark Achterbahn ohne Anstehen gefahren ist.

«Daddy?»

«Was ist denn?»

«Stimmt das, was die Mama sagt, das mit den Krasniqis?»

«Was genau meinst du?»

«Mama sagt, dass die Krasniqis vielleicht alle wieder zurück nach Albanien müssen, wenn die keine Arbeitserlaubnis bekommen.»

Ich ziehe die Augenbrauen nach oben und suche nach einer klugen Antwort.

«Das ist ein ganz kompliziertes Thema. Also, die Krasniqis sind nicht so richtige Flüchtlinge aus einem Kriegsgebiet, sondern die wollen hier bei uns im Pflegeberuf arbeiten, weil wir solche Pflegekräfte ganz dringend brauchen. Das sagt auch unsere Regierung. Dafür haben die Krasniqis eine ziemlich aufwendige Ausbildung gemacht. Und warum Fatlum jetzt keine Arbeitserlaubnis bekommt, weiß ich nicht.»

Plötzlich trommeln kleine Fäuste gegen die Tür.

«Isch muss ganz dringt bitte Pippi!»

Ich schließe den Langhaarschneider an das Ladegerät an und lasse Fatime herein.

Nach einer halben Stunde muss ich frustriert feststellen, dass sich das Gerät nur sehr langsam auflädt.

Immerhin finde ich im Regal des Gästezimmers eine nahezu unbenutzte weiß-rote Baseballkappe mit der Aufschrift *I love Stuttgart.*

Und auf Instagram folgen jetzt vierunddreißig Personen dem Account von CoolDaddy667, und fast alle kommentieren mein kurzes Video vom Unwetter beim «Black Forest Hardcore Tsunami».

MissNguyen schreibt: *Der Sturm sieht ja heftig aus. Pass auf dich auf! Und immer sportlich bleiben!* ☺

Mein Herzschlag beschleunigt sich.

Frau Nguyen macht sich Sorgen um mich. Und schickt mir einen Zwinkersmiley!

O mein Gott. Beziehungsweise *OMG*, wie man richtigerweise sagt. Sie flirtet de facto mit mir.

Ich fasse mir ein Herz und antworte ihr.

Hallo, MissNguyen! Na klar bleib ich sportlich. 16 h Walking-Workout am Museumsufer! ☺

BETREUTES WALKEN

• • • • •

Ich muss unbedingt etwas unternehmen. Der Bauchweggürtel hat noch nicht gewirkt, ich habe noch kein Gramm abgenommen, und leider war ich seit meinem Einführungstraining auch nicht mehr im High Class Gym. Natürlich hat man schon davon gehört, dass etwas ältere Männer aufgrund ihrer erhabenen Ausstrahlung, ihrer mentalen Souveränität und Lebenserfahrung eine ungeheure Anziehungskraft auf junge Frauen ausüben, und ich erlebe es ja gerade am eigenen Leib. Dennoch muss man auch körperlich attraktiv bleiben, und genau deswegen raffe ich mich am Nachmittag tatsächlich auf. Auch Mike findet das offenbar super, denn er zeigt mir zur Begrüßung einen erhobenen Daumen, was mich idiotischerweise ganz kurz stolz macht.

«Habt ihr auch genug getrunken?», fragt Mike streng und blickt in die Runde dicklicher Menschen, die in im Normalfall locker sitzenden, bei uns aber knallengen Sportklamotten vor ihm stehen.

«Fast ’ne ganze Flasche Mineralwasser», antworte ich wahrheitsgemäß. Eben gerade bei uns in der Küche auf ex abgepumpt, obwohl Schnuffi gar nicht mit dem Erstellen eines neuen YouTube-Filmchens in Sachen Haarzöpfe beschäftigt war. Offenbar hat sie aufgrund der Teilrasur meines Schädels fürs Erste genug von Haaren.

Wir stehen am Ufer des Mains. Auf der gegenüberliegenden Seite glänzen im Sonnenlicht die Wolkenkratzer der einzigen deutschen Stadt mit einer Skyline.

Ich schwitze wie ein Schwein, obwohl wir noch keinen Meter gewalkt sind.

Plötzlich entdecke ich Frau Nguyen. Sie kommt ganz locker angejoggt, stellt sich direkt neben Mike und lächelt ihn an. «Hi, ich bin Hoa. Und bei einer Runde Walken bin ich natürlich dabei.»

Dann entdeckt sie mich und hebt eine Hand zum Gruß.

«Herr Werner? Sind Sie das? Na, das ist ja mal ein Zufall!»

Ha! Von wegen Zufall! Ich lächle sie an, ziehe vielsagend eine Augenbraue nach oben und rufe: «Cello!»

Ich ziehe das jetzt durch.

Frau Nguyen blickt schnell zu Boden.

Mein scheues asiatisches Reh.

Mike besteht darauf, dass wir uns dehnen, und fängt auch direkt damit an.

Es ist mir absolut unverständlich, dass es Leute gibt, die sich mit ausgestreckten Beinen nach vorne beugen und dann ihre eigenen Zehen berühren können. Mike geht noch einen Schritt weiter, denn er gehört zu den vermutlich gentechnisch manipulierten Exemplaren, die ihre komplette Handfläche auf den Boden legen können. Auch Frau Nguyen ist extrem elastisch, kann nicht nur beide Hände ablegen, sondern dabei zusätzlich noch ihren Oberkörper abwechselnd nach links und rechts verdrehen.

Ich kann – wie die meisten hier – immerhin meine Knie berühren, was allerdings zu einem kaum erträglichen Ziehen an der Rückseite meiner Oberschenkel führt. Etwas hinderlich beim Herunterbeugen ist mein auf höchste Stufe geschalteter Total-Slim-Exxtreem, der zur Verwunderung meiner Mitwalker unter meinem T-Shirt surrt wie ein in Panik geratener Hummelschwarm. Zudem rutscht mir ständig meine *I-love-Stuttgart*-Kappe vom Kopf, sodass alle meine katastrophale Frisur zu Gesicht bekommen.

Endlich latschen wir los, Mike vorneweg, direkt neben ihm meine asiatische Zierkirschenblüte.

Es ist bereits nach wenigen Metern sehr anstrengend, und ich bekomme kaum Luft.

Mike hingegen wirkt überhaupt nicht angestrengt und unterhält sich angeregt mit Frau Nguyen. Die beiden haben bereits mehrere Meter Abstand zum Hauptfeld.

Passanten bleiben stehen und schauen uns hinterher. Ich kann sie gut verstehen.

Gibt es einen lächerlicheren Anblick, als übergewichtige Menschen Mitte vierzig, die – teilweise mit Skistöcken bewaffnet – in viel zu enge Sportklamotten gepresst durch die Gegend laufen? Einige aus der Gruppe haben sogar weiße Frotteestirnbänder an. Mitleidig beäugen uns die Kleinstkinder auf dem Spielplatz und fangen an zu tuscheln, verspotten uns hinter vorgehaltener Hand. Wir werden von einer Gruppe Jogger überholt, von richtigen Sportlern also. Ich bin mir sicher, dass einer von ihnen im zügigen Vorbeiziehen deutlich vernehmbar «schwul!» zischt und dies hinter einem vorgetäuschten Husten nur notdürftig verbirgt.

Einer aktuellen Studie zufolge macht das Leben in der Großstadt die Menschen krank. Für viele Menschen wirkt sich das Zusammenleben auf engstem Raum, der Straßenlärm, die anonymen Hochhäuserschluchten – von den horrenden Immobilienpreisen ganz zu schweigen – negativ auf die Psyche aus. Großstadtmenschen haben ein doppelt so hohes Erkrankungsrisiko für Schizophrenie und andere Geisteskrankheiten, und ich überlege, ob es mich vielleicht auch schon erwischt hat. Ich meine: Was mache ich hier?

Und nicht nur ich, nein, alle scheinen verrückt geworden zu sein.

Auf den Grünflächen vollführen Dutzende von Menschen in hautenger Funktionswäsche und Sportschuhen abwechselnd Sit-ups, Liegestütze und Kniebeugen, stieren dabei unentwegt auf ihre Smartphones und brüllen im Takt einer imaginären Musik «Einundsiebzig, zweiundsiebzig, dreiundsiebzig …» oder schreien: «Aufgeben ist keine Option.»

Endlich halten wir an. Auf dem Fluss stehen von allen guten Geistern verlassene Stadtbewohner auf großen Brettern und paddeln mit langen Stöcken von einer Uferseite zur anderen.

«Warum nehmen die nicht die Fußgängerbrücke?», frage ich nach Luft schnappend.

Mike lacht herzlich. «Der war gut, Tobi. Du bist mir vielleicht einer!» Er tätschelt mir den Rücken, wobei mein triefend nasses Shirt ein schmatzendes Geräusch produziert. «Das nennt sich Stand-up-Paddeln», erklärt er dann. «Ist absolut super für Muskulaturaufbau und Körperkoordination. Ich biete demnächst einen Kurs an.»

«Also ich wäre sofort dabei», ruft Frau Nguyen.

«Ich auch!», höre ich mich japsen.

«Ja super», schreit Mike «Und jetzt alle – Hampelmann!»

Alle hüpfen auf der Stelle und reißen immer wieder die Arme gen Himmel, was vor allem bei den dicken Frauen mit ihren Hängebrüsten nicht schön aussieht.

Als ich zu Hause aus der Dusche komme, checke ich sofort meinen Instagram-Account und werde nicht enttäuscht.

Das hat vorhin richtig Spaß gemacht mit dir 😉, schreibt mir MissNguyen.

Sie duzt mich! Wenn man sich gegenseitig auf Instagram folgt, dann duzt man sich wahrscheinlich automatisch, also darf ich sie jetzt auch duzen.

Fand ich auch. Und großes Kompliment: Du bist sehr elastisch! 😉 😎

PAS DE PROBLÈME

• • • • •

Ich stehe mit Rain im Regieraum von Frankfurt TV und warte auf das Ende der laufenden Sendung. Pflaumi sitzt hinter seinem Schreibtisch, rückt sich seine dunkelbraune, glatte Langhaarperücke zurecht, wartet auf den nächsten Anrufer und wirkt insgesamt recht gelangweilt. Sein Batikstirnband changiert in verschiedenen Lila- und Grautönen und harmoniert farblich perfekt mit dem schwarzen Seidenhemd.

Auf den Bildschirmen ist eine Telefonnummer eingeblendet, und am unteren Bildrand läuft ein Text in Dauerschleife. *Kosmisches Kartenlegen mit Phillippe – Rufen Sie jetzt an!*

Rain betrachtet die Szenerie mit einem Gesichtsausdruck, als wäre er gerade von Außerirdischen entführt worden und nun im Cockpit des Raumschiffs.

Ich frage mich gerade erneut, wie absolut hirnverbrannt man sein muss, sein hart verdientes Geld für so eine Scheiße auszugeben, da wird auch schon der nächste Anrufer zu Pflaumi ins Studio durchgestellt.

«Allo, hierr iste Phillippe», gurrt dieser mit seinem französischen Akzent und fragt dann idiotisch in die Kamera lächelnd: «Und wer iest dort?»

«Ja. Hier ist die Regina», kommt es unsicher vom anderen Ende der Leitung.

«Allo, Regina. Was kann isch für disch tun?»

«Also, es geht um meinen Mann.»

Pflaumi hat bereits zwei Dutzend mit krakeligen Bildern bemalte Karten vor sich auf den Tisch geklatscht und kurz überflogen.

«Ah», sagt er dann. «Isch se'e ier, du bist ver'eiratet?»

«Genau. Seit zweiundzwanzig Jahren. Und ich wollte jetzt mal wissen, wie das so weitergeht mit uns. Also unsere Kinder …»

«Ah», ruft Pflaumi dazwischen und deutet auf eine beliebige Karte, «ich se'e schon, ihr 'abt mehr wie eine Kind? Vielleischt zwei Kinder?»

«Genau!», ruft die Frau begeistert. «Zwei Kinder haben wir, die sind jetzt aus dem Haus. Und ich wollte fragen, mit mir und meinem Mann …»

«Da iest alles in Ordnung.»

«Wirklich?»

«*Mais oui!* Isch se'e 'ier in die Karten, iest alles in Ordnung, *absolument!*»

«Oh, das ist schön», japst die Anruferin. «Und wie sind so die beruflichen Aussichten, also …»

«Oh, *excusez-moi.* Iemmer nur eine Frage pro Anruf. Wir schauen einmal, wer iest als Nächste in die Leitung. *Alors …*»

«Vielen Dank, Phillippe.»

«Pas de problème, madame.»

Nach der Sendung kommt Pflaumi zu uns in den Regieraum.

«I love Stuttgart?», fragt er mich.

Ich reiße mir die Kappe vom Kopf. «Findest du *das* vielleicht besser?»

«Himmel! Machst du 'ne Chemo?»

«Nein, der Langhaarschneider hat den Geist aufgegeben, und jetzt müssen wir uns auf das Wesentliche konzentrieren!»

Pflaumi reicht Rain die Hand und sagt: «Und du bist also der Freund von der Laura-Michelle», und Rain sagt: «Tachchen!»

Eine halbe Stunde später läuft ein illustres Trio durch das Frankfurter Bahnhofsviertel. Ein übergewichtiger Arbeitsloser mit zu großer Baseballkappe, ein nach wie vor voll kostümierter TV-Wahrsager und ein jugendlicher Chaot mit Dreadlocks.

Das Viertel erwacht mit schwindendem Tageslicht langsam zum Leben. Anzugträger auf dem Heimweg zwischen Obdachlosen mit Hab und Gut in Plastiktüten und verschleierten muslimischen Frauen mit Kinderwagen. Studenten, Touristen, Junkies, Prostituierte, Gestrandete und muskelbepackte Zuhälter. Die nahen Bankenhochhäuser reflektieren die letzten Sonnenstrahlen, die Luft ist warm und staubig. Eine magische Atmosphäre, die mich zu einem farbenfrohen Instagram-Foto animiert. Die Leuchtreklamen der Etablissements heischen nach Aufmerksamkeit, teilweise unterstützt von davorstehendem Personal, das mit den immer gleichen Versprechen hinsichtlich den besten Mädchen und den billigsten Getränken verzweifelt versucht, Gäste zu akquirieren. Happy Hour überall. Nur nicht bei uns.

Ich bin aufgeregt und schwitze nicht nur am Kopf, sondern am ganzen Körper. Verständlicherweise. Wir haben keinen Plan und kein Geld und treffen uns gleich mit einem Drogendealer, und dass Rain unablässig murmelt: «Mann, hab ich ein' Schiss, wir sind so am Arsch», macht die Sache auch nicht besser.

Ausgerechnet jetzt ruft mich Mareike an.

«Hallo, Bärchen.»

«Tachchen», sage ich. Dieses beschissene «Tachchen» ist offenbar ansteckend.

«Alles in Ordnung bei dir?»

«Jaja, alles klar. Bin nur kurz in der Stadt.»

«Ach ja, warum denn?»

Verdammt! Ich muss ein Funkloch simulieren.

«Mareike? Hallo? Ich versteh dich nur noch ganz schlecht … glaube … irgendwie … Verbindung … nicht … bald …»

Rain deutet auf ein kleines Geschäft namens «Bazar Import / Export».

«Da vorne ist es.»

Ohne zu zögern betreten wir den Laden und sehen uns um. Das Angebot ist vielseitig. Es gibt Wasserpfeifen, Einkaufstrolleys, Handys, pfandfreie Getränkedosen, Wanduhren, fluoreszierende Gemälde, Süßwaren und sogar gefütterte Winterstiefel.

Der Laden ist menschenleer bis auf einen sehr alten Mann, der gebeugt hinter dem niedrigen Verkaufstresen sitzt und uns beim Eintreten kurz angeblickt hat.

«Ist Murat da?», fragt Rain den Greis, und dieser nickt kaum merklich.

Rain klopft an die Tür eines Hinterzimmers, und sofort ertönt ein lautes: «Kommst du rrein!»

Hinter einem winzigen Tisch sitzt ein sehr junger Mann südländischer Herkunft. Seine pechschwarzen Haare sind seitlich extrem kurzgeschoren, oben länger und mit Gel fixiert. Er trägt eine auffällige, ebenfalls schwarze Brille und ein weißes, hochgekrempeltes Anzughemd. Er begrüßt Rain mit einer komplizierten Abfolge von Handschlägen, dabei sagt er «Brruda, alles klaa?», blickt kurz zu uns und fragt: «Brruda, wer is Eskorte bei dir? Hast du Bodyguarrd jezz? Gefällt mir garnet, Brruda, dass du fremde Leute bringst in Geschäft.»

«Ja, sorry, Murat, aber das geht schon in Ordnung», antwortet ein sichtlich nervöser Rain mit möglichst fester Stimme. «Der mit der Kappe ist der Vater von meiner Freundin, und der mit dem Stirnband ist sein bester Freund.»

«Du bringst Vadder von dein Freundin mit in Geschäft? Brruda, bist du dumm?» Der junge Mann beäugt uns feindselig. «Außerdem hab ich dein WhatsApp-Nachrischt garnet gerafft. Was meinst du – Prrobleme? Hast du noch nisch alles verrkauft, oder was?»

«Guten Tag», sage ich und schiebe meinen Leib ein Stück nach vorne, «vielleicht kann ich das kurz erklären. Also, das Problem ist, dass das Haschisch gestohlen wurde. Also das ganze Zeug ist weg. Und das Geld haben wir auch nicht. Das ist momentan die Situation.»

«Ist 'ne ganz doofe Situation!», ergänzt Pflaumi.

Der Dealer fixiert uns für einige Sekunden, dann atmet er tief durch und wendet sich wieder an Rain.

«Brruda, was los? Zeug geklaut und kein Geld? Und jetzt du kommst zu mir mit Stuttgart und Pirat von Karibik? Was los mit dir?»

«Es gibt doch bestimmt eine vernünftige Lösung für das Problem», behaupte ich, ohne hierbei allerdings einen echten Vorschlag parat zu haben.

«Klar, gibt verrnünftige Lösung. Gibt immer verrnünftige Lösung. Morgen achtzehn Uhr bringt ihr mir Geld her. Das is verrnünftige Lösung.»

«Sechstausend Euro bis morgen Abend?», fragt Pflaumi.

«Das ist unmöglich», vervollständige ich den Gedanken.

«Nix unmöglich», konstatiert Murat mit bedrohlich ruhiger Stimme. «Isch werrde mit Boss sprechen, und jetzt isch brauch ein Sicherheit.»

Er deutet mit dem Finger auf mich.

«Du! Stuttgart! Isch brauch Foto von dein Perso. Als Sicherheit.»

KRISENSITZUNG

• • • • •

In meiner Wohnung herrscht das blanke Chaos.

Sie glauben mir nicht? Sie denken, ich übertreibe? Nun, dann schauen wir uns meine Wohnsituation an diesem neuen Morgen doch einmal gemeinsam an. Am Küchentisch sitzen die bis zum Bersten schwangere Jehona Krasniqi und meine Frau vor dem geöffneten Laptop. Die Tischplatte ist über und über mit Formularen und Notizen bedeckt. Jehona lehnt sich leicht nach hinten, sodass die von Mareike direkt unterhalb der ebenfalls bis zum Bersten schwangeren Brüste auf der Bluse platzierten Edelsteine nicht herunterrutschen. Durch das Auflegen der Heilsteine sollen vermutlich Stimmungsschwankungen ausgeglichen und die bevorstehende Niederkunft insgesamt erleichtert werden.

Im Flur fährt die älteste Tochter Ermira mit dem Prinzessin-Lillifee-Fahrrad hin und her. Da der Flur zu schmal für ein Wendemanöver ist, muss sie jeweils am Ende des Gangs vom Fahrrad steigen, dieses umdrehen, um dann die circa acht Meter zum anderen Ende zu fahren und diesen Vorgang ohne erkennbare Ermüdung zu wiederholen. Sicherlich wäre es erquicklicher für das Kind, draußen auf dem Bürgersteig zu fahren, aber das hat Familienoberhaupt Fatlum ohne weitere Erklärungen verboten.

Fatlum selber ist wieder einmal im Badezimmer. In meinem und im Übrigen dem einzigen in der Wohnung vorhandenen Badezimmer. Einem Badezimmer ohne Tageslicht und mit einer nur unzureichenden Abluftventilation. Fatlum liebt unser Badezimmer. Manchmal höre ich ihn den jeweiligen Song aus dem Duschradio mitsingen, wenn es der Geräuschpegel in der Wohnung zulässt.

Aus dem abgedunkelten Zimmer von Felix sind Kommandos zu hören. Auch der zehnjährige Tarik ruft ab und zu: «Schieß!», oder: «Schieß in Kopf!», oder: «Handgranate!» Nun, so lernt er wenigstens einige deutsche Begrifflichkeiten, wenn auch vornehmlich aus dem militärischen Bereich.

Im Wohnzimmer sitzen die fünfjährige Fatime und die noch jüngere Ardita auf dem Fußboden und spielen mit den restlichen Edelsteinen aus Mareikes Edelstein-Starterset eine Art Murmelspiel, während nebenbei der Fernseher plärrt. Es läuft wie tagsüber fast immer und auf allen Programmen *Berlin Tag & Nacht* oder irgendetwas, das aussieht wie *Berlin Tag & Nacht*. Eben asoziale Laiendarsteller mit dem Smartphone gefilmt.

Aus Schnuffis Zimmer ertönt das dumpfe Gewummer einer Band aus dem musikalischen Bereich Emo-Hardcore, und außerdem höre ich Schnuffi. Sie stöhnt. Sie stöhnt laut, und somit wird in diesem Moment der größte Albtraum eines jeden Vaters wahr, denn offenbar höre ich meiner vierzehnjährigen Tochter gerade beim Sex zu. Vor meinem geistigen Auge entstehen Bilder, die ich niemals sehen wollte. Zwei schwitzende, wollüstige Körper, die sich in völliger Ekstase vereinen. Es ist grauenhaft. Schnuffi schreit auf, der Schrei klingt schmerzerfüllt. Augenblicklich rast mein Puls, und ich schlage mit der Faust gegen die Tür.

«Schnuffi? Laura? Laura-Michelle?»

Die Musik wird leiser gedreht.

«Alter, was los?», ruft sie dann.

«Das würde ich auch gerne wissen, was da bei euch los ist. Laura, im Ernst, ich trete die Tür ein, wenn ihr nicht sofort aufmacht!»

«Is doch gar nicht abgeschlossen.»

Als ich das Zimmer betrete, sitzt meine Tochter im Schneidersitz auf dem Bett, Rain hat sich über sie gebeugt und hantiert mit Utensilien aus Edelstahl und diversen spiralförmigen Metallstäben an ihrem Ohrläppchen herum.

«Was bitte macht ihr da?», möchte ich wissen.

«Keine Sorge», erklärt Rain, «nur Ohrlochdehnen.»

«Was bitte?»

«Wir dehnen nur meine Ohrlöcher, okay?», erklärt Laura-Michelle in genervtem Tonfall, also im üblichen Tonfall. «Das tut halt ein bisschen weh.»

«Aber … warum?», will ich wissen.

«Ich will endlich einen Flesh Tunnel!»

«Flesh Tunnel?»

«Alter, wo man dann so durchschauen kann, durch das Ohrläppchen.»

Zunächst bin ich beruhigt, doch dann wird mir bewusst, dass wir doch vor kurzem überhaupt erst erlaubt haben, dass sie sich Ohrlöcher stechen lässt! Und dann trug sie voller Stolz diese kleinen, silbernen Delphin-Ohrringe.

«Ey, sogar mein Mathelehrer hat ein Flesh Plug. Außerdem sind das ja wohl meine Ohrläppchen», verteidigt sie die willentlich durchgeführte Selbstverstümmelung.

Ich überlege kurz, doch mir fällt keine ausführliche Antwort ein, daher sage ich einfach: «Nein, sind es nicht!»

Wie gesagt: In meiner Wohnung herrscht das blanke Chaos.

Und in meinem Kopf auch. Beispielsweise zermartere ich mir das Gehirn, wie Rain bis heute Abend möglichst viel Geld zusammenkratzen könnte und was ich als Beitrag dazu leisten kann und bereit bin zu leisten. Außerdem frage ich mich, ob ich MissNguyen noch mal auf Instagram schreiben soll, die Höflichkeit gebietet es förmlich, auch wenn ich mich hier auf einem schmalen Grat bewege zwischen den ausgetrockneten Verpflichtungen meines ehelichen Gummibaums und den taufrischen Verlockungen der asiatischen Mandelblüte. Des weiteren ist es mir unbegreiflich, wie lange es dauern kann, bis ein Langhaarschneider wieder aufgeladen ist. Ich habe mich fast schon an die Baseballkappe gewöhnt.

Nachdem Mareike mit den Krasniqis zwecks Aufsuchung diverser Ämter die Wohnung verlassen hat, berufe ich aufgrund des dringenden Handlungsbedarfs eine Krisensitzung ein und laufe zum Geldautomaten. Eine gute Stunde später versammeln sich Pflaumi, Rain, Schnuffi und ich uns an unserem Küchentisch.

Rain knabbert nervös an einem Rastazopf, und Schnuffi schmiegt sich liebevoll an ihn.

«Okay», rufe ich in die Runde, «jetzt lasst uns doch mal schauen, wie viel Geld wir so auf die Schnelle zusammenbekommen.»

«Ich kann momentan leider gar nix beisteuern!», erklärt Pflaumi mit schuldbewusster Miene.

Rain kramt in seiner ausgebeulten Hosentasche und legt dann einige Münzen und verkrumpelte Geldscheine vor sich ab. «Zweihundertachtunddreißig Euro», sagt er leise. «Hab meine Gitarre verkauft, und mehr hab ich nicht.»

Schnuffi zieht einen Briefumschlag hervor, legt ihn dazu und sagt: «Ich habe genau zweihundertvierundvierzig. Mein Sparschwein.»

Auch ich zücke meine Brieftasche und zähle einige Geldscheine auf den Tisch. «Achthundertfünfzig. Mehr gibt der Geldautomat nicht mehr raus. Ich bin aber am Kreditlimit. Macht zusammen ... 1332 Euro.»

«Voll spendabel von dir, Daddy. Echt elitär», sagt Laura-Michelle und lächelt mich sogar an, und ich lächle zurück. Das findet sie allerdings doof, denn sie sagt: «Hör mal auf, mich anzulächeln!», und tippt eine Nachricht in ihr Handy.

«1332 Euro? Das reicht aber nicht!», ruft Rain weinerlich.

Plötzlich steht Felix in der Küche. Er legt diverse zerknitterte Banknoten vor mich auf die Tischplatte. Dann schlurft er zum Kühlschrank, reißt eine Dose Flying Power auf und nuschelt zwischen zwei Schlucken: «Ich brauch's ja eh nicht.»

«Woher weißt du denn von der ganzen Geschichte?», frage ich ihn, während er schon wieder hinausgeht.

«Laura-Michelle hat's mir erzählt», antwortet Felix, dann zieht er sich seine Kopfhörermütze über die Ohren und verschwindet wieder in seinem Zimmer.

Ich bin völlig perplex.

Die beiden Geschwister scheinen zu kommunizieren.

Ich meine abgesehen davon, sich gegenseitig als behindert zu bezeichnen, scheinen sie tatsächlich vernünftig miteinander zu reden. Und mein Sohn Felix zeigt empathisches Verhalten. Ich bin für einen kurzen Augenblick tief gerührt.

«Okay, Leute, wir haben also gut 1500 Euro. Das muss fürs Erste reichen!»

Um acht Euro muss ich die gesammelten Geldreserven allerdings noch schmälern, da mir mittlerweile klar ist, dass der Langhaarschneider nicht mehr zu laden ist, weshalb ich mich in die geübten Hände des günstigen Acht-Euro-Friseurs um die Ecke begebe.

Nachdem dieser innerhalb von zwei Minuten meinen Schädel vollständig rasiert hat, was einem Stundenlohn von zweihundertvierzig Euro entspricht, muss ich feststellen, dass mir eine Glatze nicht steht. Ich sehe überhaupt nicht aus wie Bruce Willis. Ich sehe nicht mal aus wie ein dicker Bruce Willis.

IM GRUNDE GANZ NETTE LEUTE

• • • • •

«Albanische Mafia?», frage ich ungläubig und schiebe meine als momentan beste Frisuralternative liebgewonnene Baseballkappe etwas nach oben, während wir erneut durch die Straßen des Frankfurter Bahnhofsviertels laufen.

«Irgendwie schon, glaube ich», sagt Rain. «Also zumindest ein Ableger davon.»

Ich muss eine Weile darüber nachdenken, doch mein Gehirn scheint in einer Art Panikreaktion den Dienst zu verweigern.

«Das muss jetzt per se erst mal nix Schlechtes heißen», erklärt Pflaumi aufmunternd. Pflaumi hat auch heute wieder sein Wahrsager-Outfit an. Langhaarperücke, Batikstirnband, Seidenhemd. Um bei den Drogendealern keine zusätzliche Verwirrung zu stiften, wie er mit schlau hochgezogenen Augenbrauen erklärte.

«Nix Schlechtes heißen? Wie meinst du das denn, bitte?», frage ich.

«Na ja. Mafia … Das hört sich natürlich erst mal krass an. Aber im Endeffekt hat man da sicherlich einfach nur irgendwelche dümmlichen Klischeevorstellungen im Kopf. Abgeschnittene Ohren oder Pferdeköpfe im Bett oder Schuhe aus Beton.»

«So detailliert habe ich jetzt gar nicht darüber nachgedacht, aber vielen Dank für die schönen Bilder im Kopf!»

«Alles Klischees, Tobi. In Wirklichkeit sind das doch vollkommen normale Leute. Geschäftsleute halt. Geschäftsleute, die sich dem Vertrieb von Waren und Dienstleistungen widmen, die von staatlichen Institutionen oder von privaten Unternehmen aufgrund sittlicher Fragwürdigkeit oder schlichtweg Illegalität nicht angeboten werden können.»

«Kurz gesagt: Verbrecher», konstatiere ich.

«Ja, sicher. Einerseits schon. Andererseits besteht bei der Bevölkerung neben Brot, Käse und einer funktionierenden Müllabfuhr eben auch ein großer Bedarf an Drogen, Waffen und Prostituierten. Und um diese Versorgungslücke zu schließen, springt hier die Mafia ein. Wobei der Vollständigkeit halber noch die Bereiche Kraftfahrzeugdiebstahl, Geldwäsche und illegaler Organhandel erwähnt werden sollten.»

«Sag mal, worauf willst du eigentlich hinaus?», frage ich Pflaumi und bleibe vor dem Eingang eines Bordells stehen.

«Ich möchte nur ein Bewusstsein für die vorliegende Situation schaffen», entgegnet Pflaumi, «und dass wir es durch die Vergegenwärtigung der Sachlage schaffen, das Ganze nicht zu emotional zu sehen und positiv zu denken, okay? Nimm beispielsweise nur mal deine Flüchtlinge. Das sind doch auch Albaner. Und die sind doch voll nett, oder etwa nicht?»

«Also erstens: Das sind nicht *meine* Flüchtlinge. Und zweitens: Ja, es sind sehr herzliche Menschen. Und drittens: Du laberst gerade absoluten Schwachsinn.»

«Ich bin verdammt aufgeregt!», rechtfertigt sich Pflaumi.

Ich schüttele missmutig den Kopf. «Und ich für meinen Teil bin mir ziemlich sicher, dass auch die nettesten Albaner ganz schön fuchsig werden können, wenn es ums Geld geht, vor allem, wenn es sich um Angehörige der albanischen Mafia handelt.»

«Alter, ich glaube, dass das im Grunde nur Grasdealer sind», erklärt Rain.

Obwohl Pflaumi noch einige Worthülsen über positives Denken in seinen Bart nuschelt, ist die Stimmungslage recht angespannt, als Rain, Pflaumi und ich auf die Minute pünktlich das Hinterzimmer des «Bazar Import / Export» betreten.

Ich erblicke mehrere Personen.

Im Hintergrund steht Murat mit gelfixierten Haaren im

hochgekrempelten Anzughemd. Er begrüßt Rain mit einem Kopfnicken. Neben ihm stehen zwei ebenfalls noch sehr junge, aber dennoch erstaunlich breit gebaute Männer ebenfalls südländischer Herkunft, die trotz der diffusen Beleuchtung dem gängigen Klischee entsprechend Sonnenbrillen tragen.

Hinter dem Tisch sitzt ein leicht übergewichtiger Mann im hellgrauen Anzug, der mich mit wachsamen Augen beobachtet und dabei lächelt. Er trägt einen gepflegten Vollbart und ist ein paar Jahre älter als seine Mitstreiter.

Ich kenne mich in den hierarchischen Strukturen krimineller Organisationen nicht gut aus, aber aus der Anordnung der Personen schließe ich, dass es sich um den Chef des Unternehmens handelt.

«Guten Abend, Mister Werner», eröffnet der Mann im grauen Anzug immer noch lächelnd und überraschenderweise quasi akzentfrei das Gespräch, und ich finde es sehr unangenehm, dass er meinen Namen kennt.

«Guten Abend, Herr … wie war noch gleich Ihr Name?», frage ich und hoffe, dass das ängstliche Timbre meiner Stimme nicht allzu deutlich vernehmbar ist.

«Mein Name ist nicht so wichtig. Wie sagt man in Deutschland: Namen sind Schall und Rauch. Aber wenn du magst, kannst du mich Mikki nennen. Viel wichtiger aber ist, dass ich deinen Namen kenne.»

Er glättet mit Daumen und Zeigefinger der linken Hand seinen Bart, dann fragt er ohne weitere Umschweife: «Ihr habt das Geld dabei, hoffe ich?»

«Jawohl», antworte ich, «einen Teil des Geldes haben wir dabei!»

Ich ziehe den schweißnassen Briefumschlag aus meiner Hosentasche und lege ihn vorsichtig auf dem Tisch ab.

Der Mann blickt eine ganze Weile auf das Kuvert, dann legt er seinen Zeigefinger darauf und fragt: «Einen Teil, sagst du? Wie groß ist der Teil?»

«Ähhh …», sage ich, «fünfzehnhundert», und nicke aufmunternd, und Pflaumi ergänzt: «Eintausendfünfhundertvierundachtzig, um genau zu sein. Wie besprochen!»

Ein langes Schweigen breitet sich aus.

Lediglich das Geräusch des auf den Briefumschlag pochenden Zeigefingers ist zu hören.

«Besprochen?», fragt Mikki dann. «Mit wem habt ihr das besprochen?»

Er lächelt noch immer, was ich sehr irritierend finde.

«Nun, äh», sagt Pflaumi, «wir … haben … das … besprochen, also, äh, intern haben wir das so besprochen, dass wir erst mal einen Teil zurückzahlen …»

Auf ein Zeichen hin treten die beiden Bodyguards einen Schritt vor.

Es ist nur eine kleine Bewegung, aber die unverkennbare Andeutung der Gewaltbereitschaft ist zu viel für mich. Mir laufen Sturzbäche von Schweiß über die Stirn.

«Bitte!», flehe ich. «Wir werden doch eine einvernehmliche Regelung für das Problem finden, oder? Wir sind wirklich bemüht, das kleine Malheur ohne große Umstände aus der Welt zu schaffen.»

Die beiden Gorillas kommen einen weiteren Schritt näher, einer der beiden fingert einen Schlagring aus der Innentasche seiner Lederjacke. Die bevorstehende Eskalation der Situation ist nun mit Händen greifbar, da reißt mir Pflaumi die *I-love-Stuttgart*-Baseballkappe vom Kopf und ruft: «Bitte! Jungs! Im Namen der Menschlichkeit! Der Mann ist schwer krank.»

Ich blicke Pflaumi verwirrt an, doch Mikki hebt eine Hand in die Höhe und fixiert mich eine Weile mit eiskaltem Blick, bevor seine Züge etwas weicher werden.

«Das tut mir leid», sagt er, und die beiden muskulösen Anzugträger entspannen sich. «Ist es …?»

«Krebs. Leider», seufzt Pflaumi.

«Eine schlimme Krankheit», erklärt Mikki bedächtig. «Mein Onkel ist an Krebs gestorben.»

Er nickt andachtsvoll mit dem Kopf, dann fragt er: «Was für Krebs hast du?»

«Hautkrebs», sage ich, und Pflaumi im selben Moment: «Hodenkrebs.»

Mikki blickt uns abwechselnd an.

«Also, es ist so», stammle ich, «es ist Haut…hoden…krebs.»

«Genau!», springt Pflaumi mir zur Seite.

«Also Krebs an der Haut vom Hoden», fahre ich fort. «Nur die Hodenhaut ist betroffen. Sehr selten, das Ganze, aber echt schlimm.»

Der Faustschlag trifft mich mitten in die Magengrube, und noch bevor ich mir stöhnend die Hände auf den Bauch pressen kann, kassiere ich eine kraftvolle Ohrfeige. Auch Pflaumi fängt sich einen satten Schwinger, gefolgt von einer trockenen Backpfeife, ein, und Rain ruft: «Hey, Leute! Gewalt ist keine Lösung. One Love, Leute! One Love!», bevor auch er einen Boxhieb einstecken muss.

Mir klingeln die Ohren. Wir blicken uns panisch um.

Mikki hat sich erhoben und beugt sich über den Tisch.

«Ich erkläre euch jetzt das Prozedere. Also hört gut zu, ich erkläre es nur einmal», sagt er mit gewohnt ruhiger Stimme. «Erstens: Ihr habt genau zwei Tage Zeit, um mein Geld zu besorgen. Zweitens: Der Geldbetrag, den ihr uns schuldet, hat sich um einhundert Prozent auf zwölftausend Euro erhöht.»

«Was?», rufen Pflaumi, Rain und ich wie aus einem Mund.

«Inflation, Zinsen, Schadenersatz, Strafgebühr und so weiter», erklärt Mikki, «und drittens: Wenn ihr mir in zwei Tagen, genauer gesagt bis übermorgen Mittag um zwölf Uhr, das Geld nicht überbracht habt, oder wenn ihr die Polizei informiert, dann werdet ihr das bitter bereuen.»

Er hält mir sein Smartphone vor das Gesicht. Es läuft ein YouTube-Video. Ein Haartutorial. Ich höre Schnuffis Stimme.

«Dann teilt ihr die Haare in drei gleich große Strähnen, und dann legt ihr eine der äußeren Strähnen einmal über die mittlere Strähne. Achtet darauf, dass ihr die Strähnen dabei schön fixiert und jetzt …»

In diesem Moment ist eine enorme Eruktation zu vernehmen, die den Lautsprecher des Smartphones kurzzeitig überstrapaziert und zu einer Pegelverzerrung führt.

«Warst *du* das?», flüstert mir Pflaumi mit schmerzerfüllter Stimme zu.

«Was denn?», flüstere ich schwer atmend zurück.

«Hast du mitten in dem Haartutorial gerülpst?»

«Was für eine süße Tochter du hast», unterbricht uns Mikki. «Und wie schön sie ihre Haare flechten kann. Es wäre doch sehr schade, wenn man ihr alle Haare abschneiden würde, oder? Und wer weiß, ob es bei den Haaren bleiben würde.»

«Das ist ja wohl nicht Ihr Ernst», rufe ich in einem Anfall väterlicher Furchtlosigkeit. «Wenn hier irgendjemandem die Haare abgeschnitten werden, dann ja wohl dem hier!»

Ich deute auf Rain, der mich mit blutender Nase entrüstet anblickt.

Leider führt mein aufmüpfiges Verhalten dazu, dass erneut eines der sonnenbebrillten Türsteher-Abziehbilder vortritt und mein eventuelles Ohrfeigendefizit tatkräftig ausgleicht.

Mikki schiebt den Briefumschlag zu mir zurück.

«Die paar Kröten könnt ihr behalten, und wir zeigen euch jetzt, wie ernst wir das meinen», erklärt er dabei seelenruhig. «Murat!»

Der Angesprochene geht zu einer Vitrine, und kurz darauf landen drei verschweißte Plastikverpackungen vor uns auf dem Boden.

Hasenkostüm XL, rosa, unisex ist auf dem Etikett zu lesen.

«In diese Stadt verarrscht uns keinerr», ruft Murat. «Und jetzt zieht eusch aus, ihrr Opfer. Rrunter mit Klamotten bis auf Unterrhose, und dann rein in Hasenkostüm!»

Wir entkleiden uns zittrig und ziehen die Hasenkostüme an.

«Was soll das alles?», flüstert Pflaumi in seinen Bart.

«Wir sind am Arsch», flüstert Rain zurück.

«Ich wäre jetzt gerne eine Schnappkieferameise», flüstere ich, um auch etwas zu sagen.

«Was?», flüstert Pflaumi.

«Ach, vergiss es», murmle ich.

«Halt dein Frresse!», brüllt Murat, und gleichzeitig trifft mich ein Faustschlag an der Schläfe.

Schnappkieferameisen sind in der Lage, ihre Kiefer derart schnell zu öffnen, dass sie sich mit Hilfe dieses Klappmechanismus und bei einem Eigengewicht von rund drei Milligramm bis zu vierzig Zentimeter von einem potenziellen Gegner wegkatapultieren können.

Meine Knie werden weich, ich sacke zusammen.

Legt man nun mein Körpergewicht zugrunde, dann könnte ich mich – wenn ich also eine 103 Kilogramm schwere Schnappkieferameise wäre – gut 13 700 Kilometer durch die Luft schleudern. Beispielsweise bis nach Darwin in Australien. Zumindest, wenn man Parameter wie Luftwiderstand, Trägheit der Masse und einige weitere physikalische und biologische Spitzfindigkeiten außer Acht lässt. Natürlich wäre es auch sinnvoll, wenn ich mich bei der Aktivierung meines Kieferkatapults nicht in einem geschlossenen Raum befinden würde.

Dann verliere ich das Bewusstsein.

Als ich mit einem gewaltigen Schlag gegen die Innenverkleidung des Laderaums eines fahrenden Kleintransporters geschleudert werde, komme ich wieder zu mir. Das Fahrzeug beschreibt mit aufheulendem Motor eine Rechtskurve, und während ich gegen die linke Seitenwand pralle, höre ich unter mir die Reifen quietschen. Pflaumi prallt gegen mich, und Rain stöhnt.

Der Transporter kommt mit einer Vollbremsung zum Stehen. Die Türen des Laderaums werden aufgerissen, und Mikkis Schläger packen uns und ziehen uns hinaus auf den glatten Betonboden. Mit ihren grobschlächtigen Händen reißen sie uns energisch nach oben. Dann schubsen sie uns vor sich her, den langen Gang entlang, ein paar Stufen hinauf, auf die gleißend hell erleuchtete Rasenfläche.

Wir stolpern orientierungslos über den Platz, dann brechen wir zusammen.

Auf steil ansteigenden Rängen und Tribünen entdecke ich die Menschenmassen, höre das Johlen und Schreien, das rhythmische Klatschen. Aus riesigen Lautsprecherboxen wummern gnadenlose Technobeats, und ich werde geblendet von Scheinwerfern, die heller strahlen als hundert Sonnen.

MEIN NAME IST HASE

• • • • •

«Verpisst euch, ihr Vollidioten!»

Um uns herum hüpfen Hunderte von Menschen mit herausgestreckten Hintern auf kleinen Trampolinen herum. Um eine gewisse Stabilität zu gewährleisten und um das enorme Tempo aufrechterhalten zu können, klammern sie sich dabei an einer vorne am Trampolin angebrachten Querstange fest, einem Fahrradlenker nicht unähnlich.

«Wie bitte?», rufe ich der Frau in Sportkleidung zu, die mich gerade angeschrien hat.

«Verpisst euch, ihr Vollidioten!», wiederholt diese.

Wir rappeln uns auf und halten uns aneinander fest. Auf der kompletten Rasenfläche werden unterschiedlichste Sportkurse abgehalten. Überall hüpfen, treten, tanzen oder boxen Menschen zum rasend schnellen Takt der Musik.

«Wir sind im Waldstadion», staunt Pflaumi, der nun auch den gigantischen Videowürfel hoch über dem Spielfeld des Frankfurter Fußballstadions entdeckt.

«Beim ‹World Fitness Day›», ergänzt Rain.

Pflaumi hat Nasenbluten, Rain ein blaues Auge. Ich ertaste meine geschwollene Unterlippe und verspüre starke Schmerzen rechts am Rumpf. Vermutlich ist eine Rippe gebrochen. Mann, was für ein Schlamassel. Und das alles nur wegen … wegen dem Freund meiner Tochter! Nur wegen diesem Rastafari-Schwachkopf! Ich spüre, wie eine unsägliche Wut in mir aufsteigt. Und wieder einmal entscheidet mein Gehirn vollkommen selbständig, dass die Dinge nicht mehr auszuhalten sind und dass der Zeitpunkt für einen cholerischen Anfall gekommen ist.

Ich stürze mich auf Rain.

«Du Arschloch!»

Wir rollen über den Rasen. Die Rippenschmerzen sind mir egal. Pflaumi drängt sich zwischen uns, ohne uns trennen zu können, sodass wir ein riesiges, rosafarbenes Knäuel bilden – drei mannsgroße, rosafarbene Hasen, die sich prügeln.

«Tobias? Bist du das?»

Ich blicke nach oben. Ein Schlappohr hängt mir vors Gesicht. Ich klappe es nach hinten.

«Mike? Was machst du denn hier?»

Ich lasse von Rain ab und glotze meinen Personal Trainer an.

«Ich leite den Power-Spinning-Kurs dahinten. Und du? Was machst du hier?»

«Ich, ähm … nix weiter. Wir ziehen so um die Häuser, weißt du?»

Mike betrachtet uns nur schweigend. Dann bringt er uns zwecks Erstversorgung unserer Blessuren zur Erste-Hilfe-Station. Anschließend werden wir von Security-Mitarbeitern rüde des Geländes verwiesen.

«Und jetzt?», fragt Pflaumi.

«Keine Ahnung?», sage ich.

«Vielleicht könnte Mareike uns abholen?»

«Bist du verrückt? Mareike weiß von gar nix!»

Wir laufen schweigend am staubigen Straßenrand der B 44 in Richtung Innenstadt und werfen im Licht der tiefstehenden Sonne lange Schatten. Fast jedes Auto hupt uns im Vorbeifahren an.

Wie es sich für einen guten Wirt geziemt, verliert Haidadai kein Wort über unsere Aufmachung, als wir eine gute halbe Stunde später seine Kneipe betreten. Vielmehr stellt er ungefragt drei große Bier vor uns auf den Tresen der zum Glück fast menschenleeren Kaschemme. Ich fahre mir mit den Händen über meinen rasierten Schädel und stelle enttäuscht fest, dass meine *I-love-Stuttgart*-Baseballkappe nicht mehr da ist.

«Wenigstens das Geld und unsere Smartphones haben wir noch», versucht sich Rain an einer Aufmunterung.

«Halt die Fresse!», brülle ich ihn an.

«Hey, Tobi, das bringt doch jetzt nichts», wendet Pflaumi ein, doch ich überhöre ihn einfach.

«Wegen diesem kleinen Arschloch muss ich in einem Hasenkostüm durch die halbe Stadt laufen, habe Stress mit der Drogenmafia und wurde zusammengeschlagen!», rufe ich halb hysterisch, während Haidadai betont gleichgültig Gläser spült und den bereits auf Hochglanz polierten Tresen erneut wischt.

Aber ich bin noch nicht fertig. «Zusammengeschlagen! Wisst ihr, wann ich das letzte Mal zusammengeschlagen wurde? Noch nie! Ich wurde noch nie zusammengeschlagen! Ich bin nämlich kein Schlägertyp, falls ihr es noch nicht bemerkt habt. Ein einziges Mal, als ich sechs Jahre alt war, hat mir mein Schulkamerad Holger Knöchel in die Eier getreten. Und das war aus Versehen. Beim Fußballspielen!»

Wütende Spuckefäden fliegen aus meinem Mund. «Aber das Allerschlimmste ist, dass dieser Wichser angedeutet hat, sich an Laura-Michelle zu vergreifen!»

«Musstest du diesem Murat denn auch unbedingt deinen Ausweis geben?», fragt Pflaumi.

«Ja, das hat der schließlich verlangt. Als Sicherheit. Sonst wären wir da doch gar nicht mehr weggekommen», erkläre ich.

«Aber jetzt hat er deine Adresse.»

«Ja, meinst du, das weiß ich nicht?», brülle ich.

Dann herrscht eine beachtliche Weile absolute Stille, lediglich unterbrochen vom Klirren der Gläser in der Spüle. Als Haidadai die leeren Biergläser gegen volle tauscht, habe ich mich ein wenig beruhigt.

Pflaumi ergreift als Erster das Wort.

«Das war eine Machtdemonstration. Die können uns in Hasenkostüme stecken und uns während einer Großveranstaltung mitten aufs Spielfeld vom Waldstadion bringen. Die Botschaft ist klar: Wenn sie das können, können sie auch ganz andere Dinge machen.»

«Aber das sind ja noch halbe Kinder!», entgegne ich. «Dieser Murat kann sich doch mit einem Waschlappen rasieren, der hat nicht mal Bartwuchs. Und wie alt wird dieser Mikki sein? Anfang dreißig vielleicht.»

In diesem Moment klingelt mein Smartphone.

Es ist Mareike.

«Hallo, Schatz», flöte ich und überlege, ob ich erneut die Funkloch-Nummer durchziehen soll, entscheide mich aber dagegen.

«Sag mal, wo bist du? Ich komme mit den Krasniqis nach Hause, du bist nicht da, und Laura-Michelle liegt wie ein Häufchen Elend auf dem Sofa.»

«Wir sind in der Kaschemme. Also der Pflaumi, der Rain und ich. Männerabend», antworte ich im Wesentlichen wahrheitsgemäß.

Mareike atmet kurz durch, dann sagt sie: «Du, Bärchen, das finde ich jetzt echt ganz toll von dir, dass du endlich über deinen Schatten springst und dem Jungen eine Chance gibst.»

«Genau! Darum geht's. Ich möchte den ersten Freund meiner Tochter besser kennenlernen, und was wäre dafür geeigneter als ein gemeinsamer Abend in der Stammkneipe, oder, Rain?»

Ich halte das Telefon in seine Richtung, zeige ihm meine Faust und mache ein aggressives Gesicht.

«Ist toll hier», ruft Rain, während er sich einen mit Eis gefüllten Hundescheißebeutel zwecks Schmerzlinderung ins Gesicht drückt, «echt ein dufter Abend, Frau Werner.»

«Siehst du? Bei uns ist alles in Ordnung.»

«Na gut.»

«Es kann natürlich ein bisschen später werden.»

«Kein Problem. Hier läuft's ansonsten auch bestens. Fatlum hat einen Arbeitsvertrag als Krankenpfleger beim städtischen Klinikum. Zwar zunächst befristet auf ein Jahr, aber das ist ja heute leider fast normal. Aber spät wird's bei uns nicht, ich bin hundemüde und geh gleich ins Bett.»

Das passt mir sehr gut, denn ich möchte meine Wohnung erst betreten, wenn alle schlafen. Wenn die Luft rein ist, ich heimlich das Hasenkostüm entsorgen und mir frische Wäsche anziehen kann.

Hinsichtlich meiner Blessuren im Gesicht muss ich mir noch etwas einfallen lassen.

Ein Sturz im Treppenhaus vielleicht? Oder bin ich von einem Auto angefahren worden? Der Fahrer hat Fahrerflucht begangen, und ich habe das Nummernschild nicht erkannt?

Ich beschließe das Problem zu vertagen und wende mich dem nächsten Bier zu, das Haidadai ungefragt vor uns hinstellt.

Stunden später drehe ich vorsichtig den Schlüssel im Schloss meiner Wohnungstür und horche in die Wohnung. Es ist totenstill. Mittels der Taschenlampenfunktion meines Telefons leuchte ich den dunklen Wohnungsflur aus, schleiche behutsam Richtung Küche und betätige den Lichtschalter.

Mit einem kurzen Aufschrei fahre ich zusammen.

Am Küchentisch sitzt Mareike.

Sie blickt mich durch tränenverschleierte Augen an.

«Laura-Michelle hat mir alles erzählt», schnieft sie. «Ich habe schon geschlafen, bin dann aber wieder aufgewacht, weil Laura-Michelle irgendwelche Sachen vom Balkon geschmissen hat. Laura-Michelle hat mir auch deinen Instagram-Account gezeigt.»

«O Scheiße», sage ich und lasse mich mit wippenden Ohren am Küchentisch nieder.

Ich öffne den Mund, um etwas zu sagen. Aber Mareike kommt mir zuvor. Was sie mir zu sagen hat, dauert nur eine Minute. Und eine weitere Minute dauert es, bis ich begriffen habe, was Mareike zu mir gesagt hat.

Als ich kurz darauf neu bekleidet und mit einer Sporttasche voller Habseligkeiten durch den Flur laufe, erblicke ich die kleine, antike Kommode – eines der ersten Möbelstücke, die Mareike und ich vor Jahren gemeinsam angeschafft haben. Ich öffne die Schublade und greife mir den Schlüssel vom Wohnmobil meiner Schwiegereltern. Als kostenfreie Übernachtungsmöglichkeit fällt mir gerade nichts Besseres ein. Übernachtungen in Pflaumis Junggesellenwohnung sind nicht zumutbar, auch weil er direkt über einem kambodschanischen Schnellrestaurant wohnt und ich abgesehen von dem Gestank immer den Eindruck habe, hinter seinen Wänden müsse eine Schabenkolonie wohnen.

Der Camper hingegen ist durchaus bewohnbar. Meine Schwiegereltern sind für ein paar Tage ins Elsass gefahren, um Wein zu kaufen. Wie jedes Jahr ein halbes Dutzend Kisten Literflaschen mit Schraubverschluss.

Ich verlasse meine Wohnung und laufe desillusioniert den Bürgersteig entlang, da erblicke ich Rain, der im Hasenkostüm auf seinem Skateboard hockt und sich an den Fabia lehnt. Sein Rucksack liegt vor ihm auf dem Boden.

«Was machst du hier?», frage ich.

«Laura-Michelle hat Schluss gemacht.»

«Wieso das denn?»

«Ich habe vorhin mit ihr telefoniert. Als ich ihr erzählt habe, wie das heute gelaufen ist, da hat sie nur noch geheult und gesagt, dass ihr das alles zu viel wird und sie jetzt Zeit für sich braucht, zum Nachdenken. Dann hat sie mir meine Sachen vom Balkon runtergeworfen.»

«Und warum gehst du nicht nach Hause?»

Rain lässt seinen rastazopfgepufferten Hinterkopf gegen den Kotflügel fallen.

«Ich hab kein Zuhause.»

Dann fängt er an zu heulen.

TAPETENWECHSEL

• • • • •

Ich wusste nicht, dass ich die Einstellungen bei meinem Instagram-Account so gewählt habe, dass jedermann und vor allem jedefrau meine dort geführten Dialoge mitlesen kann. Ich hätte in den Einstellungen eventuell den Button «Privates Konto» anklicken oder zumindest die Möglichkeit der privaten Nachrichten wählen oder bestenfalls ganz auf digitale Kommunikation auf meinem Instagram-Account verzichten sollen.

Doch da ich all dies nicht getan habe, wohne ich jetzt neben dem vollgeschissenen Ententeich im Wohnmobil meiner Schwiegereltern. Nachdem Mareike mich vorhin rausgeschmissen hat, weil sie «Zeit zum Nachdenken braucht».

Was Mareike vor allem erbost hat, war gar nicht, dass ich mich mit Drogendealern eingelassen habe, schließlich habe ich das ja nur getan, weil ich Rain helfen wollte. Aber dass ich es vor ihr geheim halten wollte, wie vorher schon den Verlust meines Jobs, unsere prekäre finanzielle Situation und meine offensichtliche Lebenskrise – das alles zusammengenommen habe ihr gezeigt, so ihre Worte am Küchentisch, dass zwischen uns kein Vertrauen mehr bestehe, dass wir uns auseinandergelebt hätten. Und doch wäre all dies womöglich noch kein Grund, nicht zu versuchen, gemeinsam an der Wiederherstellung des Vertrauensverhältnisses zu arbeiten, schließlich habe man sich ja mal geliebt. Aber eine Sache sei unverzeihlich. Nämlich die schändliche Tatsache, dass ich offenbar ein Verhältnis mit der Klassenlehrerin von Laura-Michelle habe. Schändlich und unter aller Würde.

Als ich dies vehement bestritt, fragte mich Mareike, wie man den Instagram-Dialog «*Das hat vorhin richtig Spaß gemacht mit dir.*» – «*Fand ich auch. Und großes Kompliment: Du bist sehr elastisch!*» bitte schön anders verstehen solle. Und als ich ihr erklärte, dass es dabei um gemeinsames Walken gegangen sei, hat sie eine Handvoll Ültje-Erdnüsse (ungesalzen) nach mir geworfen.

Das hat nicht besonders weh getan, die Symbolkraft dieses Angriffs war aber umso niederschmetternder. Noch niemals zuvor hatte sich Mareike mir gegenüber in einer ernst zu nehmenden Weise aggressiv verhalten, noch nicht einmal verbal, geschweige denn durch Handgreiflichkeiten. So wog jede einzelne ungesalzene Ültje-Erdnuss, die mich traf, schwerer als ein Wackerstein.

Mareike besteht also auf einer zeitlichen und räumlichen Trennung, um nachzudenken und mit sich ins Reine zu kommen und sich selbst wiederzufinden, und vielleicht könnten wir dann auch wieder zueinanderfinden, in welcher Form auch immer.

Ich sitze auf einem der weißen Plastikstühle unter der Pergola. Es ist kurz vor Mitternacht. In den umliegenden Wohnmobilen sind die Lichter bereits erloschen. Viele wirken gar nicht bewohnt. Ich habe mir eine Flasche Grüner Veltliner aus Peters Weinreservoir geborgt und trinke aus einem Kaffeebecher mit der Aufschrift *Beste Oma der Welt*, während über mir eine große Passagiermaschine mit aufheulenden Turbinen zur Landung ansetzt.

Es riecht ganz leicht nach Entenscheiße und deutlich intensiver nach Marihuana.

Rain reicht mir den Joint herüber. Das Zeug ist so verdammt gut, es zieht einem fast die Schuhe aus, verdammte Hacke.

Ach ja, das habe ich ganz vergessen: Rain wohnt jetzt auch im Wohnmobil meiner Schwiegereltern. Wir wohnen jetzt also zusammen.

Ich reiche Rain den Joint zurück und trinke einen Schluck Weißwein.

«Ich hab schon seit locker zwei Monaten nicht mehr zu Hause gepennt», erzählt Rain, als der verhallende Flugzeuglärm dies zulässt.

«Krass, Alter», sage ich und schäme mich sofort dafür.

«Na, ich hab halt voll Beef mit meiner Mutter. Richtig Stress.»

«Und warum?»

«Wegen dem ganzen Kram halt. Schulabbruch. Kiffen. Meine Haare.»

Ich kann die Frau sehr gut verstehen.

«Und was ist mit deinem Vater?»

«Alter, meinen Vater hab ich noch nie gesehen. Meine Mutter ist alleinerziehend.»

«Ist ja übel.»

«Richtig kacke, Alter.»

Die Ereignisse des Tages fordern ihren Tribut, und schlagartig überkommt mich eine bleierne Müdigkeit. Zu meinem Entsetzen stellen wir fest, dass das Wohnmobil nur ein einziges Bett hat, obwohl ich mir sicher war, dass man die Sitzecke zu einer weiteren Schlafmöglichkeit umbauen kann. Das Bett hat eine Breite von einhundertvierzig Zentimetern und kann daher nur mit viel Wohlwollen und darüber hinaus auch nur von sehr schlanken Menschen als Doppelbett bezeichnet werden. Für einen Hundertdrei-Kilo-Menschen ist es in keinem Fall ein Doppelbett.

«Ich kann auch auf dem Boden schlafen», bietet Rain an, doch ich schüttle nur entkräftet mit dem Kopf, krieche ins Bett und presse mich an die Plastikwand in Holzoptik, während sich Rain an die andere Seite drückt.

«Gute Nacht, Herr Werner.»

«Gute Nacht, Rainer.»

Es dauert exakt zwei Sekunden, ich versuche es noch zu verhindern, doch dann überrollen uns die Emotionen, und wir prusten beide los, werden geschüttelt von einem gänzlich unpassenden, aber gerade deswegen unbezwingbaren Lachanfall, der uns minutenlang in seiner Gewalt hat. Die Tränen laufen uns über die Wangen, das Atmen fällt schwer, und zwischen den Lachsalven wiederhole ich ständig «Gute Nacht, Herr Werner», während Rainer «Gute Nacht, Rainer» schreit, und irgendwann japsen wir nur noch: «Stopp!», «Aufhören!», «Schluss jetzt!» Und als es endlich vorüber ist, sage ich: «Das ist alles verdammt noch mal gar nicht lustig.»

«Ich weiß. Aber ‹Gott hat dafür gesorgt, dass ich lachen kann. Und alle, die davon hören, werden mit mir lachen.›»

«Was?»

«Erstes Buch Mose, Kapitel 21, Vers 6.»

«Schlaf jetzt!»

Ich wache in den frühen Morgenstunden auf, weil ich ein Geräusch wahrnehme. Ich öffne die Augen und brauche eine Weile, um mich zu orientieren. Jemand macht sich draußen am Camper zu schaffen, ich höre das helle Rasseln eines Schlüsselbundes. Außerdem bemerke ich, dass Rain seinen dürren Körper während der vergangenen Nacht deutlich in meine Richtung bewegt hat. Also im Grunde kuschelt er sich an mich. Plötzlich fliegt die Tür auf, und die ersten Sonnenstrahlen des neuen Tages erhellen das Innere des Campers. Wie immer während der Sommermonate trägt mein Schwiegervater sein Chuck-Norris-Outdoor-Outfit: Hotpants aus Jeansstoff und ein ärmelloses Shirt auf braungebrannter Haut. Als er uns entdeckt, zuckt er jäh zusammen und brüllt: «Heilige Mutter Gottes! Bist du das, Tobias?»

«Hallo, Peter, guten Morgen. Also ich weiß, das sieht jetzt …»

«In aller Herrgotts Namen, wer ist der Kerl da neben dir?»

«Ja, das sieht jetzt echt blöd aus, aber ich kann es dir …»

«Was macht ihr in unserem Camper? Ihr widerlichen Sauhunde! Raus aus meinem Bett!»

Er macht einen bedrohlichen Schritt in unsere Richtung, und ich ziehe mir die Bettdecke über den nackten Oberkörper.

«Peter! Ich kann das erklären! Mareike hat mich rausgeschmissen. Und das hier ist der Rainer, der Freund von Laura-Michelle.»

«Tachchen.»

«Nix da, Tachchen! Natürlich schmeißt Mareike dich raus, wenn du mit dem Freund deiner Tochter …»

«Nein, Peter, deswegen hat sie mich nicht rausgeschmissen. Sie hat mich rausgeschmissen, weil sie denkt, dass ich ein Verhältnis mit Laura-Michelles Klassenlehrerin habe …»

«Das auch noch? Du arbeitsscheuer Sauhund!», schreit Peter.

«… und da ist mir im ersten Moment nur das Wohnmobil eingefallen», schreie ich zurück, «weil ich dachte, ihr seid im Elsass, und der Rainer ist nur hier, weil er Stress mit der Mafia hat und nicht nach Hause kann und ich ihm helfen wollte, verdammt noch mal!»

Mein Schwiegervater lässt sich auf der Sitzecke nieder und stützt seine Stirn gegen seine Faust. «Herrgottsakrament, ich glaub, ich bin im Irrenhaus hier», ruft er etwas weniger laut und schüttelt dabei unablässig den Kopf.

Kurz darauf sitzen wir vollständig bekleidet und mit etwas weniger erhitzten Gemütern auf den Plastikstühlen vor dem Wohnmobil.

«Ich bringe das alles in Ordnung, Peter. Ich verspreche es dir.»

«Und meinen Wein hab ihr auch leergesoffen.»

«Tut mir leid.»

«Mein schöner Grüner Veltliner.»

«Ich kaufe dir neuen, eine ganze Kiste.»

Mein Schwiegervater atmet tief durch, dann blickt er mich mit stechendem Blick an und sagt: «Okay, Tobias. Also, ich fahre jetzt wie geplant mit meiner Heidi für ein paar Tage ins Elsass und kaufe neuen Wein. Und wenn ich wiederkomme, dann möchte ich, dass ihr hier verschwunden seid, dass ihr das Wohnmobil gesäubert habt, dass Grüner Veltliner im Kühlschrank steht und dass du abgesehen davon dein offensichtlich komplett aus dem Ruder gelaufenes Leben wieder im Griff hast. Ansonsten wirst du mich kennenlernen, verstanden?»

*

Tobi
Kennst du den Campingplatz mit dem Wohnmobil meiner Schwiegereltern?

Pflaumi
Logisch. Da haben wir deinen 40. gefeiert …

Tobi
Kommt mir vor, als wäre es Jahre her.

Pflaumi
Es ist Jahre her 💩

Tobi
Jedenfalls: Da wohne ich jetzt.
Heute 14 h Lagebesprechung.
Hier vor Ort.

Pflaumi
Ok. Bis später.

*

Wir sitzen vor dem Camper in der brütenden Sommerhitze, stieren Löcher in die Luft und zermartern uns die Gehirne auf der Suche nach einer Lösung. Pflaumi hat die Arme verschränkt und den Kopf in den Nacken gelegt, Rain zwirbelt an einer Rastasträhne herum, und ich wische mir mit einem Handtuch über den Nacken. Wir haben alle theoretischen Ansätze noch mal durchgekaut – Polizei, Bankkredit, Eltern, Untertauchen, Auswandern, Aufstellung einer Söldnerarmee und eigenmächtige Zerschlagung des Mafiakartells – und als unrealistisch, zu riskant oder undurchführbar verworfen, und ich fühle mich leer und verbraucht. Alles tut weh. Hab Flugzeuge in meinem Bauch …

Gerade landet wieder eine große Passagiermaschine von American Airlines. Um dem Gefühl der Tatenlosigkeit zu entfliehen, mache ich ein Foto von dem Jet, stelle es auf Instagram und schreibe *#fernweh* dazu.

Man darf seine Follower nicht zu lange auf neue Inhalte warten lassen.

American Airlines. Mit denen bin ich auch schon mal geflogen. Vor ziemlich genau fünf Jahren war das.

Eine zehntägige Pauschalreise in den Westen der USA, mit Mietwagen und vorgebuchten Hotels. Die noch nicht pubertären und somit lenkbaren und begeisterungsfähigen Kinder wurden hier im Wohnmobil von den Schwiegereltern versorgt, und Mareike und ich flogen nach San Francisco und fuhren dann durch den Yosemite-Nationalpark und das Death Valley bis nach Las Vegas, wo wir in der Nacht vor unserem Rückflug furchtbar versackten.

Das letzte Casino mit seinen blinkenden Automaten und Spieltischen verließen wir im Morgengrauen und hatten dann enormen Stress, das Auto an der Mietstation zurückzugeben und es rechtzeitig bis zum Flughafen …

Ein Gedanke durchzuckt mich.

«Ich hab's!», rufe ich aus, und Pflaumi und Rain blicken mich fragend an. «Ich hab's, Leute! Ganz im Ernst. Das ist es!»

«Jetzt sag schon», drängt Pflaumi.

«Dreimal verdoppeln», sage ich. «Einfach dreimal verdoppeln.»

NICHTS GEHT MEHR

• • • • •

Wir sitzen zu dritt auf einer Parkbank schräg gegenüber der Spielbank von Bad Homburg. Ich habe den Kopf in den Nacken gelegt und blicke in die Baumkrone eines großen Kastanienbaums, der sich stolz dem hellblauen Abendhimmel entgegenreckt. Die Spielbank von Bad Homburg liegt mitten im beschaulichen Kurpark und bezeichnet sich im Werbeslogan als «Mutter von Monte Carlo», allerdings ohne diese Behauptung mit Fakten zu untermauern oder in irgendeiner Form zu erklären. Vermutlich möchte man mit der Behauptung nahelegen, dass das überaus noble und weltweit bekannte Casino von Monte Carlo nichts, aber auch gar nichts wäre, ja nicht einmal existieren würde, ohne die noch noblere und zu Unrecht nicht weltweit bekannte Mutter in Bad Homburg.

Gleichwohl muss nicht jedes wohlgeratene Kind zwangsläufig auch eine ehrenwerte Mutter haben. Ganz im Gegenteil: Vor kurzem erst ging ein Fall durch die Presse, bei dem eine Mutter in Saarbrücken ihre Tochter zur Prostitution gezwungen hatte und dafür achtzehn Monate ins Gefängnis musste. Ohne Bewährung.

Abgesehen davon ist es auch überaus seltsam, ein Gebäude mit Roulettetischen als Mutter eines anderen Gebäudes mit Roulettetischen zu bezeichnen.

Ich meine: Wie kommt jemand darauf?

«Wie lange wollen wir hier noch rumhocken?», fragt mich Pflaumi.

«Was?», frage ich zurück.

«Wann gehen wir endlich rein? Wir hocken hier rum wie bestellt und nicht abgeholt.»

«Ich denke nach.»

Pflaumi ist skeptisch. «Ach ja?»

Bevor ich etwas erwidern kann, meldet sich Rain zu Wort.

«Worüber denken Sie denn nach?», möchte er wissen.

Ich hole tief Luft. «Über meine Idee. Denn es könnte sein, dass es die genialste Idee ist, die ich jemals hatte.»

«Dann möchte ich nicht wissen, wie deine weniger genialen Ideen ausgesehen haben», sagt Pflaumi.

«Aber es ist wenigstens eine Idee», ergänzt Rain.

«Also gut, packen wir's an», schnaube ich und erhebe mich.

«Viel Glück», sagt Rain, der altersbedingt nicht mit hineinkommen darf. Er sieht verängstigt aus.

«Bis gleich», antworte ich und betrete kurz darauf mit Pflaumi die gediegenen, klimatisierten Räumlichkeiten des Casinos.

Zu dieser Stunde haben sich noch nicht viele Spieler an die Spieltische verirrt. Nur drei Roulettetische sind überhaupt schon geöffnet, und neben leisen Gesprächen zwischen den Bediensteten sind das Rollen der Kugeln auf ihren Bahnen im Ebenholzkessel und das Klappern von Jetons die einzig wahrnehmbaren Geräusche.

Wir setzen uns an die Bar, beobachten die Szenerie und bestellen beim livrierten Barkeeper zwei Gin Tonic.

«Welchen Gin darf ich den werten Herrschaften reichen? Ich empfehle den Monkey 47. Wir haben aber auch einen speziellen Hendrick's aus dem Barriquefass, und jetzt ganz neu den Beefeater Crown Jewel Premium …»

«Den billigsten», sage ich und widme mich wieder der Spieltischanalyse.

Kurz darauf wechseln wir unsere 1500 Euro in Jetons um, und als wir uns dem von uns ausgewählten Tisch nähern, spüre ich meinen Herzschlag in den Schläfen.

«Und?», flüstere ich Pflaumi zu. «Hast du irgendein Gefühl?»

Pflaumi betrachtet abwechselnd den Tisch und die darüber befindliche Anzeigetafel, auf der in grünen und roten Leuchtziffern die letzten gefallenen Zahlen zu sehen sind.

«Rot», antwortet Pflaumi nach einer Weile. «Ich denke, es kommt Rot.»

«Bist du sicher?», will ich wissen.

«Ich hab's im Urin», murmelt Pflaumi hochkonzentriert.

«Aber Rot kam doch schon fünfmal hintereinander!», raune ich ihm mit Blick auf die Anzeigetafel zu.

«Trotzdem», beharrt er, und der Croupier entlässt die Kugel in ihre Umlaufbahn.

Ich lege alle Jetons auf das rote Feld und rufe: «Okay! Tausendfünfhundert auf Rot!», was jedoch zu keinerlei Reaktionen bei den drei weiteren am Tisch sitzenden Spielern – allesamt blutjunge Asiaten – und dem Croupier führt.

Plötzlich fangen die Asiaten an, mit routinierten Bewegungen und vollkommen emotionslosen Gesichtern wie vom Teufel besessen unzählige Eintausend-Euro-Jetons auf alle möglichen Felder zu legen. Eintausend Euro auf die Sechzehn, sechstausend auf die ersten zwölf Zahlen, zweitausend auf die Null, viertausend auf die vier Zahlen einunddreißig bis vierunddreißig … Die rechteckigen Plastikchips fliegen durch die Luft, bis innerhalb weniger Sekunden gut und gern einhunderttausend Euro auf dem Tisch verteilt sind. Aufgrund der Ausweiskontrolle am Eingang gehe ich fest davon aus, dass die Kerle achtzehn Jahre alt sind, obwohl sie aussehen wie maximal dreizehn. Das fühlt sich falsch an. Irgendetwas läuft furchtbar aus dem Ruder auf dieser Welt, und es war mir noch nie so bewusst wie in diesem Moment. Nicht bei den täglichen Nachrichten über Raketenangriffe in Syrien, Plastikmüllberge im Atlantik, Hungersnöte in Afrika, Schwulendiskriminierung in Russland oder Diktatorenterror in der Türkei, auch nicht beim Betrachten von *Berlin – Tag & Nacht*, nein, hier und jetzt begreife ich mit glasklarem Verstand, dass die Welt am Arsch ist. Und zwar endgültig.

«Nichts geht mehr», ruft der Croupier, und Pflaumi hält die Luft an und presst sich ein bisschen schwul die Fäuste vor den Mund. Ich konzentriere mich auf die Kugel, stelle mich sogar neben das Rouletterad und recke den Kopf vor, um einen besseren Blick zu haben, und dann klackert es, und die Kugel bleibt in einer Vertiefung liegen.

Es ist die Neunzehn. Rot! Gewonnen!

«Ja!», brülle ich, und Pflaumi reißt die Hände in die Luft und ruft: «Geiler Scheiß!»

Wir klatschen uns ab und bemerken erst dann den maßregelnden Blick des Croupiers, der zudem warnend den Kopf schüttelt, aber selbstverständlich nicht umhinkann, unseren Gewinn neben unseren Einsatz zu schieben, sodass zwei gleich hohe Türmchen von Jetons entstehen. Von den Asiaten hat kein Einziger etwas gewonnen, was mich diebisch freut, von diesen allerdings ohne jede Gefühlsregung zur Kenntnis genommen wird.

«Jetzt haben wir 3000 Euro», flüstere ich. «Unglaublich, Pflaumi. Das war absolut genial.»

«Danke.»

«Echt, Mann, du hast es echt im Urin gehabt. Und was machen wir jetzt?»

Pflaumi massiert seine Nasenwurzel und betrachtet dabei den Tisch.

Die Kugel rollt schon wieder, und die Asiaten platzieren unbeirrt ihre neuen Einsätze.

«Es kommt noch mal Rot», raunt Pflaumi mir zu.

«Nee, oder? Das ist doch verrückt. Das wäre dann das siebte Mal Rot hintereinander.»

«Was soll ich denn machen, Tobi? Ich glaube halt, dass noch mal Rot kommt.»

Ich belasse unsere Jetons auf dem roten Feld und warte endlose Sekunden, bis die Kugel mit einem erneuten Klackern in einer Vertiefung auf dem Spielrad zum Erliegen kommt.

Es ist die dreißig. Wieder Rot! Wieder gewonnen!

Ich kann mir den Jubelschrei einfach nicht verkneifen, während Pflaumi mit geballten Fäusten auf die Knie sinkt.

«Ein klein wenig Contenance, die Herren», rügt uns der Croupier und schiebt mit seinem kleinen Rechen unseren Gewinn neben unseren Einsatz.

«Wahnsinn, Pflaumi! Ich glaube, du kannst doch irgendwie hellsehen.»

«Das hab ich auch gerade gedacht.»

«Keine Frage! Hat man doch gerade gesehen.»

«Ist schon irre irgendwie.»

«Maximaler Respekt, Pflaumi. Ich hab dich wirklich unterschätzt. Jetzt noch einmal verdoppeln, und wir haben zwölftausend. Nur noch einmal, Pflaumi!»

Pflaumi streckt die rechte Hand über den Spieltisch und schließt die Augen.

«Was machst du da?», flüstere ich ihm zu.

«Schchch!», zischt er konzentriert.

«Das sieht ein bisschen aus wie der Hitlergruß. Vielleicht könntest du den Arm wieder herunternehmen, die Leute schauen schon …»

«Schwarz», deklariert Pflaumi unbeirrt und lässt endlich den Arm sinken.

«Was?»

«Schwarz. Jetzt kommt Schwarz.»

«Aber die ganze Zeit kam doch Rot! Warum sollte jetzt auf einmal Schwarz kommen?»

Pflaumi blickt mich strafend an, und ich schiebe den Haufen Jetons auf das schwarze Feld. Die Worte «Nichts geht mehr» höre ich wie durch Watte, viel zu laut pocht mein eigener Herzschlag in den Ohren. Während die Kugel ihre Bahn läuft, drehe ich mich um und falte die Hände zu einem stillen Gebet.

Es ist noch hell, als wir die Spielbank verlassen. Die vereinzelten Schleierwolken am Himmel haben sich zartrosa eingefärbt. Rain sitzt vornübergebeugt auf der Parkbank, hat seine Ellenbogen auf den Knien abgelegt, seine Rastazöpfe hängen ihm zwischen den Beinen und berühren fast den Boden. Als er uns sieht, springt er auf und kommt auf uns zugelaufen.

«Und?», fragt er.

Ich blicke in die Ferne und presse meine Lippen zusammen.

«Alter, jetzt sag schon, sagen Sie schon, meine ich. Was ist los, Alter!»

«Nix», antwortet Pflaumi.

«Gar nix», ergänze ich. «Alles weg. Die ganze Kohle. Alles futsch.»

Rain glotzt mich mit offenem Mund an, seine Unterlippe fängt an zu zittern, ein mittlerweile fast schon vertrautes Bild.

«Weil angeblich ganz sicher *Schwarz* kommt. Nachdem die ganze Zeit *Rot* kam, war sich der grandiose Herr Hellseher ja absolut sicher, dass jetzt entgegen jeder Wahrscheinlichkeit *Schwarz* kommen muss.»

«Moment mal!», entrüstet sich Pflaumi. «Was bist du eigentlich für ein Arschloch? Ich versuche hier zu helfen und muss mich jetzt noch von dir ankacken lassen.» Er schüttelt resigniert den Kopf. «Du verstehst es wirklich, alle Menschen um dich herum von dir fortzustoßen. Deine Familie, deine Freunde, einfach alle. Kannste so machen, ist dann halt kacke. Richtig kacke. Denk mal drüber nach!»

Damit dreht er sich auf dem Absatz um und verschwindet.

«Und was sollen wir jetzt machen?», heult Rain nach einer Weile.

«Ich habe keine Ahnung», antworte ich. «Absolut keine Ahnung.»

COOLDADDY667

• • • • •

An diesem Abend sitze ich mit Rainer vor dem Wohnmobil. Rainer fummelt an seinem Smartphone herum, und es stinkt nach Entenscheiße. Nicht das Smartphone, sondern die Luft natürlich. Vor mir steht der Kaffeebecher mit Grünem Veltliner. Ich habe wie vereinbart neuen gekauft.

«Laura-Michelle hat mir einen Smiley mit Kussmund geschickt.»

«Freut mich für dich», behaupte ich.

«Und sie hat dazugeschrieben *I miss you.*»

«Klasse.»

«Vielleicht kommen wir ja wieder zusammen.»

«Is mir kackegal.»

Rainer schaut mich beleidigt an.

«Ich habe wirklich andere Sorgen», sage ich und krame meinerseits das Smartphone aus der Hosentasche hervor. Keine Antwort von Mareike auf meine Nachrichten, kein Rückruf, nichts. Und morgen Mittag läuft die Deadline ab.

Wenigstens auf Instagram passiert etwas. Ich habe schon wieder acht neue Follower und außerdem eine private Nachricht. Sie ist von MissNguyen.

Hey du. Cooles Foto von dem Flugzeug. Planst du deine nächste Reise zu einem Fitness-Event? New York? Miami? ☺

Mit deutlich beschleunigtem Puls tippe ich eine wohlüberlegte Antwort.

Selber hey du! ☺ *Na ja, bevor ich zu einem Fitness-Event nach New York fliege, sollte ich vielleicht noch etwas fitter werden. Habe außerdem viel um die Ohren zurzeit.* 😵

Die neue Nachricht von MissNguyen lässt nicht lange auf sich warten.

Du? Noch fitter? Also das nenne ich mal fishing for compliments. ☺

Ich spüre ein Kribbeln im Bauch. Und etwas tiefer auch.

Ich benutze so einen Bauchweggürtel, schreibe ich zurück, *der ist nicht schlecht …* 👍

LOL ☺ ☺ ☺ ☺ ☺, antwortet sie, *Bauchweggürtel! Du bist ja auch noch witzig. Und du hast einfach einen tollen Body. Ist jedenfalls genau mein Fall.* 😍 *Sorry, ich will dich nicht stalken oder so …*

Bevor ich mir auch nur ansatzweise überlegen kann, was ich hierauf antworten soll, kommt schon die nächste Mitteilung von Schnuffis Klassenlehrerin.

Hast du Lust auf einen Drink? Ich wollte sowieso gleich auf einen Salat und einen Absacker ins Harvey's. Das ist direkt bei mir um die Ecke am Friedberger Platz. Sehen wir uns? ☺

Ich bin ein Schwein.

Ja, sagen Sie es ruhig laut, falls Sie nicht gerade in der Straßenbahn sitzen: «Du Schwein!», denn eine knappe halbe Stunde später habe ich den Fabia in eine Parklücke und anschließend mich aus dem Fabia gequetscht und strebe dem beleuchteten Außenbereich des Lokals zu. Aber wenn meine Ehe offensichtlich am Ende ist, die Kinder meiner Obhut nicht mehr bedürfen, meine berufliche Laufbahn gelinde gesagt ins Stocken geraten ist und ich morgen Mittag möglicherweise mit Schuhen aus Beton in den Main geworfen werde, dann möchte ich doch wenigstens diesen einen Abend noch genießen dürfen. Ich bitte Sie!

Und eventuell wäre es sogar ein kompletter Neuanfang. Ein Neuanfang für mich mit Frau Nguyen. In Thailand. Oder von mir aus auch in Vietnam, wo meine asiatische Mandelblüte ihre ersten zwei Lebensjahre verbracht hat, wie sie mir bei unserem ersten Treffen beim Elternabend selbst erzählt hat. Wir könnten eine Strandbar betreiben, fernab von Regen und Schnee und den unerbittlichen Zwängen unserer deutschen Leistungsgesellschaft und der albanischen Mafia. Altkanzler Gerhard Schröder hat es doch auch getan. Also vielleicht nicht die Geschichte mit der Strandbar, aber zumindest den Neuanfang mit seiner blutjungen, asiatischen Ehefrau Nummer fünf.

Frau Nguyen sitzt draußen an einem Zweiertisch und blickt mit leicht schief gelegtem Kopf auf die Speisekarte, während der Kellner einen Longdrink vor sie hinstellt.

«Einen Thai-Pirinha, nehme ich an?», sage ich und setze mich ihr gegenüber auf den freien Platz. Sie blickt mich verwirrt an und lächelt und sieht dabei einfach zuckersüß und wunderschön aus.

«Wie bitte?», fragt sie.

«Du trinkst bestimmt einen Thai-Pirinha. Die thailändische Variante des brasilianischen Caipirinha, mit aufgeschlagenem Zitronengras und Mekhong-Whisky, der geschmacklich allerdings eher einem Rum ähnelt. Obwohl ich ja weiß, dass du aus Vietnam bist, aber ich kenne leider keinen Longdrink aus Vietnam. Sorry, ich bin ganz schön aufgeregt.»

«Gin Tonic», sagt Frau Nguyen.

«Gin Tonic kommt aus Vietnam?», frage ich verwundert.

«Ich glaube nicht. Aber das hier ist ein Gin Tonic.»

Sie deutet auf ihr Glas, und ich glotze sie einige Sekunden lang an, dann beuge ich mich ein wenig zu ihr hinüber. «Damit hättest du nicht gerechnet, dass ich hier auftauche, oder?»

«Nein», bestätigt die schönste Frau der Welt, meine vietnamesische Lotosblume, meine Blüte der Morgenröte, mein mandeläugiges Reh mit einem unsicheren Flackern in der Stimme. «Damit habe ich nicht wirklich gerechnet.»

«Tja», seufze ich lächelnd. «Aber da bin ich!»

Frau Nguyen hebt die Handflächen in die Höhe und atmet einmal tief durch.

«Also, ich bin jetzt ein wenig irritiert», bringt sie dann gefasst hervor. «Sie sind doch der Vater von der Laura-Michelle Werner, oder? Und Sie haben beim Suchtpräventionstag geholfen, und wir haben uns dann vor ein paar Tagen noch mal beim Walken am Mainufer gesehen.»

Warum siezt sie mich auf einmal? Sie scheint auch sehr aufgeregt zu sein.

«Und du folgst mir von Anfang an auf Instagram», sage ich aufmunternd.

«Wirklich?», fragt sie ungläubig und fast schon ein bisschen genervt.

«CoolDaddy667.» Ich betone jede einzelne Silbe, nicke dabei und lächle sie an.

«Was?», ruft sie und kramt dann hektisch ihr Smartphone aus der Handtasche und murmelt dabei gequält. «Nein, nein, nein, nein, nein!» Schließlich tippt sie einige Male auf den Bildschirm und hält mir diesen dann direkt vors Gesicht. Ich sehe mein erstes Posting auf Instagram, geschossen von Mike direkt nach dem Probetraining.

Mich überkommt ein ungutes Gefühl.

«*Das* ist CoolDaddy667», sagt Frau Nguyen.

Ich muss zugeben, dass Mike sehr dominant ist auf dem Foto.

«So ein Unsinn», erkläre ich. «Das ist nicht CoolDaddy667. Das ist mein Fitnesstrainer, der Mike. Der hat nur das erste Selfie für meinen neuen Instagram-Account gemacht, also mit mir zusammen. Schau mal, hier an der Seite, mit dem roten Kopf, das bin ich. Ich bin CoolDaddy667.»

Frau Nguyen wirft in einem Anfall großer Verzweiflung den Kopf in den Nacken, ein unterdrücktes Stoßgebet auf den Lippen, dann erhebt sie sich.

«O Gott, ist das peinlich», keucht sie mehrmals, während sie hektisch einen Zehn-Euro-Schein auf die Tischplatte legt, ihre Jacke anzieht und sich ohne ein weiteres Wort mit schnellen Schritten entfernt. Ich blicke ihr nach, bis sie um die nächste Ecke verschwunden ist.

«Was darf's sein?», fragt mich der wie aus dem Nichts aufgetauchte Kellner.

«Einen Thai-Pirinha», sage ich gedankenverloren.

«Kenn ich nicht.»

«Dann halt ein Bier!»

«Sehr gerne.»

Ich Idiot.

Plötzlich vermisse ich Mareike.

Ich weiß. Das ist ein sehr simpler Schachzug meines Hormonhaushalts. Eine psychologisch sofort durchschaubare Empfindung fast schon opportunistischen Ausmaßes, und dennoch ist sie plötzlich da.

ZWÖLF UHR MITTAGS

• • • • •

Am nächsten Morgen wache ich sehr früh auf, weil ich eine Rastalocke von Rain im Mund habe und mich daraufhin fast übergeben muss. Doch auch nach dem zweiten Instantkaffee will das flaue Gefühl im Magen nicht nachlassen, zumal Rain eine Nachricht von Murat bekommt. *12 h!*, schreibt dieser.

Ich überrede Rain dazu, Murat anzurufen. Vielleicht kann er wenigstens eine Verlängerung des Ultimatums erreichen.

Während Rain wartet, dass Murat ans Telefon geht, beobachte ich eine Entenfamilie, die vor der Sitzgarnitur entlangwatschelt. Der Erpel vorneweg, dahinter die Ente und dahinter die nicht mehr ganz so kleinen Küken. Bald werden sie flügge, und dann werden sie fortziehen. Für immer. Und der stolz voranschreitende Vater und Erzeuger ist absolut ahnungslos, glaubt womöglich, für immer der wichtigste Entenvogel im Leben seiner Küken zu sein. Pustekuchen.

«Hey, Murat», sagt Rain in diesem Moment.

Dann: «Nein, leider nicht.»

Und kurz darauf: «Ja, okay.»

Rain legt auf.

«Das war ja kein besonders langes Telefonat. Was hat er gesagt?», möchte ich von ihm wissen.

«Er hat gesagt: Wenn ihr nicht zu uns kommt, dann kommen wir zu euch.»

Ich überlege.

«Was meint er mit *zu euch*?», frage ich nicht direkt Rain, sondern eher mich selbst. Ich sehe, wie eins der watschelnden Küken zu mir herübersieht. Es glotzt mich förmlich an, das kleine hilflose Ding. Es gibt eine Angststörung – Anatidaephobie genannt –, bei der Menschen Angst davor haben, von einer Ente beobachtet zu werden. Ich bin mir ganz sicher, dass ich nicht unter dieser Phobie leide, Angst bekomme ich jetzt aber trotzdem, und zwar ganz gewaltig.

«Ich schätze, er meint …», sagt Rain.

«Dass die zu mir nach Hause kommen. Jetzt gleich. Um zwölf Uhr», vervollständige ich den Satz, springe auf und rufe: «Komm!»

Tobi
Ich brauch deine Hilfe.

Pflaumi
Ach wirklich? Lieber nicht, sonst bin ich wieder schuld, wenn was schiefgeht.

Tobi
Sei nicht so eine Mimose! Es tut mir leid, ok? Komm bitte zu meiner Wohnung! Jetzt!

Pflaumi
😬 Bis gleich.

Auf Pflaumi ist Verlass. Als wir zu dritt die Wohnung betreten, steht Schnuffi vor dem Badezimmer. Vermutlich wartet sie darauf, dass Fatlum seine umfangreichen Körperreinigungsaktivitäten beendet. Sie stürmt an mir vorbei, und die beiden Teenager umarmen und küssen sich mit einer Intensität, die ich allenfalls bei Kriegsheimkehrern nach zehnjähriger Foltergefangenschaft als angemessen empfinden würde. Dabei wiederholt Laura-Michelle ohne Unterlass: «Alter, ich hab dich so vermisst, Alter!»

Dass auch ich zwei Tage nicht da war, scheint meine Tochter nicht bemerkt zu haben.

Wenigstens raunt sie kurz «Hi, Daddy!», und als ich aufblicke, steht Mareike in der Küchentür.

«Hallo, Tobias.»

Hallo, Tobias klingt nicht gerade nach einer Spontanversöhnung, damit tun sich die Teenager wesentlich leichter, aber mit solchen Nebensächlichkeiten kann ich mich momentan nicht befassen.

«Leute!», rufe ich. «Es gibt Ärger. Also noch mehr Ärger als ohnehin schon.»

In diesem Moment klopft es energisch an der Wohnungstür.

«Stuttgarrt! Mach der Türr auf!», fordert Murat lautstark.

«Wer ist das?», fragt Mareike argwöhnisch, und meine Schultern sacken resignierend einige Zentimeter nach unten.

«Es tut mir leid», sage ich. «Alles. Alles tut mir leid.»

«Wir trreten Türr kaputt! Stuttgart!»

Ich glaube ihm aufs Wort, daher öffne ich.

Als Erstes betritt Jung-Chef Mikki die Wohnung, stolziert lächelnd herein und sagt übertrieben freundlich: «Einen wunderschönen guten Tag, Herr Werner. Und das hier muss die bezaubernde Laura-Michelle sein, nicht wahr?» Hinter ihm folgen Murat und die uns bestens bekannten Hünen. Murat trägt meine Baseballkappe, blickt grimmig umher und schließt die Wohnungstür hinter sich.

«Daddy? Was ist hier los?», fragt Schnuffi.

Gleichzeitig beginnt Murat damit, auf unsere antike Kommode einzutreten, als müsste er eine alte Bananenkiste für den Altpapiercontainer plattmachen.

Mareike ruft: «Stopp!»

Schnuffi ruft: «Alter!»

Rain ruft: «Peace!»

Ich kann nur ungläubig zusehen. Auch Pflaumi steht mit offenem Mund da.

Murat muss Stahlkappen in den Schuhen haben, denn das Möbelstück ist binnen weniger Sekunden total zerstört. Mittlerweile hat sich Jehona Krasniqi neben Mareike gestellt, hält sich eine Hand vor den Mund, während die andere schützend auf ihrem Bauch liegt. Die Töchter Ermira, Fatime und Ardita stehen mit großen Augen im Durchgang zum Wohnzimmer. Selbst Tarik und Felix sind aus ihrer Höhle hervorgekrochen. Beide halten einen Controller der Spielkonsole in der Hand.

Mikkis zementiertes Lächeln bröckelt beim Anblick der Versammlung.

Es herrscht ein angespanntes Schweigen. Lediglich aus dem Badezimmer ist gedämpft Fatlums Gesang zu hören, der sehr schräg einen Song von David Bowie aus dem Duschradio begleitet.

«Let's dance. Put on your red shoes and dance the blues …»

Die Badezimmertür wird geöffnet. Nur mit Boxershorts und Unterhemd bekleidet tritt Fatlum in den Flur, blickt sich überrascht um und sagt: «Guten Tag!»

Das selbstgefällige Lächeln ist restlos aus Mikkis Gesicht verschwunden. Er blickt den frisch geduschten Mann ungläubig an, seine Augen verengen sich zu Schlitzen, die Lippen öffnen sich tonlos. Dann fragt er ungläubig: «Fatlum?»

«Mikki?», entgegnet dieser. Die Männer stürmen aufeinander

los und umarmen sich für eine halbe Ewigkeit. Dabei klopfen sie sich immer wieder auf die Schultern, nehmen gegenseitig ihre Gesichter in die Hände, reden in einer Sprache, die ich nicht verstehe, und wischen sich schließlich mit den Ärmeln die Freudentränen aus den Augen.

Ohne ein weiteres Wort der Erklärung ziehen die beiden an uns vorbei in die Küche. Fatlum zaubert zu Mikkis Begeisterung den Maulbeerschnaps hervor, und die Unterhaltung wird unter ständigem Schulter- und Oberschenkeltätscheln am Küchentisch fortgesetzt. Nach einer Weile ruft Fatlum Jehona zu sich, auch sie wird von Mikki mit für meinen Geschmack deutlich zu vielen Küssen auf beide Wangen aufs überschwänglichste begrüßt und lange gedrückt.

Murat erwidert meinen ratlosen Blick und zuckt mit den Schultern.

Drei Maulbeerschnäpse später erhebt sich Mikki und schickt mit einer herrischen Handbewegung und einer gemurmelten Anweisung zunächst die beiden Sonnenbrillenträger hinaus.

Dann stellt er sich mit einem breiten Lächeln vor mich, blickt mir in die Augen und verkündet: «Fatlum war mein bester Freund in der Schule. Ich habe vor zwanzig Jahren meine Heimat verlassen und bin nach Deutschland gekommen, seitdem habe ich Fatlum nicht mehr gesehen, wir haben uns aus den Augen verloren. Fatlum hat mir erzählt, was du für seine Familie getan hast. Du hast sie unterstützt und bei dir aufgenommen. Du bist ein guter Mann.»

«Äh, danke, das ist doch selbstverständlich», stammle ich und blicke zu Mareike.

Mikki umfasst meine Schultern, eine Intimität, die mir trotz des begrüßenswerten Stimmungswechsels zuwider ist. Er legt den Kopf leicht schief und sagt: «Vergiss das mit dem Geld.»

«Äh, wie jetzt?», frage ich.

«Ihr habt keine Schulden mehr bei mir.»

«Alter, wie geil ist das denn», ruft Rain.

«Geil, Alter, echt nobel, Alter», ergänzt Schnuffi.

«Echt jetzt?», keucht Pflaumi und reibt sich den Bart.

«Schulden?», fragt Fatlum.

«Ich bin gerade etwas überfordert», sagt Mareike und blickt mich verwirrt an.

Mikki grinst. «Ich habe ihn sofort wiedererkannt. Schon bevor ich ihn gesehen habe. Denn niemand singt so schrecklich wie Fatlum. Ach, übrigens: Tut mir leid mit dem kleinen Schränkchen im Flur.»

«Ist schon okay», sage ich. Mikki blickt mich fragend an. «Können wir sonst noch etwas für dich tun?»

Ich möchte einfach, dass ihr jetzt geht, möchte ich sagen, doch dann fällt mir doch noch etwas anderes ein.

Auf unserem Küchentisch steht ein kleines Schälchen mit Krimskrams. Ich trete an den Tisch und krame zwischen Notizzetteln, Stiften, Büroklammern, Tankbelegen, Kupfergeld und alten Ladekabeln einen silbernen Füllfederhalter hervor und lege ihn vor Mikki auf die Tischplatte. Der Mann betrachtet die kunstvolle Gravur in der glänzenden Oberfläche des Schreibgerätes.

«Süleyman Özer?», liest Mikki fragend.

«Das war bis vor kurzem mein Chef. Er hat mich rausgeschmissen und weigert sich, mir eine Abfindung zu zahlen, obwohl ich über zehn Jahre lang in dem Laden gearbeitet habe.»

Mikki nickt bedächtig, ohne den Blick von dem Füller abzuwenden. «Und dir würde normalerweise eine Abfindung zustehen?», fragt er.

«Natürlich», behaupte ich.

«Okay, kein Problem. Wir besuchen Süleyman Özer und sprechen mit ihm. Er ist sicherlich ein vernünftiger Mann. Aber wenn er eine Abfindung zahlt, dann möchte ich zehn Prozent Provision, ich bin immer noch Geschäftsmann.»

Er gibt den Füller an Murat weiter, blickt mir direkt in die Augen und fragt: «Geht das in Ordnung?»

«Von mir aus», antworte ich schulterzuckend. «Aber ich habe noch einen Wunsch. Ich möchte nämlich einfach wieder meine Ruhe haben. Ich möchte mein ganz normales Leben weiterleben, und ich möchte ehrlich gesagt nie wieder etwas zu tun haben mit der Mafia …»

«Mafia!», entrüstet sich Mikki und hebt abwehrend die Hände. «Was für ein hässliches Wort. Mafia! Wir haben nichts zu tun mit der Mafia. Wir sind ein mittelständisches Handelsunternehmen. Wir vertreiben Güter, spezielle Güter natürlich, aber das läuft alles ganz seriös …»

«Trotzdem», unterbreche ich ihn. «Wäre es vielleicht trotzdem möglich, dass wir uns bitte einfach nie wiedersehen?»

Mikki nickt und reicht mir die Hand. «Versprochen», sagt er.

«Und außerdem hätte ich gerne meine Baseballkappe wieder.»

TRÄNENDRÜSENALARM

• • • • •

Ich sitze mit Mareike auf einer Parkbank. Es ist nicht *unsere* Parkbank, auch wenn das viel romantischer klingen würde. Viele Pärchen behaupten ja gerne, sie hätten eine *eigene* Parkbank, auf der der erste Kuss, der erste Sex, die Verlobung, der Heiratsantrag, wichtige Gespräche und so weiter stattgefunden hätten, mitunter alles an einem Tag. Wir sitzen nur auf irgendeiner Parkbank, die neben einer kleinen Grünfläche in der Nähe unserer Wohnung steht.

Ich habe ihr alles erzählt. Freiheraus und ohne jegliche Beschönigung.

Der Jobverlust. Der erste Freund von Schnuffi. Mein Sexdefizit. Wie ich dann beim «Black Forest Hardcore Tsunami» völlig besoffen den Zeltaufbau und die Sicherung der Rucksäcke verbockt habe, woraufhin das komplette Gras von Rainer geklaut wurde. Wie ich ihm bei der Wiederbeschaffung helfen wollte, weil er mir im Gegenzug versprochen hat, Schnuffi vom Abbrechen der Schule abzuhalten. Wie ich es dann mit einem Schlag mit der Grasabteilung der albanischen Drogenmafia zu tun hatte, die gedroht hat, sich an Schnuffi zu vergreifen, mich in ein Hasenkostüm gesteckt hat und zwölftausend Euro von mir wollte. Wie parallel dazu Frau Nguyen über Instagram Kontakt zu mir aufgenommen hat. Wie ich mich dann sogar mit ihr in einem Café getroffen habe, wie sich dann aber herausgestellt hat, dass sie mich mit meinem Fitnesstrainer verwechselt hat. Wie ich es nicht geschafft habe, das Geld zu besorgen, sondern alles verzockt habe und deswegen die Albaner unsere Wohnungstür eintreten wollten. Und wie sehr mir das alles leidtut.

Wir sitzen nebeneinander und schweigen. Ich rücke im Rahmen einer Übersprungshandlung meine Baseballkappe zurecht. In der Ferne höre ich die Laubbläser aufheulen.

Ich merke, das Mareikes Schultern zucken. Die Arme! Sicherlich ist das alles nicht leicht für sie. Sie lässt den Kopf in den Nacken fallen, Tränen auf den Wangen.

Als ich sie anblicke, bemerke ich, dass sie einen Lachanfall hat.

«Sie hat dich», prustet sie, «mit diesem Fitnesstrainer verwechselt?» Ihr ganzer Körper erzittert. «Sie hat gedacht, sie trifft sich mit diesem Muskelpaket», sie stampft mit den Füßen auf den Boden, «und dann kommst du da an?» Sie schlägt mit einer Hand auf die Sitzfläche der Parkbank und schmeißt den Kopf hin und her. «Das ist so lustig! O mein Gott!»

Abrupt dreht sie sich zu mir um und umarmt mich.

«Was machst du denn für dumme Sachen, Bärchen?»

«Weiß auch nicht», ist meine sehr einfältige Antwort.

Mir ist natürlich klar, dass Mareike jetzt irgendetwas für jeden Mann weltweit schier unerträglich Gefühlvolles sagen wird, und genau das tut sie auch, nachdem sie ihren Kopf an meine Schulter gelegt hat.

«Liebe verzeiht», sagt sie. Und nach einem tiefen Seufzer sogar noch einmal. «Liebe verzeiht.»

Mir fällt daraufhin – wie jedem Mann weltweit – nichts Passendes ein, obwohl ich mich wirklich darüber freue.

Okay, gut, könnte ich sagen. Oder: Stimmt! Oder vielleicht: Find ich auch!

Ich sage: «Ich habe Instagram deinstalliert.»

«Du musst nichts sagen», flüstert Mareike, und gemeinsam schauen wir auf die Rasenfläche vor uns. «Du weißt aber hoffentlich schon, dass du diesen ganzen Schwachsinn nur wegen unserer Tochter veranstaltet hast, oder? Instagram? Fitnesstraining? Du fährst mit zu diesem Festival? Du willst Rainer helfen? Das sieht doch jeder: Du willst sie beeindrucken. Weil du Angst hast, sie zu verlieren. Aber Laura-Michelle wird bald fünfzehn, du musst lernen, sie loszulassen, ohne dich dabei von ihr abzuwenden, ihr vielmehr liebevoll zur Seite stehen.»

«Weiß ich doch alles. Verständnisvoll sein, die Kommunikation suchen, Hilfe anbieten, für sie da sein ... Du hast es mir oft genug erklärt. Leicht ist das trotzdem nicht.»

«Natürlich nicht. Aber Bärchen, du wirst sie nie verlieren, weil sie dich liebt. Und weil du ein ganz toller Papa bist.»

Ich blicke Mareike an.

«Weißt du, was Schnuffi jetzt sagen würde?»

Mareike zuckt mit den Schultern.

«Alter, ich hab gleich übertrieben Tränendrüsenalarm, gleich läuft die Salzsuppe am Lutschkopf runter, Alter, noch ein Wort, und ich mach hier Wet T-Shirt Contest, Alter! Das würde Schnuffi jetzt sagen.»

Mareike hebt erstaunt die Augenbrauen, nickt anerkennend mit dem Kopf und sagt: «Nicht schlecht, Alter! Maximalrespekt, Alter!»

«Tja, ich hör meinen Kindern halt zu», sage ich und lehne mich zurück. «Zumindest, wenn es da etwas zu hören gibt.»

«Was meinst du jetzt damit?», fragt Mareike.

«Felix meine ich damit. Der macht nichts, der sagt nichts, der sitzt ja wirklich nur in seinem dunklen Zimmer, spielt an der Konsole und stinkt dabei vor sich hin wie ein Handkäse mit ganz viel Zwiebeln.»

Mareike lächelt und erhebt sich. «Du unterschätzt ihn. Sehr sogar.»

«Ach wirklich?», frage ich zweifelnd, während sie mich von der Parkbank zieht.

Als wir kurz darauf die Wohnung betreten, läuft Laura-Michelle an uns vorbei und spricht eine Sprachnachricht an eine ihrer Freundinnen in ihr Handy. Offenbar geht es dabei um ein Mädchen, das es gewagt hat, ein identisches Kleidungsstück wie meine Tochter zu kaufen.

«Alter, überbehindert! Ich hab die Jacke schon seit letztem Ostern, wo ich mit dir im Primark war, also was glaubt die Bitch, wer sie ist, mit ihrer Entenfresse und ihrer Monobraue über den Augen, Alter!»

Wie sehr ich sie vermisst habe.

Mareike klopft an Felix' Tür. Zunächst leise, dann laut.

«Yo?»

«Können wir mal reinkommen, Papa und ich?»

Felix öffnet die Tür einen Spalt, zeigt sein wie immer mürrisches, bleiches Teenager-Gesicht und fragt: «Was' los?»

«Würdest du Papa mal dein Buch zeigen? Dein Notizbuch?»

Felix schaut sie weiterhin mürrisch an. Schließlich schleicht sich leichte Verwunderung in seinen Blick.

«Warum?», fragt er dann.

«Na, weil ich finde, dass Papa das auch mal sehen könnte.»

«Mir egal», erklärt Felix und reicht kurz darauf ein dickes, in schwarz beschichteten Karton gebundenes Notizbuch mit abgerundeten Ecken heraus.

«Aber gleich wiederbringen», sagt er, bevor er seine Tür verschließt.

Ich streife das breite Gummiband vom Buchdeckel, schlage es auf und erblicke cremefarbenes Papier, über und über vollgeschrieben mit Felix' fast unleserlicher Handschrift. Ich blättere durch die Seiten. Nahezu jede Seite ist mit unterschiedlichsten Stiften von oben bis unten beschriftet. Ich erkenne Reime, Satzfetzen, Verse, ganze Gedichte.

Irgendwo in der Buchmitte halte ich inne und lese.

Im Flutlicht

Piss auf die Hochglanzprospekte
Zerstich die Reifen, stell die Weichen
Schwimm! Mit dem Strom
Kaulquappencarpaccio
Hashtag: Nur vom Allerfeinsten?
Nichts gut genug. Parabelflug.
Schwimm! Mit dem Strom
Reaktor – die Welle kommt
Ultrahocherhitzt
Gegenwehrattacke
Schwimm!

«Ist das von Felix?», frage ich Mareike.

«Nein, das ist von Tarik, er ist sehr sprachbegabt und hat das letzte Woche einfach mal so rausgehauen. Tobias! Natürlich ist das von Felix! Er ist wirklich sensibel und macht sich Gedanken. Er spielt nicht nur an seiner Konsole und stinkt. Er spielt an seiner Konsole, und er schreibt Gedichte.»

«Ziemlich kryptische Gedichte, wenn du mich fragst. Was ist denn bitte ‹Kaulquappencarpaccio›?», sage ich mit hochgezogenen Augenbrauen.

«Schchcht», fährt mich Mareike an. «Wenn er das hört! Sei bloß still! Er will demnächst sogar bei so einem Poetryslam mitmachen.»

«Okay», sage ich und klappe das Notizbuch zu, «aber er stinkt.»

«Ja, er stinkt», bestätigt Mareike amüsiert.

«Wie ein altes Hühnchen manchmal. Weißt du, wie so ein Hühnchen, das man ein paar Tage vergessen hat in dieser beschichteten Papiertüte.»

«Manchmal auch wie altes chinesisches Essen.»
«Katzenpisse.»
«Jetzt übertreibst du.»

HELENE FISCHER

• • • • •

Fünf Tage später sitze ich am Küchentisch vor dem Laptop und checke meine E-Mails.

In den letzten fünf Tagen habe ich nichts anderes getan, als die wiedererlangte Normalität meines Lebens zu genießen, zumal mittlerweile auch die Krasniqis ausgezogen sind. Natürlich unter Zuhilfenahme des Raumwunders Škoda Fabia.

Einfach herrlich, wenn Schnuffi ihr Handy als «megabehindert» beschimpft oder behauptet, unser Haushalt sei «überranzig-Hartz-IV-mäßig», weil wir vergessen haben, neues Nutella zu kaufen. Oder wenn Rain mit wehenden Rastalocken den Bürgersteig entlanggefahren kommt, einen Trick auf seinem Skateboard absolviert und mir ein «Tachchen» zuruft, während ich auf dem Balkon sitze. Oder wenn Felix mit Kopfhörerwollmütze, hellblauem T-Shirt mit Pinguinaufdruck und ausgeleierter Jogginghose zum Kühlschrank schlurft, um sich einen neuen Energiedrink zu greifen. Oder wenn Mareike aktuellen Feng-Shui-Erkenntnissen folgend das Bett im Schlafzimmer neu ausrichtet, sodass es mit dem Kopfende zur Tür steht und nachts ständig das Kopfkissen auf den Fußboden fällt. Einfach herrlich, das alles!

Ich checke meine E-Mails und stelle anhand diverser Absender und Betreff-Angaben fest, dass ich endlich die Einstellungen meines Spam-Filters verbessern muss. Eine Julia behauptet, dass ein «hoher Geldgewinn zur Auszahlung» bereitsteht. Ein Achim hat eine «extrem wichtige Nachricht (unbedingt lesen)» für mich. Eine Nora verspricht mir «Potenzmittel (diskreter Versand)». Der nächste Absender schreibt nur «Abfindung» in den

Betreff. Kurz bevor ich auch diese Nachricht lösche, schaue ich noch einmal genauer hin. Mein Herzschlag beschleunigt sich. Der Absender heißt *özer@lwm.com* – Süleyman Özer!

Sehr geehrter Herr Werner,
zunächst möchten wir uns für Ihre langjährigen Dienste in unserem Hause bedanken und Ihnen für Ihren weiteren beruflichen wie privaten Lebensweg alles Gute wünschen.
Im Zuge der einvernehmlichen Beendigung des Arbeitsverhältnisses möchten wir Ihnen außerdem eine angemessene Abfindung in Höhe von 60 000 (in Worten: sechzigtausend) Euro anbieten, die wir innerhalb von 7 (in Worten: sieben) Tagen nach Unterzeichnung und Rücksendung des postalisch an Sie übersandten Aufhebungsvertrages auf die uns bekannte Kontoverbindung überweisen werden.
Darüber hinaus erhalten Sie in den nächsten Tagen ebenfalls postalisch ein sehr gutes Arbeitszeugnis von uns.

Ich erspare mir die Lektüre der standardisierten Verabschiedungsfloskel und beginne zu tanzen. Da gerade keine Musik läuft, singe ich einfach selber.

«Ah, ah, ah, ah, stayin' alive, stayin' alive …»

Mareike kommt herein und blickt mich fragend an. Ich deute nach wie vor singend auf den Laptop. Nachdem Mareike die Nachricht gelesen hat, tanzt und singt sie mit, und kurz darauf liegen meine Hände auf ihrem Hintern, und ich küsse ihren Hals, was zu keinerlei Gegenwehr ihrerseits führt. War ja klar, jetzt wo ich wieder Geld nach Hause bringe.

Leider müssen wir sehr abrupt aufhören, denn Schnuffi kommt zu uns in die Küche und sagt brottrocken: «Alter, das ist das Ekelhafteste, was ich je gesehen habe, könnt ihr bitte sofort mit dem präkoitalen Elternpetting aufhören, sonst kotz ich gleich, Alter.»

Ping! Ich habe eine WhatsApp-Nachricht und bin sehr froh darüber.

Natürlich ist sie von Pflaumi.

> Pflaumi
> **Das musst du dir anschauen!**

Darunter erscheint ein Link, der mich zu einem der unzähligen Nachrichtenportale weiterleitet. *Was war da los bei Helene Fischer?*, lautet der Titel des topaktuellen Videobeitrags, bei dem ein sehr junger Nachrichtensprecher die Amateuraufnahmen einer Handykamera kommentiert.

«Die Schlagerkönigin Helene Fischer performte in der Frankfurter Festhalle gerade ‹Herzbeben›, einen ihrer größten Hits, als ein Mann in einem Hasenkostüm, der zudem offenbar aus der Nase blutete, auf die Bühne torkelte …»

An dieser Stelle wird das Videobild kurz angehalten und vergrößert. Ich erkenne Süleyman.

«… und wild gestikulierend auf die Sängerin zulief. Zwei Sicherheitsbeamte stießen den Mann geistesgegenwärtig von der Bühne ins Publikum, kurz bevor er Helene Fischer erreichen konnte. Die Veranstaltung konnte ohne weitere Unterbrechungen fortgesetzt werden.»

Ich sehe, wie Süleyman rücklings auf der Menschenmenge liegt, mit den Armen fuchtelt und nach hinten weggereicht wird.

«Eine Untersuchung soll nun mögliche Sicherheitslücken bei Großveranstaltungen dieser Art aufdecken.»

Der Bericht ist zu Ende. Es erscheint die Vorankündigung des nächsten Beitrags:

Das könnte Sie auch interessieren: Die 10 dümmsten Sportverletzungen.

Tobi
Wahnsinn!

LAMM

• • • • •

Die Krasniqis haben zum Mittagessen in ihre frisch bezogene Wohnung am Stadtrand geladen. Achter Stock, vier Zimmer, Küche, Bad, mit kleinem Balkon zur stark befahrenen Straße. Ganz objektiv betrachtet alles andere als eine Luxusimmobilie, für die Krasniqis aber schlichtweg das Paradies auf Erden. Besonderes Highlight für Fatlum ist der Toilettendeckel mit Absenkautomatik, von Badezimmerfachleuten auch Soft-Close-Funktion genannt, den er mir bei der obligatorischen Wohnungsbegehung im Badezimmer mehrfach vorführt. Immer wieder reißt er den Deckel hoch, um dann mit leuchtenden Augen zu beobachten, wie er wie von Geisterhand geführt sanft und geräuschlos nach unten schwebt. Dabei macht Fatlum eine Geste wie ein genialer Magier, der gerade mehrere Motorräder aus einer Streichholzschachtel gezaubert hat.

«Is besser wie bei dein Bad. Bei dein Bad Klodeckel immerr fällt rrunter mit laut Krrach.»

«Das stimmt wohl, Fatlum. Das ist echt besser hier, bei deiner Toilette.»

Die Mahlzeit ist reichhaltig.

Es gibt gebackene Lammkeule, geschmorte Lammrippchen, gebratene Lammnieren und Kokoretsch, was sich auf meine Nachfrage hin als frittierter Lammdarm erweist und trotzdem extrem lecker schmeckt, genau wie der Rest des Tieres, das bis auf das Fell und die Knochen offenbar komplett verarbeitet wurde.

Nach dem Essen wird Maulbeerschnaps serviert, und ich überreiche Fatlum die von mir mitgebrachte Plastiktüte.

«Hier, Fatlum, das hast du bei uns vergessen. Das ist der Kaffeesatz, den du die ganze Zeit gesammelt hast. Zum Einreiben von Jehonas Bauch, damit es ein Junge wird», sage ich, auch wenn ich mir beim Anblick von Jehonas Bauch nur schwerlich vorstellen kann, dass die Prozedur tatsächlich noch einen Einfluss auf das Geschlecht des neuen Erdenbürgers haben kann.

«Gibt garr kein Brauch», erklärt Fatlum grinsend. «Meinst du, isch bin dumm? Meinst du wirklich, isch glaub, dass gibt Junge, wenn wir reiben Bauch von Jehona ein mit Kaffee?»

«Aber wofür hast du den Kaffeesatz denn gesammelt?»

«Fürr Blumentopf. Is guut Dünger.»

Zum Nachtisch genehmige ich mir noch etwas frittierten Lammdarm, und auf dem Heimweg erleide ich einen spontanen Gichtanfall. Bereits als wir das Auto vor der Wohnung parken, habe ich so starke Schmerzen im wie von siedendem Blei übergossenen rechten Knie, dass ich das Bein keinesfalls ausstrecken kann. Dementsprechend lange dauert es, bis ich endlich auf unserem Sofa liege. Mareike bringt mir wortlos die Medikamente, die seit meinem ersten Gichtanfall bei uns lagern, und legt mir einen Beutel mit Eiswürfeln auf das Knie.

«Selber schuld», sagt sie dann und macht den Fernseher an.

Es läuft *Berlin Tag & Nacht*.

DIDDLMAUS

• • • • •

Mareike kommt aus dem Badezimmer, die frisch gewaschenen Haare in ein Handtuch gewickelt und den Körper in ihren rosafarbenen Bademantel gehüllt. Ich sitze am Küchentisch und verzehre mein zweites «Croissant light» mit «Erdbeermarmelade light».

Das «Croissant light» ist ein neues Produkt unserer Backstube und enthält statt den üblichen dreißig Gramm nur etwa die Hälfte an purer Butter. Warum die Erdbeermarmelade «light» ist, lässt sich auf den ersten Blick nicht eruieren, aber immerhin steht es drauf. Außerdem steht *vegan!* auf dem Etikett. Diese Erdbeermarmelade kommt also ohne jegliche tierische Zutaten wie beispielsweise Innereien aus, und auch das ist mir wichtig – nach meinem letzten Gichtanfall. Ich fühle mich besser, seit ich auf meine Ernährung achte.

Mareike beugt sich zu mir hinunter und umarmt mich von hinten.

«War ein super Abend gestern, oder?», sagt sie und küsst mein Ohrläppchen.

«Absolut!», antworte ich heiser und beiße in mein Croissant light.

Es war gestern Abend wirklich super bei den *Toten Hosen*. Die Stimmung war überwältigend, und ich kannte komischerweise jeden Song und habe lauthals mitgesungen, vor allem «Eisgekühlter Bommerlunder» war der Hammer. Eine völlig unterschätzte Band. Also von mir unterschätzt.

«Es ist übrigens Sonntag», flüstert Mareike, «die Kinder schlafen, und wir sind im Grunde ganz allein.» Sie beißt zärtlich in meine Ohrmuschel, und ich stehe auf und blicke sie an. Der ausgewaschene Bademantel stört mich nicht, die leicht abgesackten Brustwarzen auch nicht. Ich lasse mich gerne von ihr ins Gästezimmer ziehen.

Natürlich gibt es bei Paaren ab Mitte vierzig ein stillschweigendes Einvernehmen, dass es beim Sex nicht mehr um Äußerlichkeiten geht. Nicht mehr gehen kann. Dennoch sollte man sich auch im fortgeschrittenen Alter Mühe geben, für seinen Partner attraktiv zu bleiben, wobei Mareike meine diesbezüglichen Ambitionen schlichtweg nicht honoriert.

«Kannst du jetzt bitte mal diesen komischen Gürtel ausziehen?», sagt sie, während sie die Tür hinter uns schließt. «Das ist wirklich nicht besonders prickelnd.»

Ich ziehe schnell mein Trainingsgerät aus und fummele dann an Mareikes Hintern herum, während sie vorne über meine Boxershorts streichelt. Das läuft so weit ganz gut, ich spüre ein eindeutiges Pochen in der Leistengegend. Es ist nicht direkt eine Erektion, aber zumindest ein erstes und durchaus positives Zeichen.

Ich bin richtig aufgeregt. Es ist so verdammt lange her.

Wir küssen uns, und während Mareike an meiner Zunge lutscht, fällt mein Blick auf das Handtuch, das Mareike zum Schutz der Matratze auf dem Gästebett ausgebreitet hat.

Sofort ist alles vorbei.

«Ich glaube, das wird heute nix», sage ich erschlaffend.

«Warum denn nicht, Bärchen? Was ist los?»

Ich deute auf das Bett.

«Wir können doch nicht auf dem Diddlmaus-Handtuch von Schnuffi bumsen. Ich meine, das geht doch nicht! Außerdem ist mir kalt.»

Die weiße Maus mit den riesigen Füßen blickt mich zustimmend an.

«Kalt? Es ist Anfang Juli. Wir haben draußen fünfundzwanzig Grad.»

«Ja, draußen! Hier drinnen ist es irgendwie kalt, ich weiß doch auch nicht. Außerdem ist es so verdammt lange her. Ich glaube, mein Körper weiß schon gar nicht mehr, wie das geht.»

Wir sitzen nebeneinander auf dem Bett. Minutenlang.

Mareike streichelt meinen Rücken und hat ihren Kopf gegen meine Schulter gelehnt.

«Armes Bärchen», sagt sie. «Vielleicht musst du damit mal zum Arzt gehen. Da kann man doch bestimmt was machen.»

Ich zucke mit den Schultern und greife gedankenverloren nach meinem Total-Slim-Exxtreem.

«Warte mal, ich habe eine Idee», sage ich, schalte ihn auf maximale Kraft und drücke mir das brummende, vibrierende Gerät gegen meine Boxershorts.

«Tobias? Was machst du da?»

«Momentchen, warte kurz.»

Das fühlt sich gut an. Sehr gut sogar. Ja. Da regt sich etwas. Eindeutig.

Mareike beobachtet mich eine Weile. «Und?»

«Is super.»

«Echt?»

«Absolut. Mein Schwanz ist steinhart.»

«Gib mal her!»

«Meinen Schwanz?»

«Nein. Das Teil da.»

Mareike greift nach dem Gerät, drückt es sich auf den Schambereich und ruft sofort: «O mein Gott, o mein Gott!»

«Is geil, hm?», frage ich sinnloserweise nach.

Wir reichen uns im Dreißig-Sekunden-Takt den Bauchweggürtel hin und her.

Irgendwann drückt mich Mareike nach hinten, reißt mir die

Boxershorts herunter, setzt sich behände auf mich, und plötzlich ist mir das Diddlmaus-Handtuch total egal.

Who the fuck is Diddlmaus? Wir schauen uns in die Augen. Vereint. Mareike ist wunderschön. Wirklich! Ich greife nach ihren herrlichen Brüsten. Wie konnte ich sie jemals als Hängebrüste bezeichnen? Wir bewegen uns, zunächst sanft, dann immer schneller, und schließlich reitet mich Mareike, als treibe sie ein galoppierendes Wildpferd durch die kasachische Steppe in den Sonnenuntergang.

«Nimm mich von hinten!», stöhnt sie, und ich lasse mich nicht lange bitten.

Mein Gott, es ist absolut phantastisch, endlich wieder Geschlechtsverkehr!

«Fick mich!», presst Mareike hervor. «Fick mich richtig durch, Bärchen!»

Wir wechseln erneut die Position, begeben uns in die Missionarsstellung, und ich lege mich noch mal richtig ins Zeug, während sich Mareike eine Hand auf den Mund presst und durch ihre zusammengepressten Zähne weitere Fick-mich-Befehle zischt, und ich bestätige mit einem relativ phantasielosen, dafür aber mehrfach geflüsterten: «Ja, ich fick dich!»

Ich will fast schon explodieren, da klopft es an der Zimmertür.

«Mama?», höre ich Schnuffelinchens Stimme. «Was machst du da drin?»

Wir atmen schwer, und ich schwitze stark.

«Yoga!», ruft Mareike nach einem kurzen Moment der Schockstarre.

«Hast du die Tür abgeschlossen?», zischelt sie mir leise ins Ohr, und ich kann nur entschuldigend die Augenbrauen nach oben ziehen. Mit panikverzerrtem Gesicht drückt sie mich von sich herunter und wirft sich hastig den Bademantel über, während ich meine Shorts hochziehe.

«Kann ich mir zwanzig Euro aus deinem Portemonnaie nehmen, wir wollen ins Freibad.»

«Na klaro, Schatz», säuselt Mareike.

«Logisch, kein Problem!», rufe ich, und meine Frau schaut mich giftig an und flüstert durch zusammengekniffene Lippen: «Idiot!»

«Papa?»

«Äh, ja?»

«Alter, machst du auch Yoga, oder was?»

«Na klar», höre ich mich sagen. «Ist ganz schön anstrengend.»

«Das will ich sehen.»

Als Laura-Michelle schließlich vorsichtig die Tür öffnet, befinden wir uns nebeneinander in der Yogastellung «Herabschauender Hund». Mit weit nach oben gerecktem Hintern, die Hände und Füße in den Boden gedrückt, sodass unsere Körper ein umgedrehtes V bilden.

«Alter, krass, Alter», sagt Laura-Michelle, und dann blickt sie hinter uns auf das Gästebett, und ihr Gesicht hellt sich auf, und sie sieht wieder aus wie mein kleines, süßes Mädchen, wenn es mit leuchtenden Augen ein Geburtstagsgeschenk ausgepackt hat.

«Das ist ja mein Diddlmaus-Handtuch! Alter, das habe ich schon überall gesucht, Alter.»

FREI WIE EIN VOGEL

• • • • •

Mein Laubbläser heult mit hochfrequentem Knattern auf, als ich eine große Menge Herbstlaub vor mir den Bürgersteig entlangblase. Die Sonne scheint, hat jetzt im Oktober aber bereits deutlich von ihrer wärmenden Kraft eingebüßt. Mein neuer Arbeitskollege Amari läuft neben mir her, den Gashahn seines Laubbläsers ebenfalls bis zum Anschlag durchgedrückt. Gemeinsam haben wir die Lage voll im Griff. Kein Blatt entkommt unserem perfekt aufeinander eingespielten Windstrahl in Orkanstärke. Die Straße hinter uns ist hundert Prozent blätterfrei. Es ist phantastisch.

Ich zeige ihm einen erhobenen Daumen, und seine schneeweißen Zähne strahlen mich an aus seinem fast schwarzfarbenen Gesicht. Der vor uns in ständiger Rotation befindliche Blätterwall nähert sich dem großen Schubkarren, neben dem Rafael bereits mit der professionellen Laubschaufel wartet. Er streicht sich eine blonde Strähne aus der Stirn, dann fängt er an, Blätter auf den Schubkarren zu schippen. Amari und ich schalten unsere Laubbläser aus und ziehen uns die klobigen Gehörschützer vom Kopf, und ich fahre mir über die Haarstoppeln auf meinem Schädel und im Gesicht. Ich habe mich mittlerweile für einen Look entschieden, den ich als Fünf-Tage-Bart-auch-auf-dem-Kopf bezeichnen würde, und er gefällt Schnuffi und somit auch mir.

«So, Tobi, jetzt erstema e scheenes Zigarettepäusche'!», befindet Amari in breitestem Frankfurter Dialekt, schiebt sich einen Glimmstängel zwischen die vollen Lippen und hält mir augenzwinkernd das Päckchen hin.

«Ich rauche immer noch nicht, aber trotzdem danke», entgegne ich lachend, greife nach dem Besen und fege routiniert Laub auf die Schaufel.

«Ganz schee abgenomme haste aber, oder?», fragt mich mein Kollege zwischen zwei Zügen.

«Schon fast zehn Kilo jetzt», antworte ich.

Es ist mein absoluter Traumjob. Den ganzen Tag an der frischen Luft einer sinnvollen Beschäftigung im Dienste der Stadtbewohner nachgehen und abends mit netten Kollegen auf das vollbrachte Tagewerk zurückblicken. Und natürlich habe ich abgenommen. Ich laufe jeden Tag mit einem zehn Kilogramm schweren Viertaktmotor auf dem Rücken kilometerweit durch die Stadt.

Gut, die Bezeichnung «Job» ist vielleicht etwas irreführend, denn mein täglicher Einsatz an der Seite von Amari und Rafael beruht eher auf freiwilligem Engagement meinerseits, denn das Jobcenter hat es bisher leider nicht geschafft, mir eine meinen Vorstellungen entsprechende Tätigkeit zu vermitteln. Also habe ich mir vor einigen Wochen im Baumarkt professionelles technisches Gerät sowie einen orangefarbenen Sicherheitsarbeitsanzug gekauft und mich eines Morgens einfach zu den beiden dazugesellt.

Wenn das Glück nicht zu einem kommt, muss man hingehen und es sich holen. Und was in einem Jahr ist oder in zwei, ist mir zum jetzigen Zeitpunkt schlichtweg vollkommen egal. Ich fühle mich frei. Frei wie ein Vogel!

Und wenn die Zeugen Jehovas recht behalten, ist in ein paar Jahren sowieso Schluss.

Direkt nach der Arbeit bin ich mit Schnuffi zwecks Erstellung eines neuen Haartutorials für ihren YouTube-Kanal verabredet. Seit wir gemeinsam das neue Konzept verwirklichen, ist die Zahl ihrer Abonnenten regelrecht explodiert. Die Kommentare überschlagen sich, genau wie ich es ihr prophezeit habe. Ich platziere meinen zugegebenermaßen recht kurzen, aber für den Erfolg maßgeblichen Beitrag immer direkt vor Schnuffis Verabschiedungsteil, woraufhin sie in gespieltem Ärger die Augen verdreht und «Alter!» in meine Richtung schreit. Die Kombination Haartutorial mit abschließender väterlicher Eruktation funktioniert sehr gut.

Bald werden wir Geld verdienen mit unserem Kanal.

Das fünfte Kind von Fatlum und Jehona ist mittlerweile zwölf Wochen alt und wie fast alle ganz jungen Lebewesen, abgesehen von Insekten vielleicht, extrem süß.

Und natürlich ist es ein Mädchen. Selber schuld, schließlich hätte er den Kaffeesatz ja nicht als Blumendünger verschwenden müssen.

Und Rain? Sagen wir mal so: Ich habe mich an ihn gewöhnt. Irgendwie mag ich ihn sogar. Und immerhin geht er jetzt sogar wieder in die Schule und will Abitur machen. Genau wie Schnuffi.

Ich krame mein Smartphone hervor, weil ein Signalton erklingt.

Pflaumi
Habe gerade das Hasenkostüm weggeschmissen. Mann, war das ein krasser Sommer!

Tobi
Bin froh, dass er rum ist.

Pflaumi

19 h Kaschemme?

Tobi

👍 Alles klar. Ende.

DANKSAGUNG

Ich danke Susanne Frank und Anne Tente für die gute und vertrauensvolle Zusammenarbeit.

Ich möchte mich auch bei Heiko Arntz für das umfassende und durchweg konstruktive Lektorat bedanken.

Außerdem danke ich meiner Familie für immerwährende Unterstützung.

Weitere Titel von Lars Niedereichholz

Kannste so machen, ist dann halt kacke

Mofaheld

Mundstuhl: Ein bisschen krass muss sein